ダッシュエックス文庫

はてな☆イリュージョン 3

松 智洋

3

HATENA ✩ ILLUSION

PRESENTED BY
Tomohiro MATSU
ILLUSTRATED BY
Kentaro YABUKI

イラストレーション
矢吹健太朗

自分よりも大切なものを見つけられたら、それは幸せなこと

プロローグ

僕、不知火真《しらぬいまこと》が長年の夢を叶えるために、星里家《ほしさと》にやってきて三カ月が過ぎた。

奇術師になると誓って上京した僕を待っていたのは、怪盗見習いの美少女と、不登校の美幼女の姉妹、実は奇術ができなかった師匠《ししょう》と、未《いま》だに仕事から戻らない姉妹の母。

そしてメイドさんと執事《しつじ》さんに囲まれて暮らす彼女たちとの、魔法の道具アーティファクトを巡る冒険の日々だった。予想外の出来事に翻弄《ほんろう》されながらも、僕が何とかここで暮らしていく自信をつけた頃——試練はやってきた。いや、判《わか》ってたんだけどね。答案用紙を手に、甘く考えていたことを後悔している真っ最中である。紙の右上の隅《すみ》という比較的目立つ位置に赤字で、ご丁寧《ていねい》に数字の下にはそれを強調するように二本の線までひかれている。

「62点か……」

中学に入って初めての試練、中間試験。その結果に思わず溜《た》め息《いき》がこぼれる。決してデキのいい頭だとは思わないけれど、努力してそこそこの成績を維持してきた。それが実家を離れて衛《まもる》師匠のところへ弟子《でし》入りするため、母さんから提示された条件でもあったから。だけど……

「マズいよなぁ……62点だもんなぁ……」

「あら、真くんって数学は苦手だったの？　意外ね」

その声に振り返ると、僕の肩ごしに答案用紙を覗《のぞ》き込んでいる整った顔があった。

「ちょっ、桔梗院《ききょういん》さん勝手に見ないでよ」

「いいじゃない。私と真くんの仲なんだし」

当然、と言いたげな表情を浮かべた桔梗院心美《ここみ》さんに、僕は苦笑するしかない。いったいどんな仲だというんだろう。幼馴染《おさななじ》みの幼馴染みくらいの位置のはずなんだけど。

「はてな、あんたもこっち来て見なさいよ。62点だって、62点」

「わっ、わわっ、やめて桔梗院さんっ！」

教室中に響き渡るくらいの大声で僕の点数を連呼する今時の美少女を止めようと、必死で彼女の手を引っ張ると、名指しされた少女が胡乱《うろん》そうな視線を僕らに向けていた。

「……ずいぶん、仲いいのね。真」

長い黒髪と透けるような白い肌を持つ細身の美少女は、何でもないことのように呟《つぶや》く。

しかし、その心中を反映するように彼女の眉毛がぴくぴくと震えていた。

「は、はてな、別に仲いいとかじゃなくてさ。桔梗院さんが」

「心美、あんまりウチの執事見習いをからかわないでくれる？」

「んー、なに？　はてな、ヤキモチ？」

「はぅあっ！　ち、違うわよ！　心美、バカじゃないの！」

僕の幼馴染みである星里家のお嬢様は、顔を真っ赤にして否定した。彼女は星里果菜《かな》。僕の師匠、天才奇術師……と言われている星里衛の娘で、僕がお世話になっている星里家の長女だ。果菜って名前が「はてな」とも読めるから、みんなにそう呼ばれている。彼女は桔梗院さんとも幼馴染みで、しかもタイプの違う清楚《せいそ》な美少女なので、二人が並んでいるととても目立つ。桔梗院さんにからかわれたはてなは、慌《あわ》てて自分の答案で顔を隠してしまう。

「ふふーん、単なる執事見習いなら、そんなに気にしなくていいと思うけど」

桔梗院さんが追い打ちをかけると、なぜか答案越しに僕が睨《にら》まれた。すみません、僕は何も言えることがありません。学校では必要以上に仲良くしないというのが、はてなからの指示なのだ。実はひとつ屋根の下で暮らしているなんて級友に知られたら困る、という大変納得のいく理由なので、僕としてもそこは尊重している……んだけど、怒ってるよね、あの顔。

「なになに？　真、62点なの？」

じゃれ合う僕たちの傍《そば》に、やけに嬉《うれ》しそうに笑いながらやってきたのは、元女子校だった聖ティルナ学園に通う数少ない男子生徒で僕らのクラスメート、坂上藤吉郎《さかがみとうきちろう》と林田《はやしだ》くんだ。

元女子校に通って女の子といちゃラブすることだけを目的に生きている藤吉郎と、その相棒を務める林田くんは、僕やはてなと同じ班の班員でもある。ちなみに班長は桔梗院さんだ。

女子の間で安っぽいイケメンと言われている藤吉郎は、ニヤニヤと笑みを浮かべている。

「そうかそうか、真もこっち側の人間だったか。いや、それでこそ親友だ」

いや、君と親友になった覚えはないんだけど。

「真どのは数学があまり得意ではない……これはわたくしのデータベースに加えておかねば」

満足そうな藤吉郎の横で、林田くんは自慢のタブレットを弄《いじ》っている。僕の成績なんて記録しないでほしいものだ。桔梗院さんは、幸せそうな二人に視線を送る。

「んで？　そういうアンタたちは何点だったわけ？」

「オレは40点！」

「わたくしは39点です！」

「……どっちも赤点じゃない。真よりひどいよ」

はてなが呆《あき》れた顔をした。

「いやー、この中学に入るまでは勉強したんだけどな！　入学したら全部忘れた！」

「女の子の名前を覚えるのが忙しくて、教科書を読む時間なんてなかったですよ！」

ドヤ顔でぶれないことを言う二人に、桔梗院さんとはてなが冷たい視線を送る。

「でも意外ね、真くんって勉強もできるものだとばかり思ってたわ」

桔梗院さんの呟きに赤点二人が同意する。

「そうそう、なんか真面目《まじめ》だし陰《かげ》でこそこそガリ勉してそうなタイプだよな」

「わたくしのデータでも、真どのは予習復習はもちろんのこと、テストは最低3回は見直す心配性だとあります。男子にあるまじき神経質さであります」

「勝手に人のこと分析しないでくれるかな……」

確かに、中学に入るまでは前日までみっちり試験勉強してたんだけど、今回はちょっとそんなヒマがなかったんだ。色々あって、実は試験のこともほぼ忘れていたくらい。

「あ……もしかして……」

　何かに気づいたような顔をするはてなに、僕は視線を送って苦笑いする。ちらちら見えるはてなの点数は98点。つまり、僕に言い訳の余地なんかないのだ。

「何てことなの。この桔梗院心美がリーダーを務める班から補習対象者が出るなんて」

　大げさに嘆いてみせた桔梗院さんは、ぽん、と可愛《かわい》く手を打った。

「そうだ、こうしましょ。補習までに、みんなで勉強会をするの」

「勉強会って？」

「ま、要するに中間テストの復習ね。それに、期末テストに向けて今のうちから準備しておいたほうがいいでしょ。夏休みまで補習なんてことになったら、目も当てられないんだから」

　意外なほどまっとうな提案に、僕とはてなは顔を見合わせる。いつもバイタリティ溢《あふ》れる桔梗院さんだけど、自分が面白いかどうかを基準に行動しているような人で、どちらかと言えばトラブルメーカーなのだ。はてなや、その妹である夢未《ゆめみ》ちゃんのことならともかく、同じ班のお騒がせ男子のために勉強会を主催するなんて、いいところがある――

「ちなみに、場所ははてなの家にしましょう。日にちは……」

「ちょ、ちょっと待ちなさい！　なに勝手に人の家を会場にしてるのよ！」

　もともと大きな目をさらに見開いて、はてながぶんぶんと両手を振る。桔梗院さんは、なぜ反対するのか判らない、というように楚々《そそ》と首を傾《かし》げた。

「だって、場所も広いし、お茶も美味《おい》しいし、お人形ちゃんにも会えるし」

「心美っ！」

「真くんははてなのお父様の弟子でしょ。いつも星里のお屋敷に出入りしているはずだし、二人がいる場所に私たちが行ったほうが効率的じゃない？　それとも、真くんの家《うち》がいいかしら」

にっこりと笑う桔梗院さんに、僕たちはぐっと詰まる。桔梗院さんは星里家とは家族ぐるみの付き合いで、僕がはてなと同居状態にあることを知る数少ない人なのだ。僕の家でもはてなの家でも同じことだと判った上で、こんなことを言っているわけで……困ったな。

当然と言うべきか、悪友二人は直立不動で右手を高く掲げて桔梗院さんに賛同する。

「さんせー！　班長！　オレ、勉強会だいさんせーっす！」

「わたくしも未だかつてないほど勉強したい気分になっております」

お前ら……単にはてなの家に行ってみたいだけだろ。

「だって。まさか断らないよね、はてな、真くん」

「え、えっと……広いっていうなら桔梗院さんの家も、あ、林田くんの家もお寺で広いよね」

一応、抵抗を試みる。星里家は色々秘密も多いから、あまりお客さんに来てほしくはない。

桔梗院家に行ったことはないけどビルを何軒も持つ財閥《ざいばつ》だし、林田くんの実家は大きなお寺だ。

星里家以外でもできるよね、と言外に告げてみる。桔梗院さんは得たりと笑った。

「そうね。じゃあ持ち回りってことにしましょう。だから、第一弾ははてなの家でよろしくね」

「よろしくじゃなーい！」

はてなが拳《こぶし》を振り上げて抗議したところで、桔梗院さんが耳を貸すはずもない。結局、なし崩しに星里家での勉強会は決定されてしまったのだった。

屋敷に戻ると、僕を待っていたのは母さんからの電話だった。成績表を実家のほうに送るという、私立中学らしいありがた迷惑なサービスを、これほど呪《のろ》ったことはない。

『真、母さんの言いたいこと判ってるわね？』

母さんは開口一番にそう言った。電話越しに聞こえてくる声はちょっぴりこわい。

『学業はおろそかにしない。そういう約束だったはずよ』

「ごめん……」

『新しい環境に移ったばかりということで、今回は大目に見ます。でも、次はないわよ？』

「は、はい！　キモに銘《めい》じますデス！」

実家における最高権力者にそう言われては、僕も思わず変な言葉遣いになる。

なんたって成績を維持することは、星里家で暮らす条件の一つなんだ。このまま成績を落としたら田舎《いなか》に帰ってこいって言われかねない。ひとしきり電話で近況報告なんかをすませ、妹とも話してひと息つく。僕は深呼吸すると、物陰から覗く視線のほうに目を向けた。

「はてな、僕になにか用？」

「はぅあ!?　き、気づいてたの!?　け、気配は消してたはずなんだけどっ！」

「気づくよ、そんなにじーっと見てたら」

驚きながらも、はてなは素直に物陰から姿を現す。その首元には、トレードマークである黄色いマフラーがはためいている。上目遣いに見つめられると、ちょっとドキドキした。はてなは、しばらく逡巡《しゅんじゅん》したあとで口を開く。

「あの……あ、あのね、もしかして……真の成績が下がったのって……」

「……違うよ。僕が気を抜きすぎたんだ」

「でも……」

すべてを言わなくても、お互いに意味が通じるくらいには仲良くなれたことを喜びたいけど、話題がこれじゃ男の子としては情けない限りだ。僕は、なんとか笑顔を浮かべる。

「次は、大丈夫だから」

「……真のバカっ！　べ、別に心配なんかしてないもん！」

頬《ほお》を朱に染めて、はてなは僕に背を向けて走り去る。

「はあ……」

僕ははてなの去っていったほうを見て、溜め息をついた。心配かけちゃってるなあ……

「青春ですね！　青い春と書いてセイシュンですね！　ああっ、もどかしいっ！　でもそれがいい！」

「……エマさん、そうやって唐突《とうとつ》に現れるのやめてくださいよ」

どこからともなく現れたメイド服の美少女は、眼鏡をきらーんと光らせた。

「メイドとは、こうして密《ひそ》かに主《あるじ》を見守るものなのです」

星里家に仕えるたったひとりのメイド、桜井《さくらい》エマさんは当然だとばかりに胸を張る。

「それは単に覗き見と言うんじゃ……」

「それはともかくとして真様、なにやら中間テストの成績がかんばしくなかったご様子」

「耳が早いですね。まあ、その通りです」

「無理もありません。この星里家に来て以来、真様には怒濤《どとう》の展開だったでしょうから」

言われれば、確かにそうかもしれない。

「アーティファクトの存在を知り、夢未様の不登校に立ち向かい、果菜様を助け出すためにアーティファクトを使って怪盗のまねごとまで！　ああっ、勉強をする時間がなかったのも仕方ありませんね！」

名演技と言いたくなる所作で、エマさんが大げさに身をよじる。僕は苦笑した。

「でも、はてなは98点ですから」

僕が来たことで大変だったはずのはてなの点数を考えれば、成績が悪かったのは僕の責任だ。

言外にそう伝えた僕に、エマさんはおや、という顔をして、先ほどと違う笑みを浮かべる。

「真様、その表情はいけません。私、惚《ほ》れてしまいそうです。果菜様も夢未様も、そうやって落としたのですね！　この女の敵！　ハーレムの人数が主人公のパワーじゃありませんよ？」

「……それ、何かの漫画の台詞《せりふ》ですか？　僕、まだ彼女なんていたこともないんですが」

「ふふ、私の創作でございます。でも、本心ですよ。真様は、見込みがあります」

優雅に一礼しながら、エマさんは挑むように僕を見つめる。

「でしたら、真様には次の期末テストできちんと挽回《ばんかい》していただかなければなりません。主に心配をかけさせない。ある意味これも執事としての仕事と言えるでしょう」

「はい。判りました」

「そのお言葉を信じましょう。それに、明日の勉強会は果菜お嬢様が初めて心美様以外のご友人をお家にお招きする日です。星里家に仕える者としてこちらもぬかりないようにしなければ」

珍しく、エマさんが気負うように言う。まあ、そんなたいした友人じゃないんですけどね。

桔梗院さん、見事にあの二人を手なずけちゃったなあ。明日の騒ぎに備えてアーティファクトなどを隠しつつ、僕は今回の成績を反省するのだった。


「うおおおおお！　ここがはてなちゃんの家かああああああ！　こんなお屋敷に住んでるなんて、全然知らなかったぜぇぇえっ！」

玄関に入るやいなや興奮して叫び出す藤吉郎。うう、完全に予測範囲内です。

「ご近所では幽霊屋敷と言われる謎のお屋敷が、はてな嬢のお家だとは！　しかも、中に入るとこれほど整備されていたなんて知りませんでした……やはり星里家は由緒ある家柄！　これはわたくしのデータベースに書き加えておかねば！」

林田くんは林田くんで、さりげなく鋭いことを言っていたりする。

「皆様、お待ちしておりました。ようこそ、星里家へ」

出迎えに現れたのはジーヴスさんだ。エマさんは今回は顔出ししないことになっている。彼女は、僕たちが通う聖ティルナ学園の三年生で生徒会役員。ついでにミスティルナの呼び声も高い有名人なのだ。はてなたちに匹敵する美貌《びぼう》で、女好きな藤吉郎たちから常にマークされる存在のエマさんまでここにいるなんてことになったら、毎日通って来かねない。エマさん自身は『学園の生徒であろうと別に隠す気はありませんよ。星里家のメイドであることは私の誇《ほこ》りですから』とか妙にやる気になっていたから、止めるのが大変だったよ……

「ふおおおおおおおお！　執事さんだぁぁぁっ！　メイドさんはっ!?　きっとメイドさんもおられるはずっ!!」

「そうですなっ、藤吉郎どの慧眼《けいがん》ですぞ！　スカートの長さエプロンの厚みカチューシャのひだの数！　ありとあらゆるデータを取りますぞおおおおおおお！」

「二人とも落ち着けって。メイドさんは今日はお休みだから」

「なんだとおおおおおおおおおっ！」

「でも、やはりいらっしゃるのですねっ！　キラリッ！」

予測通りの反応だな。僕とはてなは、自分たちの判断の正しさに胸を撫《な》で下ろした。

「桔梗院様はすでにお越しです。このまま勉強会の会場である談話室までご案内致します。あ、屋敷の中には歴史ある美術品などもございます。みだりにお屋敷の中のものに触らぬようお願い致します。さ、こちらへどうぞ」

「「は、はいっ」」

ジーヴスさんに促《うなが》されるとさすがの二人も大人しくなった。僕は少しホッとして老執事に会釈《えしゃく》すると、茶目っ気たっぷりなウインクが返ってきた。星里家の完璧執事であるジーヴス・ウッドハウスさんは、執事見習いの僕の上司であり、両親が留守がちな姉妹の保護者的存在だ。

案内された談話室では、はてなと桔梗院さんがすでに準備を整えて待っていた。

「遅いわよ、二人とも！」

「いやー、悪い悪い。ちょっと道に迷っちゃって」

「藤吉郎どのがわたくしの地図を無視するからですぞ」

「まあ、細かいことはいいじゃねぇか。ちゃんと着いたんだし」

「だから遅刻だって言ってんでしょーが」

神経が太いのか特になにも考えてないのか、藤吉郎はお高そうなソファーに遠慮なく身体《からだ》をあずけると改めて口を開く。

「しっかし、弟子入りして、こんなお屋敷にいつも来てるなんて羨《うらや》ましすぎるな。幻《まぼろし》のメイドさんに世話を焼かれたりしていたとするなら、マジで真は死んだほうがいいな」

「真面目な顔でさらっと言わないでくれるかな。そういうこと」

「ふむ、庶民《しょみん》であるにもかかわらずこの恵まれた境遇とは、真どのが主人公の器《うつわ》である証《あかし》かもしれませんな。真どのについていけば、わたくしの目指すひと癖《くせ》ある知的な眼鏡キャラポジションへの道もそう遠くないはず」

「なにが知的な眼鏡よ。赤点のくせに」

まったくもって桔梗院さんの言う通りだ。まあ、僕も人のことを言えないけど。ジーヴスさんが、目顔ではてなに合図を送る。私服を着たはてなは、立ち上がると二人に会釈する。

「あ、あの、坂上くんも林田くんも……き、来てくれてありがとう……今日は、お勉強頑張《がんば》ろうね」

それは、屋敷を差配するホストとしてきちんと友人を迎えなければならない、というジーヴスさんからの指導だった。伝統ある星里家の長女として最低限の礼儀と言われては、はてなは日頃の男性への苦手意識を抑《おさ》えてでもやらなければいけないと思う子なのだ。

少しぎこちない挨拶《あいさつ》だけど、古式ゆかしいお嬢様然とした態度に、二人が頬を染める。

「はてなちゃん……こんなオレたちに優しい言葉を……！　これは……愛？」

「まさに天使……英語で言うとエンジェル……これが……これが、恋？」

ぽうっ、となった藤吉郎たちに、桔梗院さんは少し不満げに口を尖《とが》らせた。

「って、コラ。私に対しての態度とだいぶ違うんだけど。私もお嬢様なのよ？」

「判っております……がっ、この清楚可憐《せいそかれん》な美少女に萌《も》えるのは男子として致し方なく！」

林田くんの言葉に藤吉郎が何度も頷《うなず》き、桔梗院さんはあからさまにムッとする。

「アンタたちは私の子分になるって言ったでしょうが！　なめてんの！」

「それはそれ、これはこれだ。なんかこう、ほら、色々あるじゃん！」

「たとえるなら桔梗院様は命令してほしい女王様で、はてな嬢は自《みずか》ら命を賭《と》して守りたいお姫様といったところでしょうか。どちらも違う魅力があるのですよ！」

「そう、それそれ！　さすが林田いいこと言う！　つまり、二人と付き合えばいいんだよ！」

「はてながお姫様なのになんで私が女王様なのよ！　なんかすっごい納得いかないんだけど！」

ぎゃあぎゃあと騒ぎ始めた桔梗院さんと悪友二名に、礼儀正しく女主人を務めたはずのはてなは、所在なげに呟いた。

「あのさ、そろそろ勉強始めない……？」

ほんの微《かす》かに肩をすくめたジーヴスさんがみんなに紅茶をサーブするまで、勉強会が始まることはなかったのだった。老執事の機転で何とか落ち着き、まず最初に得意科目と不得意科目を確認することになった。

「オレは得意不得意なんておこがましいくらい、だいたい全教科の成績が悪いぞ」

「右に同じです」

二人は自慢にならないことをやけに自信満々にのたもうた。

「なんか一つくらい得意科目ないの？」

「そうだな……林田は確か、物理と化学はわりとマシだったよな」

「そう言う藤吉郎どのは日本史、世界史の歴史系はお好きでしたな」

「じゃ、ひとまず二人はその物理と日本史をそれぞれ教え合ってなさい」

「え……なにそれ……ここまで来て林田と教え合うとか……」

「右に同じ感想です」

当てが外れたような顔の二人は、桔梗院さんに睨まれてジメジメとノートを広げ始める。

「真が苦手な教科って……？」

「僕、実は特別得意な教科もないけど逆にすごく苦手っていうのもないんだ。しいて言うなら、今回は数学の勉強が手薄だったかなぁ」

「し、仕方ないね。じゃ、じゃああたしが……」

はてなが何か言いかけたところで、桔梗院さんが僕の肩を叩《たた》いた。

「判ったわ。数学なら私が教えてあげる。自慢じゃないけど数字とお金が絡むことならメチャメチャ得意なんだから」

自信満々に請け負ってくれる桔梗院さん。なんだか頼もしい。

「……真のバカ。もう知らないんだから」

だがなぜか、はてなの機嫌が急降下している。ジト目で見つめられ、僕は慌てた。

「え……はてな？　どうかした？」

「なんでもない！　あたし、お茶菓子取ってくる！」

そう言うと、はてなはぷりぷり怒りながら部屋を出て行ってしまった。

「はてな、どうしたんだ……？」

「あははっ、真くんって天然だよね。いじりがいがあっていいわ」

桔梗院さんはなんだかよく判らないことを言って、一人で納得していた。

と、その時はてなと入れ替わりに、扉から金髪の頭がひょっこり顔を覗かせた。

「真兄様と姉様のおともだち……？」

クマのぬいぐるみを抱いた星里家の次女、夢未ちゃんが僕らのことをじーっと見ていた。

「お人形ちゃんじゃない、こっち来てお姉さんたちとお話ししましょっ！」

整いすぎるほど整った容姿とふわふわの金髪を持つ小学四年生は、半分だけ覗かせていた顔をすっ、と隠してしまう。たくさん人がいて驚いたみたいだ。

「……お邪魔《じゃま》しました」

それでも再び顔を見せ、ぺこりと頭をさげて、部屋の前から去ろうとする。

「ま、待って！　待ってよお人形ちゃんっ！　せめてだっこか撫で撫でさせてっ」

夢未ちゃんの大ファンである桔梗院さんが一瞬で扉まで走って、はっしと彼女の手を掴《つか》む。

「真兄様……」

眠そうに半眼に閉じた目をこちらに向けて、夢未ちゃんは助けを求めるように僕を呼ぶ。どうやって桔梗院さんを説得するか考えながら僕も立ち上がった、その時。

「あっ、あああっ、あの時の金髪ろりいいいいいいいいいいいいいいい！」

突然、林田くんが吠《ほ》えた。目つきが、違っている。

「ど、どうした林田⁉」

「で、伝説のき、金髪ロリっ子がああああああ！　今度こそ、今度こそ、お話を〜っ！」

「い、いかん！　林田が理性を失ってる！」

「ど、どういうこと⁉」

「どういうこともこういうことも、林田は美幼女には目がないんだ！　しかもそれが金髪となるといつ暴走してもおかしくない！」

「なんかもうこの屋敷に絶対連れてきちゃいけない類《たぐい》の人間じゃないか！　それに、この前座《ざ》禅《ぜん》に行った時に会ったよね⁉　その時は普通だったよね！」

「それは真が知らないだけだって！　あのあと、はてなちゃんの妹に会いたいってうるさかったんだから！　騒ぐと家に行けなくなるぞって宥《なだ》めるの大変だったんだぜ！」

それ、先に言ってほしかったなあ……桔梗院さんが憤慨《ふんがい》したように声を荒らげる。

「まったくお人形ちゃんが困ってるでしょ！　誰よ、ここで勉強会しようなんて言ったのは！」

——いや、あなたですけど。

「真兄様、その人どうしたの……？」

理性を失い暴走状態の林田くんをなんとか食い止めようと押さえる僕を目指して、夢未ちゃんがトコトコと無防備に近づいてくる。

「夢未ちゃん、危ないから近づいちゃ——」

「……大丈夫？」

上目遣いに首を傾げ、夢未ちゃんは林田くんの顔を覗き込む。

「ひぎっ！」

その時だった。林田くんの身体がひきつって、そのままばったりと倒れてしまう。

「は、林田……？」

「あっ、あが……あ……」

「どうやら、あまりの衝撃に興奮を通り越して気絶してしまったようだな」

「ようだな……じゃないわよ！　林田がこんなに危険なヤツだったなんて！　あやうくお人形

ちゃんに被害が及ぶところだったじゃない！」

「オ、オレのせいかよ！」

「アンタたち二人セットでなんだから当然よ！」

「おのれ桔梗院……今日までずっと耐えてきたが、言われなき罵倒《ばとう》に加えてこの理不尽な扱い！　もはや我慢の限界だ！」

「へぇ、やるっての？　この桔梗院心美様と」

「女子には絶対に手を出さないのがオレの信条だが、今日だけはそれを破るほかあるまい。デコピンの一発くらいは覚悟するんだな」

桔梗院さんと藤吉郎はどちらともなく、すっと構えをとった。

「って、いや、ちょっと二人とも暴力は！」

「黙っていろ真！　これはオレと桔梗院の問題だ！」

藤吉郎はそう言って僕を一喝《いっかつ》する。

「能書きはいいから、かかってきなさい」

「言ってくれる！　桔梗院かくごおおおおおおお！」

奇声を発して藤吉郎が飛びかかる。背も高く身体もがっちりしている藤吉郎と桔梗院さんでは、はなから勝負にならない……そのはずだった。

「ほいっと」

「うぎゃっ」

ずいぶんと軽いかけ声を発したかと思えば、桔梗院さんは飛びかかってきた藤吉郎をあっと言う間に床に転がしていた。

「悪いけど、私、護身術を習ってるから。お嬢様の嗜《たしな》みってヤツよね」

床の上で大の字になって白目をむいている藤吉郎に、桔梗院さんは言い捨てる。

なにが起こったのか、僕の目が追えた範囲で解説すると、真っ直《まっす》ぐにツッコんできた藤吉郎の腕を掴むと同時に足を引っ掛けて転がし、そのまま腕を引っ張ってクルッと一回転させて背中から床に着地させたのだ。桔梗院さん、なかなかの実力者だった。

「すごい、かっこいい」

「は……！　お、お人形ちゃんにカッコいいって言われた！」

桔梗院さんが嬉しそうに飛び跳ねる。いや、それよりどうするのこれ……

「はぅあ⁉」

お茶を持って戻ってきたはてなが、室内の惨状《さんじょう》を見て硬直していた。

「な、なな、なんで坂上くんと林田くんが倒れてるの⁉」

……色々マズかったと思うよ。特にメンバーが。その後、勉強会は当然お開きとなり、次は星里家以外の場所でやろうということだけを合意して終了したのだった。

「はぁ……結局、勉強は自分でやれってことか」

みんなが帰ったあとの片づけをしつつ、元凶となった数学の答案用紙を眺める。僕が頑張っていれば、こんなことにはならなかったんだよなぁ。情けない……

「真……」

いつの間にか、はてなが僕の傍に近づいてきていた。もじもじするような動きを、はてなのアーティファクトであるマフラーがトレースしている。

「どうしたの？　はてな」

「あ、あのね……」

はてなは頬を赤くしながら、なにか言いにくそうに口をもごもごさせていた。

「父様のこと、ガッカリしたと思うし、怪盗とかアーティファクトとか色々巻き込んじゃって……真には悪いコトしたって思ってるの……で、でもね、ここで諦《あきら》めて帰ってほしくないっていうか、その、勉強も大変だと思うんだけど頑張ってほしいから……」

上目遣いに見つめられて、僕ははてなにどう返事をしていいか判らない。

僕の困惑が伝わったのか、はてなはいっそう顔を赤くした。

「と、とにかく！　今、帰っちゃったらせっかく父様が父様の師匠を紹介してくれるのに、無《む》駄《だ》になっちゃうって言いたかったの！」

「……そうだね。はてなの言う通りだ。頑張って期末テストでは挽回して奇術の修行に集中しないと。はてなのパートナーになるためにはアーティファクトの練習も必要だしね」

「そうよ！　しっかりしなさいよねっ」

ホッとしたような顔で、はてなは胸を張る。僕は、やっと彼女の心配の種が判った気がした。

「はてな、もしかして僕が田舎に帰っちゃうと思ったの？」

「へ……？」

「普段だったら屋敷で勉強会なんて絶対断るだろうし、なんだか僕の成績のこと気にしてるみたいだったし……やっぱり、心配してくれたのかな」

「はぅあ⁉　ち、ちちっ、違うわよ！　あ、あたしは成績落ちて補習を受けるなんてうちの執事には相応《ふさわ》しくないと思っただけなんだから！　それだけなんだからね！」

真っ赤な顔でじたばたするお嬢様の、黒髪とマフラーが揺れて僕の頰を掠《かす》る。恥ずかしげな視線を受けて、僕まで赤くなっているのが判る。僕は、いつの間にかはてなとの距離がすごく近くなっているのに気づいて、瞬時に高鳴る自分の心臓の鼓動に驚いた。——ん？

「とか言いながら、心配してるの見え見えよね。だいたい、この間まで『男の子となんて暮らせない！　絶対追い出す！』とか息巻いてたくせに」

ドアの外から、何か声がします。ひそひそしてますが、確実に聞こえてますよ？

「桔梗院様、それは言わぬが花というものです。出会いは最悪、後《のち》に和解、そして次第に惹《ひ》かれ合う……これこそがラブコメの王道というものです」

「姉様、なんで自分で勉強教えてあげるって言わないの？」

「まあ、お人形ちゃんったらそんな核心をつくことを」

「夢未お嬢様……成長なさいましたね……エマは感動しております」

隠れているつもりなのか、それともわざと聞かせているのか、みんなの会話は筒抜けだった。

「ア、アンタたちいいいいいいいいいいいいいいい！」

当然だけど隣のはてなにも聞こえているわけで。

真っ赤になったはてなの首元で、黄色いマフラーがふわりと浮き上がった。

それはあっという間に質量を増し、更にはカタチを変化させていく。

やがてできあがったのは二つの大きな拳だった。

それは、はてなが母のメイヴさんから貰《もら》った唯一無二のアーティファクトだ。自在にカタチを変化させ、主であるはてなの意思で動くのだ。盾となって主を守り、また時には悪いヤツをぶっ飛ばす拳となり、またある時には羽のように広がって空を舞う。

「わわっ、はてな！　ダメだってば！　ストップ！」

慌てて止めようとするが、僕なんかじゃ止められるはずもない。

「どうしてそういうことばかりするのよっ！　み、みんなのバカぁっ！　マフくん！」

はてなの絶叫に合わせて、彼女のアーティファクト〈黄金の翼〉ことマフくんが僕たちを追い回す。嬌声《きょうせい》と悲鳴が交錯《こうさく》して、僕たちは最後には大笑いする。

テストは失敗しちゃったけど、落ち込んでばかりなんていられない。

僕の悩みなんて、いつだってあっさりと彼女に盗まれてしまうから。

彼女――星里果菜は、危険な魔法のアイテム、アーティファクトを回収し、街や人々を守る正義の味方になる予定の怪盗見習い。

人の悲しみをすべて盗むと誓った『怪盗ハテナ』なんだから。

第一幕 修行☆アーティファクトの使い方？

星里衛《ほしさとまもる》の内弟子《うちでし》兼はてなのパートナー兼執事見習《しつじ》いとしては、勉強ばかりしているわけにはいかない。成績は期末試験を頑張《がんば》ることにして、僕もはてなも夢未《ゆめみ》ちゃんも、それぞれ課題を抱えて懸命《けんめい》に努力している。今日も小ホールで三人別々の訓練を重ねているところだ。

僕は奇術の練習で、夢未ちゃんは魔力をコントロールする訓練。そしてはてなは……

マフくんを振り回してはてなはなにしてるんだろ？　たぶんなにかの訓練だと思うんだけど。

「真、なにコッチ見てるのよ。真面目《まじめ》に練習すれば？」

「あっ、ごめん」

むうっとほっぺを膨らませてはてなが睨《にら》む。日本人形みたいに長い黒髪は汗でしっとりして、大きな瞳《ひとみ》は熱で潤《うる》んでいる。そんな顔で睨まれても、僕の集中力には逆効果だ。幼馴染《おさななじ》みの可愛《かわい》い仕草についドギマギしてしまって、急いで視線を外した。

「真兄様《まこと》、一緒に座禅《ざぜん》修行しよう」

座禅を組む夢未ちゃんが僕を手招きする。お寺で教えを受けただけに、その姿は様になっている。でも、薄目を開けてこっちを見ていたら、あまり意味がないような気もするけどね。

姉のはてなと正反対に、夢未ちゃんは西洋人形みたいな金髪に青い瞳の美少女だ。僕は練習していたマジックの道具を置いて、夢未ちゃんの傍《そば》に座り直した。

「夢未ちゃんの修行の成果はどう?」

「んー……イマイチ。難しい」

無表情だから判《わか》り辛いけど、夢未ちゃんは微《かす》かに悔しそうな表情になる。

「魔力がなんだか、よく判らない。母様がいたら教えてくれるのに」

夢未ちゃんは、自分の作ったものが突然アーティファクトになるという出来事に遭遇したばかりだ。工芸魔術と呼ばれる力を持つ一族の末裔《まつえい》である彼女に発現した力は、素晴らしいけど危険なものだ。彼女たちの母であるメイヴさんからも、能力のこと自体を隠すように言われていて、不用意に能力が発現しないように、魔力をコントロールする練習をしているのだ。魔力……と言われても、僕にアドバイスできることはない。

「たぶんそんなに簡単にできるものじゃないだろうから、諦《あきら》めずに頑張ろうよ」

「ん。毎日続けることが大事」

一般論で慰《なぐさ》めて、僕も隣で座禅を組んで目を瞑《つむ》る。イメージトレーニングは、奇術師にとっては必須の修行だ。誰の前でもどんな時でもパフォーマンスを発揮《はっき》できるように訓練しなくては。いつか、衛師匠《ししょう》のように大勢の人たちを笑顔にできる素晴らしい奇術師になることが、僕の夢だから。まあ、衛師匠のイリュージョンは反則なんだけどね。

星里家に衛師匠の弟子になるためにやってきて知ったのは、この世界には実はアーティファクトというものが存在するということだった。衛師匠のイリュージョンは、妻であるメイヴさんの作ったアーティファクト――現代科学を超越した力を発揮する魔法の道具を使ったものだったのだ。そりゃあ、誰にもマネできないすごい奇術ができるはずだ。

僕もメイヴさんから貰《もら》ったアーティファクトを持っているけど、奇術師としてはそれに頼りたくなかった。

でも、アーティファクトのことは僕自身ももっと知らなければいけないとは思っている。それは、東京に来て見つけた僕の新しい夢、幼馴染みである僕のパートナーの――

「あ……もうダメ」

はてなのか細い声で、瞑想《めいそう》から我に返る。声のほうを見ると、はてながくたくたと床に座り込んだところだった。マフくん――黄色いマフラーが、へにょりと床に落ちている。

このマフくんが彼女のアーティファクトなんだ。アーティファクトとの契約に必要な〈真《ま》名《な》〉ははてなしか知らない。メイヴさんが心を込めて作った最強のアーティファクトらしい。

まあ、今のところははてなの我《わ》が儘《まま》に振り回されるのがお仕事みたいだけど。

先ほどから色々な形を再現するように指示されて、折《お》り鶴《づる》になったりカブトになったりしていたマフくんは、はてな以上に疲れているようだ。

「果菜《かな》お嬢様、飲み物をどうぞ」

すかさずエマさんが氷のたくさん入った冷たい飲み物を差し出す。

「……ありがと、エマさん。はあ、あっつい～」

飲みながら胸元をばささせて、熱を発散するのはやめてほしい。目の毒だって。

「あ、真のエッチ！　今、見てたでしょう！」

上気した顔で、はてなは僕を睨む。慌《あわ》てる僕に代わって、夢未ちゃんが澄ました顔で言う。

「姉様、瞑想の邪魔《じゃま》しない」

「わーんっ、夢未があたしに厳しいっ。真のせいよっ！　なんで真ばっかり懐かれるのよぉっ」

「長年お世話させていただいたというのに……好感度を超されるのは悔しいです」

ゲームじゃあるまいし好感度ってなんですか、睨まないでくださいエマさん。はてなもね。かしましく騒ぎ始めてしまったはてなに、冷静な夢未ちゃんは座禅の足を崩した。

「……はあ、真兄様、修行にならない。別の場所に行く？」

出口を指さす妹を、はてなは慌てて止める。

「はぅあっ！　邪魔なんてしないよっ。ち、ちょっと休んだら、また続けるもん」

「はてなはあんまり無理しないほうがいいんじゃないか？　今だって体温が……」

アーティファクトを使うには必ず代償《ゲッシュ》が必要になる。はてなや僕の代償《ゲッシュ》は、使うたびに体温が上昇するというものだ。体温があまりに高くなると命の危険もある。だから使いすぎには注意が必要だ。無理するのはまずいんじゃないかな。

「大丈夫だよ！」

はてなの大丈夫はあんまり信用できないんだよね。頑張り屋だから平気で無茶しちゃうところがあるんだ。それで何度も窮地《きゅうち》に立ったりしてるのにな。

「稼働時間も少しは長くなったし、まだまだ平気！　あたしだって修行しないと」

「ねぇ、はてなはなんの修行してるの？」

こないだから、マフくんと何かしてるんだけど、傍《はた》で見ていてもさっぱり判らないんだ。

「う……な、ナイショ」

視線を逸《そ》らされてしまった。でもってなんだか悔しそうにしてる。なんなんだろうな。

「でも、休憩は入れたほうがいいですよ、果菜お嬢様。そのほうが効率もいいと思います。少しお部屋で横になってはいかがでしょう？」

「う……でも」

ちらちらと僕と夢未ちゃんを見比べるはてなだ。夢未ちゃんと僕だけってのが嫌なのかな。

「このエマにお任せください。真様と夢未様を二人きりにして危険な領域にはけして行かせませんから！」

待って、エマさん！　夢未ちゃんと二人になったからって、何が問題なんですか⁉　妹みたいに思ってるのに危険な人みたいに言わないでほしいよ。

「これ以上好感度を上げさせたりしませんとも！」

「あ、そっちか」

僕はガクリと肩を落とした。いや、危険物扱いされるよりマシだけど。

夢未ちゃんも手品を習って僕とダブルマジシャンになるとか言い出してから、はてなとエマさんが僕たちをからかうようになって、ちょっと困ってしまう。

「大丈夫。もう兄様の好感度……カンスト済み」

「え？　カンストってなに？」

「ゲーム用語でございますよ、果菜様。カウンターストップの略で、上限まで上がりきったという意味です……なんだかとても許せない気がしてきましたねっ！」

「ゆ、夢未っ、姉様の好感度は？」

「そんな質問、困る……でも今、確実に1ポイント下がった」

「ええ〜っ」

「……では、私は自分の好感度をお聞きするのをやめましょう」

「あっ、エマさんズルイ」

「これ以上ポイント落としたくないなら、姉様はちゃんと休んで体温を下げる」

うん。姉思いの優しい夢未ちゃんに心配かけちゃダメだよね。

「あううう」

「僕も賛成だよ。無理したって、すぐどうにかなるものじゃないと思うよ」

「そうだけど……そうなんだけど、真のバカ」

なんて捨て台詞《ぜりふ》を言って、はてなは部屋を出て行く。その足元がおぼつかないのはやっぱり無理してたんだと思う。

「エマさん、姉様をよろしく」

「はい。ちゃんとお休みしていただきますね」

エマさんもはてなのあとを追って出て行く。エマさんに任せておけば大丈夫だろう。

「でも、夢未ちゃんもだよ。魔力制御ってどうすればいいのか僕にはさっぱりだから、無理してるかどうかも判らないんだ。魔力を使うのって疲れるんでしょ？」

そういう意味では、はてなのほうがずっと判りやすくて止めやすいんだよ。

「無理はしてない……」

「ならいいけど」

「無理ができるほど……魔力を動かせなくて……だから平気」

はああ、と溜《た》め息《いき》をついて夢未ちゃんがうなだれる。その背中を撫《な》でようとしたら、いきなり手を払われた。

「ガウガウ」

僕を押しのけて夢未ちゃんの背中を叩《たた》くのは、可愛くない顔のクマのぬいぐるみで、メイヴさんが夢未ちゃんを守るために作ったアーティファクトのガウガウだ。はてなのマフくんもそうなんだけど、ものすごく優秀なアーティファクトで、メイヴさんの愛情がたっぷり詰まっている。

「ガウガウ……ありがとう」

ガウガウは夢未ちゃんを優しく撫でながら、僕にドヤ顔を向けた。性格は、かなり素直じゃないけどね。ちなみに、夢未ちゃんの前では隠してるけど、本当は普通にしゃべれるんだ。

夢未ちゃんを撫でるのはガウガウに任せて、僕は言葉で励《はげ》ますことにした。

「焦っちゃダメだと思うよ。メイヴさんだってもうじき帰ってくるって言ってたんだし、そうしたらちゃんと教えてくれるだろ？」

僕たちの入学式までに戻ってくるという約束で出掛けたメイヴさんは、未《いま》だに帰ってこない。はてなも夢未ちゃんも寂しいはずだ。先日、アーティファクトを通じてやっと元気な姿を見られて、話もできたけど、それも僅《わず》かな時間だった。その時の母親の言いつけを守って、彼女は精神修行を試みている。素直で優しい子なのだ。

「ん……」

夢未ちゃんがコクンと頷《うなず》く。ガウガウも、励ますように頷く。

「もう少しだけ頑張ったら、休む」

再び正座して、夢未ちゃんは目を閉じる。真摯《しんし》なその表情を見て、僕も目を瞑る。だから、僕は気づいていなかったのだ。彼女の手の甲に、不思議な光が浮き出していることに。

エアコンを低めの温度に設定し、ベッドのサイドテーブルには塩と砂糖が入った冷えた水差しを置いて、エマは果菜をベッドに押し込んだ。

「では見張りに戻りますね。果菜お嬢様はお昼寝ですよ」

イタズラっぽい言葉を残すエマに、果菜は頰《ほお》を緩ませる。エマはたった二つ違いとは思えないほどのしっかり者で、小さな頃から果菜と夢未の面倒を見てくれている。家族なんだからメイドとして働く必要はないと、両親がどんなに言っても頷かなかった頑固者《がんこもの》でもある。

完璧なメイドで学校では生徒会役員を務めるほど優秀。そんな多忙な彼女も、ちゃんと自分の趣味に時間を割いて、わりと自分の欲望に忠実だったりするのは果菜にとって嬉《うれ》しいことだ。

時折発言が怪しくて首を傾《かし》げてしまうけれど。

「あの二人の見張りもエマさんの趣味だよね」

彼女も、真のことを気に入ってるみたいなのが、嬉しいような心配なような。最高級の西洋人形みたいな夢未と、中学生とは思えない大人びた美人であるエマに囲まれる真を想像すると、むしろ危険は増大したような気がする。……って、なにが危険なんだろ、と自分の脳内妄想《もうそう》に疑問を抱く十二歳の少女は、きゅっ、と両手を握って目を瞑る。

「あたしも……もっといたかったな」

先日まで、夢未とはろくに口も聞かない姉妹ゲンカに明け暮れていたのだ。仲直りした夢未ともっと一緒にいたい。

「ううんっ、真は関係ない！　アーティファクトの修行をしたい。真とだって……」

先日、盗みに入った先で捕らわれた自分を、颯爽《さっそう》と助けに来てくれたパートナーだし……ええと」

の高まりとともに、自分の恥ずかしい姿を見られたことも甦《よみがえ》ってきてしまう。

「あっあああああ～っ！　も、もう絶対、あんな失敗しないんだからっ！」

大丈夫？　というように少しだけ動いたマフくんにしがみついて、はてなは寝返りを打つ。

「……格好よかったなんて、思ってないもん」

ベッドの中で果菜は一人首を振って否定する。絶体絶命のピンチに駆けつけてくれて、富野《とみの》沢登美子《ざわとみこ》と対決し、自分を助け出してくれたパートナーの雄姿《ゆうし》。はてなは、あの時彼に見とれた自分に気づいていた。だけど、それを認めるには、今の果菜のプライドは傷つきすぎている。真に比べて、自分の未熟さが口惜しい。果菜のほうがマフくんとの付き合いはずっと長いというのに、真は彼のアーティファクトであるスマイルステッキを自分よりずっとうまく扱えているように思える。マライアにも登美子にも指摘されてしまったのだ。

アーティファクトを使いこなせていないと。

「……マフくんを使いこなせていない……マフくんがどんなに優秀でも、あたしが未熟だから……その実力を発揮できないんだ」

簡単に捕まって脱出できなかった。みんなを危険に晒《さら》した。抉《えぐ》られたように心が痛む。

「もっとちゃんとマフくんを理解して……あたしがマフくんに相応《ふさわ》しくならないと」

黄色いマフラーは、首を傾げるように微かに揺れた。

「マフくん、あたし、頑張るね」

世界に数少ない力を持ったアーティファクト。母親のメイヴに星里家を任されたのは、長女の果菜だ。メイヴ譲りの魔術具作成能力を持ってしまった夢未を守るのは自分でありたい。

「あたしが、やらないとね」

少しだけ眠ったら、またマフくんと訓練しよう。そう心に決めて果菜は目を瞑った。

彼女が眠るまで動かなかったマフくんは、寝息を立て始めた果菜にそっと毛布をかけ直すのだった。

「エマさん、魔力って何か判りますか？」

夕食の後片づけの皿洗いをしながら、僕はエマさんに尋《たず》ねてみた。

「いきなりですね。魔力は魔力としか言いようがないのですが……そうですね、世界中に満ちているエネルギーの一種だと考えるとわかりやすいでしょうか」

「……たとえば太陽熱みたいな？」

「まあ、そんな感じでしょうか。目には見えないけれど、この大気中に存在しているもの。太陽エネルギーは熱として科学的に分析されていますが、魔力は公《おおやけ》には発見されていません」

公には、ってわざわざ言うあたり、知っている人は知っているってことなんだろう。

「実はわりと誰でも持っているそうです。大気中にあるのですから体内にもあるのでしょうね。だから、私もアーティファクトを使うことができるのかもしれません」

「僕も？」

「ええ、もちろん。でなければメイヴ様のお作りになられたアーティファクトたるステッキを、あれほど使いこなせませんよ」

「そうなんですか……？　自分じゃちっとも判らないんですけど」

魔力が判らなくても、アーティファクトさえあれば誰もが魔法を使えるんだから、桔梗院《ききょういん》さんが欲しがる気持ちも判るし、富野沢さんみたいに強引な人も次々と現れるだろう。

「エマさんのメイド服ってアーティファクトですよね？」

「そうですよ」

「エマさんはどんなふうに使いこなしているんですか？」

エマさんが愛《いと》しげにメイド服を撫でて微笑《ほほえ》む。

「内緒です。どうしても知りたければ、アーティファクトと同じで対価が必要ですよ、ふふふ。そうですねぇ、たまたま真様に似合いそうな服を作ったのですが？」

「……それ、男物ですよね？　はてなとお揃《そろ》いのドレスとかじゃないですよね!?」

「ふふふ、どうでしょう？　ああ、お揃いはもちろんですよ。果菜様と夢未様とお揃いの可愛らしいお洋服です。三人でお出掛けする時には是非《ぜひ》！」

「あ、愛らしいって……けっこうです！　女装なんてしませんからねっ」

「それは残念です」

それでなくても男らしくない容姿はコンプレックスなのに、やめてくださいよ。学校でも屋敷でも働いて忙しいはずなのに、どこにそんなものを作る時間があるんだろう。美人で優秀で完璧なメイドさんで学校では頼れる先輩なのに、やっぱりエマさんは、どこか残念な人だった。

「マフくん、コマンド1……コマンド1なんだってば」

片づけを終えて、寝る前にお風呂に入ろうと向かったら、はてなの声が聞こえてきた。

「ん？　はてな、まだお風呂に入ってなかったの？」

「え、真？」

「あ、じゃあ僕はもう少しあとにするから、ごゆっくり」

そう言ってきびすを返すと、風呂場のドアが開く。

「あたしはもう上がったから、入っていいよ。おやすみ」

パジャマに着替えたはてなが、マフくんを抱えて慌てたように出てくる。

「おやすみ、はてな。……コマンド1って？」

「聞こえてた？」

「うん。聞こえたから声かけたんだ」

はてなは何だか困ったような顔をして、僕を上目遣いに睨む。湯上がりのはてなからは、ふわりとシャンプーの香りが漂う。僕は、わけもなくドキドキしてきた。

「え、えっと……」

「……はあ、できるまでナイショにしておこうと思ったのに……」

小ホールでもナイショって言ってた訓練に関係してるのかな？

「真はパートナーだもんね、隠し事はいけないか。あのね……マフくんの持ち主に相応しくなるために、色々試してるんだ」

「今でも、はてなとマフくんは以心伝心って感じに見えるけど……」

はてなはマフくんを手放さずにずっと持ち歩いてるし、マフくんははてなの感情に従って動いてる。僕もマフくんにぶっ飛ばされたのは一度や二度じゃない。

「それじゃ、ダメみたい。マフくんを使いこなせていないって言われたの」

マフくんをいじりながらはてなが言う。誰に言われたんだろう？　メイヴさんかな？

「それでコマンドって言ってたの？」

「うん、簡単に意思が伝わるように、合い言葉みたいなのを決めたらいいんだって」

「ああ、ガードモードとかって叫んでたもんね」

「そうそう。たぶんあれだと思うんだ。ガードモードは、母様に叱《しか》られた時に隠れようとして思いついたんだけど……どうしてほしいか、はっきり決めておけばいいって言われて。コマンド1からコマンド10まで、とりあえず決めてみたけど、うまくいかなくて」

複雑そうな顔でマフくんを見ている。夢未ちゃんもはてなもメイヴさんと話してから、すごくやる気になってるみたいだ。僕も負けていられない。でも、執事見習いとしてはこの状況はよくないよな。僕は深呼吸した。

「はてな、頑張るのはいいけど、今日は疲れすぎて倒れたんだし無理しちゃダメだよ。それに、こんな所で長話したら湯冷めしちゃうから、早く部屋に戻ったほうがいいよ」

考え込むはてなにそう言うと、ハッとしたように顔を上げる。

「あっ、あたしお風呂上がり……」

自分の格好に気づいたのか、はてなが怯《ひる》んだように身を固くするのに、僕は思わず赤面した。

「……真のすけべ、エッチーッ！」

はてなはそう叫んで走り去っていった。エッチは言い過ぎだと思うな……それに、赤くなるのも不可抗力じゃないかな。はてなは自分が美少女だって自覚が薄すぎるよ……

さっさとお風呂に入って寝てしまおう。明日は、奇術の練習がしたいな。そんなことを思いながら、風呂場に入ったのだった。

「学校……行きたくない……眠い」

ガウガウに抱えられて部屋から降りてきた夢未ちゃんは、本当に眠そうな顔をしてあくびを堪《こら》えて朝食をとっていた。

「またゲームして夜更かししたんでしょ。身体《からだ》に悪いのに」

「確かに睡眠不足は健康に悪影響。姉様の言う通り」

素直に頷く夢未ちゃんに、はてなは満足そうだけど。

「解消するには睡眠が必要、おやすみ姉様。ガウガウ、バックよろしく」

「待ちなさいって。ズル休みは認めません」

「健康上の理由だから、ズル休みじゃない」

それは屁理屈だと思うよ、夢未ちゃん。

「夢未お嬢様は、夕べ遅くまでパソコンを使っておられました。そのせいでございましょう」

ジーヴスさんがはてなに告げる。この完璧な銀髪の執事さんは屋敷内のことなら、いつ何時でも判っているみたいだ。夢未ちゃんのパソコンもアーティファクトだから、睡眠不足は代償《ゲッシュ》のせいってことなのかな？

「夢未……無理しちゃダメじゃない。母様に言って叱ってもらうよ」

「姉様だって無理してるのに？」

しれっと反論する夢未ちゃんにはてなが慌てる。

「あ、あたしは無理なんかしてないもの」

「うそ。姉様もずっとマフくんを動かしてた」

ジーヴスさんに次いで屋敷内を網羅《もうら》してる夢未ちゃんには、はてなの行動も筒抜けらしい。

もしかしてはてな、あのあともずっとマフくんと練習してたのかな。

「夢未様、果菜様、学生の本分は勉強ですよ」

メイド服から制服に着替えたエマさんが、キラリと眼鏡を輝かせて言う。ピシッと生徒会役員の顔になっている。口調はまだメイドさんだけど。

「真様と違って果菜様は好成績ではありましたが、期末では逆転してしまうかもしれませんね」

「え、真に負けるなんてあり得ない」

ひどいよ、はてな。気にしてるのに、ううう。

「勉強は得意。心配ない」

「夢未様、体育も立派な授業課目ですよ?」

「う……いじわる」

「では、私は生徒会役員の仕事がありますので、ひと足先に行かせていただきます。果菜様、夢未様をくれぐれもよろしくお願いします」

「はい、エマさん!　夢未のことは任せて」

はてなの言葉にエマさんは一礼して玄関ホールに向かう。いつもと逆にエマさんを見送ったあと、僕たちも学校に向かうことになった。

まだ眠そうな顔をした夢未ちゃんと手を繋《つな》いで歩くはてなは嬉しそうだ。僕も少し間を開けてその後ろからついていく。

夢未ちゃんは僕とも一緒に歩きたがったけど、それは特別な日だけ。

仲良く歩く姉妹を護衛する気持ちで、僕はほのぼのと登校したのだった。


はてなより少し遅れて教室に入る。はてなは女子のみんなと挨拶《あいさつ》を交わしている。

入学から二カ月が過ぎて、はてながクラスに馴染めているみたいでホッとする。最初は、妙にお嬢様っぽく振る舞おうとして大変そうだった。今はずいぶん自然体になって、みんなからはてなと呼ばれても嫌な顔も見せなくなっていた。いい傾向だと思う。

「おはよう、今日もいい日よりね。そう、出逢《であ》った人と一目で恋に落ちてしまいそうな……仕方ないわよね。だって、六月ですもの」

六月って何かあったっけ？　そういえば衣替えしたな。夏服は涼しげでいいよね。

「おはよう、松尾《まつお》さん」

数少ない男子の一人のはずの巨漢、松尾さんは相変わらず私服のままで、不可思議な存在だった。アンニュイな表情で席に着くと、いきなり鞄《かばん》からおにぎりを取りだして食べている。

「真どの、おはようございます。次の勉強会の予定を立ててみましたぞ」

「バッチリだぜ、真。オレたちに任せろって、見ろこのスケジュールを」

残りの男子、藤吉郎《とうきちろう》と林田《はやしだ》くんもやってきた。見せられた予定表は、期末までの毎日を各自の家の持ち回りで勉強会をすることになっている。もちろん星里家も、僕の家も勝手に組み込まれていた。彼らは知らないことではあるんだけど、その二つ、同じですから。

「却下」

「なんだとおおおおおおっ！」

「期末テストまで毎日勉強会ってあり得ないだろう？」

「どうしてだ⁉　真面目に勉強しようというこの高い志《こころざし》がなぜ判らんっ！」

下心なら理解できるけどね、あからさますぎて。

「なあ、真、しようぜ！　勉強会！　素晴らしい勉強会っ！」

「いたしましょう！　是非ともいたしましょう、真どの〜〜」

「いや、しないから」

狙いがはてなと夢未ちゃんだと判ってるのに、僕が同意するはずが……待てよ？

「あのさ、確認するけど、もしも勉強会をするとして、参加者は二人と僕だけだよね？」

「なにゆえっ⁉」

そんなショックって顔するほどじゃないでしょ。当たり前のことだ。

「成績悪いのは、僕、藤吉郎、林田くんだけだからさ」

「はてなちゃんに教えてもらいたいっ！　いや、教えてもらわねばならないっ！　桔梗院はこの際いなくても妥協《だきょう》しよう。だがはてなちゃんは必要不可欠！」

「そんな迷惑はかけられないよ。僕は教えてもらわなくても時間さえ取れれば大丈夫だし」

「う、裏切り者〜〜ッ、真、お前なんか友達じゃないやいっ！」

泣きながら叫ぶ藤吉郎。あと、泣きながら土下座するのやめて、林田くん。

「わたしが教えてあげてもいいわよ〜？」

「なんとっ⁉」

優しくかけられた声に泣くのをやめ笑顔で振り向く、林田くんと藤吉郎。救いの手を差し伸べたのは、誰あろう松尾さんでした。二人の笑顔が凍りつく。

「そういえば、松尾さんも成績上位者だね」

「まあ、あなたたちよりはね」

「じゃあ、判らないところがあったら昼休みにでも教えてもらっていいかな」

「いいわよ〜。お昼休みに勉強会なんて学生らしいわぁ」

魂《たましい》が抜けたようになっている藤吉郎と林田くんをよそに、僕たちは微笑み合ったのだった。

「……真くんたち、何してるの？」

「知らない。男子ってうるさいよね。真も染まらないといいんだけど」

桔梗院さんとはてながそんな話をしているとは知らず、僕は陰《かげ》ながらはてなたちを守った。

ちなみに、男子四人の勉強会は意外に楽しかったりしたのであった。


学校から帰ると、はてなと夢未ちゃんはお昼寝をジーヴスさんに命ぜられた。

アーティファクトの使いすぎを警戒しているジーヴスさんに、きちんとした休憩の大切さを説かれては二人も逆らうわけにはいかない。二人が横になっている間に、屋敷の仕事を片づけていく。掃除や洗濯もずいぶん慣れて手際もよくなった。もともと実家では家事手伝いをしてたからね。最初はこのお屋敷の大きさが執事見習いには荷が重かったけど、慣れって大切だなぁ。しばらくして起き出してきたはてなや夢未ちゃんと一緒に訓練開始だ。

練習場代わりの小ホールで、僕はマジックの基礎をひととおり、夢未ちゃんは持ち込んだパソコンを動かしたりしながら、魔力の制御の練習。そしてはてなは——

「マフくん、コマンド1はハンカチ。コマンド2はマフラー、コマンド3はボールね。判った？　じゃあ、コマンド1」

真面目にマフくんのコマンドを練習している。でも、マフくん、それはマフラーの変形、拳《こぶし》モードだよ？

「もうっ、マフくん、コマンド1はハンカチだってば！」

……どうやら、はてなはコマンドをナンバーにしたいと思っているみたいだけど、全然うまくいっていない。苛立《いらだ》つはてなの動きに合わせるように拳を作るマフくんは、どちらかといえば、はてなの気持ちを先取りして動いているように見える。

何度言ってもうまく行かず、はてなは諦めてアプローチを変えた。

「ああもう、じゃあ、コマンドは諦めて日本語でいくから、マフくんジャンプ！」

びよんっ！　とマフくんは見事な勢いで飛び上がった。

「成功？」

「……マフくんだけ飛び上がってる」

「だよねぇ。でも言う通りにはしてくれたんだから、さっきよりずっとマシかな？」

「うん。じゃあマフくん、あたしをジャンプさせて」

びよんっ！　と今度ははてなと一緒に飛び上がった。

「きゃっ！」

天井にぶつかりそうになって、黒髪の美少女は悲鳴をあげる。瞬間、マフくんが彼女の頭をガードし、大きく拡がって落ちてくるはてなを受け止めた。

……こうして見てると、すごく便利に使えてると思うんだけどなあ。

「姉様、部屋の中で縦の動きはムリだと思う」

「そ、そうね。マフくん、ダッシュ！」

びゅいっと風が吹き渡った。そしてはてなの悲鳴が遠ざかり、しばらく戻ってこなかった。

「……この分だと、家の中での訓練はマズいんじゃないかな？」

「家の外は、もっと問題」

確かに、アーティファクトを使っているところを誰かに見られちゃ困るからなぁ。広い練習場があるだけ恵まれていると思うんだけど。

壁にぶつかって目を回したはてなが、マフくんのお陰《かげ》でまったく無傷であることを確認して、僕はほっと胸をなで下ろすのだった。

「はあ……難しいな」

「ふぅ……むずかしい」

夢未ちゃんとはてなの溜め息が重なった。

「どうしてもうまくいかない……コマンドじゃなければマフくんが何とかしてくれるのに……」

「動かそうとしたら、壊れた」

はてなはくたりとしたマフくんを片手にうなだれ、夢未ちゃんは両手の中のアーティファクトの残骸《ざんがい》を見つめて肩を落としている。今日もうまくいかなかったらしい。二人とも寝不足になるくらい夕べも頑張っていたんだろうに、まだ先は長そうだ。

「何かいい方法ってないかなぁ？」

「やはり精神修行しかないかも？　瞑想じゃない精神修行とは……」

タタタとパソコンを打ち出す夢未ちゃんに、過去の光景が思い浮かぶ。夢未ちゃんが前に検索した修行方法って、剣呑《けんのん》なのばっかりだったよね？　下手《へた》したら大ケガしそうな……心配になった僕が止めようとした時、飲み物と軽食が載ったワゴンを押してエマさんが入ってくる。

悩んでいる様子の二人を見て、美貌《びぼう》のメイドさんはキラリと眼鏡を光らせた。

「ふふ、私が用意させていただきましょうか、お嬢様方の成長の一環となる精神修行を」

「エマさん、二人とも頑張りすぎてるから、これ以上は……」

「ふふっ、心配性ですこと」

剣呑なものを感じる僕に、エマさんはこれ以上なく優しい笑顔を向ける。天使の笑顔に見えるが、たぶん、これってご意見無用って意味だよね？

「大丈夫ですよ、真様。私が用意するのは『滝行《たきぎょう》』です。真冬でもなければ危険はありませんから、ご安心ください。最近は外国人観光客にも人気だそうですよ」

何でもないことのように言うエマさんに、二人が反応する。

「滝行……？」

「お水……苦手」

「果菜様、夢未様、滝行は座禅に次ぐ、メジャーな修行ですよ。人気があるのは効果が高いからではありませんか？　まずは体験してみては」

エマさんの言葉にはてなはグッと力強く頷く。

「やります！　滝行！」

「さすが、果菜お嬢様。夢未様はいかがです？　精神修行が必要なのは、どちらかといえば夢未様のほうかと思われますが」

「うう……このままだとダメだから……やる！」

エマさんの誘いに夢未ちゃんも頷く。滝修行か……僕もやってみよう！　何だか面白そう……いやいや、役に立ちそうだ。心を鍛えるのは奇術師にも必要なんだから。

「僕もやりたいです、エマさん！」

「もちろん却下です」

「え？」

にこりと微笑んで、エマさんは拒絶したんだ。なんで？

「滝行の衣装は白く薄い単衣《ひとえ》です。つまり着物用の下着とあまりかわりません。水に濡れて透けます。そんなあられもないお嬢様たちを見たいのですか？　真様も男の子ですねぇ」

「あ、あられもない……はうっ！　ま、真は絶対ダメ！　ダメだからっ！」

「別に見られても構わない」

真っ赤になってダメだと繰り返すはてなと、クールすぎる夢未ちゃん。

「構うの！　ダメったらダメ～～～ッ！」

そうして僕だけ、「真面目に勉強してなさい」と部屋に閉じ込められたのだった。


ドシャ――――――――ッ！

お風呂場に現れたその滝は圧倒的な水量だった。

「まさか、お家《うち》の中で滝行するとは思わなかった」

呆然《ぼうぜん》とする夢未とはてなの前で、天井から床まで大量の水が壁を作っている。

「エマさん……これ、どうやって？」

「もちろん、アーティファクトでございますよ」

「こんなアーティファクト知らなかった」

滝行用の白装束《しろしょうぞく》に着替えた果菜と夢未はあっけにとられて、その『滝』を見つめる。

「難易度高すぎじゃない？　エマさん」

こくこくこくと夢未も首を振る。

「ご安心ください、もちろん、水量は変えられます。使い始めは調節が難しいのです。そろそろ安定したでしょうから。ポチっとな」

手に持ったリモコンのような物を操作すると、流れ落ちる水の量は確かに減った。

「う……ん、も、もうちょっと弱くても、いいかなっ。ねぇ、夢未」

こくこくこくと頷く夢未の顔は蒼白《そうはく》だ。

「まあ、最初から修験者《しゅげんじゃ》の滝とはいきませんものね。ではポチっとな」

まあ、なんとか勢いに潰《つぶ》されないだろう水量になる。

「さあ、お嬢様方、では、心を鍛える滝行をどうぞ！」

「う、エマさんのりのりだよ」

「ううう……」

滝の中にしぶしぶ入る。落ちる水が頭や身体に当たって弾ける。

「あ、なんか、ちょっと気持ちいいかも……」

「……よくない」

並んで立った二人の長い髪が、滝に流されて身体に張りついていく。

「ただ滝に打たれればいいというわけではありませんよ、お嬢様方。しっかり瞑想して体内の魔力の流れを意識してください。無念無想の境地ですよ。あるがままがすべてなのです！」

「「はいっ」」

　どこかで聞いたような台詞ばかりだが、素直な二人は言われるままに目を瞑った。滝に打たれる。打たれているうちに、雑念が頭から消えていく。ただ水音を聞く。そしてその音すら、やがて消えていくのだ。はてなは、からっぽな頭の中に何かを見つける。ただそこにあるもの。自分の中から、微かに浮き上がってくる力の流れ……それが、魔力。

「これが……魔力……？」

「素晴らしい！　摑《つか》みましたか、お嬢様！」

「えっ、姉様すごい」

　驚いた顔の夢未に、少し誇らしげな姉は胸を張る。

「でも、まだこれが本当に魔力なのか、判らないんだけど……」

「わたしはわからないのに……」

　不満げな妹の手を、姉は優しく握った。

「あたしも自信ないよ。もう少し頑張ろう」

「では少し水量を増やしましょう。夢未様、準備はよろしいですか？」

「ん」

　少し強くなった滝の流れに、二人は真《ま》っ直《す》ぐ立つのもおぼつかない。

「ち、ちょっと……強い、かも」

「エ、エマさん、い、痛い……」

「おや、もうダメですか？　まだ修験者レベルに達してませんが」

「……ま、まだ平気……」

「ね、ねえ、さま……」

繋いだ手の温《ぬく》もりを頼りに、二人は意識を集中する。

「美しい姉妹愛でございます！　では……もうひと声。ポチッとな」

「あっ……エマさんっ、ダメッ！」

止めるのが少し遅かった。

「きゃあああっ！」

「助け……がぼがぼ」

力尽きたのは、はてなが先だった。続いて夢未だ。

「あらあら、大変」

エマは、慌てることなくボタンを操作する。すぐに水は止まり、エマは二人に駆け寄った。

「果菜様、夢未様、大丈夫ですか？　……これはっ!!」

薄い白装束は乱れて、果菜と夢未の肌が露《あらわ》になっている。ここはお風呂場で裸が当然の場所なのだが、肌に僅《わず》かにまとわりつく白い単衣がかえって色気を醸《かも》し出している。

エマは思った——真を立ち入り禁止にしておいて本当によかった、と。

「あううっ、なんという眼福なっ！　私、星里家に仕えて今日まで、幸せを満喫しておりましたが、今日ほどっ！　それが身に染みたことはありませんっっっっ！」

「エマさん……何言ってるの?」

「テンションたか……」

それは幸福そうにこちらを見つめるエマに、果菜は不安を感じた。大好きで姉のような人だけれど、いささか怪しい趣味の持ち主なのだ。その視線の先を確かめるように自分の姿を見る。

「えっ、な、なに、これ……っ!」

「単衣、脱げてる」

「じ――――――――っ♪　ふふふっ」

エマの熱視線に、果菜は顔を赤らめて抗議する。

「エマさんのバカーっ!」

わずかながら魔力を実感したきっかけのかわりに、何か大切なものを失った気がしないでもない星里姉妹であった。


滝行の結果を知りたかったんだけど、はてなも夢未ちゃんも自室に閉じこもってしまって顔も見られなかった。疲れきって休んでるって、二人はどれほど過酷《かこく》な修行をしたのだろう。

エマさんに頼んで僕もやらせてもらおうかな、僕一人なら問題ないだろうし。夕食の席でも修行についてははてなに言葉を濁《にご》されてしまった。

「でも、姉様は体内にある魔力を摑めたみたい」

「へえ、はてな、すごいじゃないか!」

「そ、そうかな。あれが魔力なら、恥ずかしい思いをしただけのことは……」

はてなは頑張ったかいがあったみたいだ。よかったな。

「でも、恥ずかしいって？」

「なんでもないっ！」

顔を背けられてしまった。これは触れないほうがよさそうだ。

「なあ、はてな、魔力ってどんな感じだった？」

「んー、よく判らないけど、滝に打たれて何も考えないようにしてたら、なんだか身体の中からぼうっとあったかくなってね」

「ふんふん」

「冷たかった肌がぽかぽかして……」

「あの」

ふむふむと感心して聞いていると、何だかすまなそうな顔をしたエマさんが声をかけた。

「お嬢様、それはもしかして……魔力ではなく、体温が上がったのではないかと」

「え？」

「水で冷やされた身体は、自分を守るために体温を上げるから……」

「えっ、そうなの？」

エマさんも夢未ちゃんも、はてなから視線を微妙に逸らしながら頷く。

「魔力じゃないんだ？」

「たぶん」

「えーーっ、ガッカリだよ！　でも、夢未が感じないのにあたしがって、変だと思ったんだー」

明るく笑って言うはてなに、みんながホッとする。

「姉様、また一緒に頑張ろう」

「ええ、夢未。でも滝行はもういいかなぁ」

「わたしも賛成」

姉妹の意見が一致して、エマさんは「それは残念ですねぇ」と本気で残念そうに言った。それなら僕が修行したいと言ったらやらせてくれそうだ。

でも、そう言った途端、はてなと夢未ちゃんに大反対されてしまったのだ。どうしてだろう？

滝行ってそれほど過酷なものだったのかな？


コンコン、コンコン。ノックの音が朝の廊下に響く。

「夢未！　起きなさいってば、遅刻しちゃうよ。ガウガウ、夢未を起こして！」

返事がない間にコンコンはドンドンに変わっていく。

「夢未ちゃん。朝ご飯食べようよ。それと、今日は僕と手を繋いで学校に行こうか？」

「行く」

部屋の中から返事があって、夢未ちゃんが動いている音が聞こえてくる。

「よかった。やっと起きてくれた」

嬉しそうに言ってからはてなは僕を睨む。

「でも、真と手を繋いで登校するからって……不愉快なんだけど」

「ご、ごめん。それしか思いつかなくて」

「好感度カンスト……憎し」

憎しって……はてなは夢未ちゃんを好きすぎ。夢未ちゃんははてなのことが大好きなのに、そこは判ってないのかなぁ。

「時間がないから、急いで食べてね」

「朝食抜きでもいい」

「それはダメ」

成長期の小学生が朝食抜きなんてとんでもない。特に食が細い夢未ちゃんじゃ、貧血起こしかねないよ。

「でもなんで六月に入った途端、また登校を嫌がるようになったの、夢未？」

「夢未ちゃん、学校でイヤなことでもあったのかな？　話してほしいんだ。先生もクラスの子もいい人だと思ったんだけど」

朝食を詰め込む夢未ちゃんに、口々に尋ねる。

「別にイヤな人はいないけど……」

「それならなんで？」

夢未ちゃんは黙って立ち上がり、ランドセルを背負う。

「真兄様、手」

「ああ」

夢未ちゃんの差し出した手を握り、僕も用意していた鞄を手に持つ。

「行ってきます」

見送ってくれるジーブスさんに挨拶して玄関を出る。

「……イヤなことなら、これから起きる」

小さな声で夢未ちゃんが言った言葉は、よく聞こえなかった。


放課後、久しぶりに真っ直ぐ家に帰らずに果菜は友人の桔梗院心美《ここみ》と寄り道することにした。

心美のお気に入りの喫茶店で向かい合って、それぞれ別の種類のパフェを頼む。

「半分食べたら交換ね」

弾んだ声で心美が言う。

「こういうの、女友達の特権じゃない？　ふふっ、はてなとできて嬉しいわ」

心美は社交性があり、誰とでも仲良くできる。だが、だからといって、果菜ほど深い付き合いの子はいないし、上《うわ》っ面《つら》だけの友人なら欲しくもないと思っている。桔梗院も星里も秘密を抱えた、複雑な家なのだから。

「そうね。両方食べたくても二つ食べたら太っちゃうもの」

「はいはい、身軽じゃなきゃね。でもやめてよ。メイヴさんが帰ってくるまで怪盗は」

途中から声をひそめて心美が言う。

「もう、さんざんダディに怒られちゃった。果菜お嬢さんを危険な目に遭《あ》わせるなって」

「心美のせいじゃないのに」

「そう思ったら、私のためにも自粛《じしゅく》してね。どうせもうすぐメイヴさんは帰ってくるんでしょう？　大好きなママと一緒にやればいいじゃない」

「うん！」

そう、もうすぐ帰ってこられると言われたのだ。母に会えるのがとても楽しみだ。けれど楽しみとともに、少しだけ不安もある。マライアに指摘された欠点は治っていない。マフくんとはちっとも意思疎通ができた気がしない。何も考えなかった前のほうがマシなくらいなのだ。成長できない自分を見て、母はガッカリしないだろうか。

「ねー、はてな、また落ち込んでる？」

「えっ？」

「なーんか元気がない。まあ、夢未ちゃんと口も聞かなかった時ほどじゃないけど、こう、静かに沈んでるっていうか、悩んでるっていうか……」

違う？　と真顔で見つめられて、果菜は笑ってみせられなかった。

「うん、ちょっとね、自分が情けなくて……」

夢未や真、エマよりも、心美には本音を言いやすくて、口にして果菜は少しホッとする。

「そっか、やっぱり捕まっちゃったの引きずってたかー」

「まあ、でも……内緒ね。お願い」

「オーケーオーケー、おおう、優越感を覚えるぜ」

「なにそれー」

「んだって、他の人には落ち込んでるの隠してるでしょ？　はてなの秘密を私だけが知っている！　って、かなり嬉しいじゃない。もちろん、言えない理由も判るけどね」

「だって……みんな頑張ってるから」

「弱音を吐いたって、みんな気にしないと思うわよ？」

「そうかもしれない……けど」

泣き言を言うのも、甘えるのも……違うと思ってしまうのだ。夢未だって落ち込んでも努力を続けている。エマがどれだけの努力を積み上げて今に至っているのか。そして真も……「助けて」と声をあげるたび、助けに来てくれるパートナーには、果菜はこんなつまらないことで頼ったりできないと思うのだ。せめて勉強くらい教えてあげたかったのに。なのに……

「あたしじゃなく、松尾さんに教えてもらうって、どうよ！」

「うわ、いきなり真くんの話題になってる。ま、はてなの思考回路は想像つくわ」

つい口にしてしまった愚痴《ぐち》に、まさかそんな反応が返ってくるとは思わなかった。

「ま、他の女の子に教えてもらうってよりは、松尾さんは安全でしょう。懐《ふところ》深いしね」

「うん、同じ中一なんて思えない」

それからクラスの話題になって、ひとしきり心美とおしゃべりを重ねてから、互いの自宅に帰ることになった。それほど長い時間ではなかったけれど、きっと自分がいなくても、夢未も真も訓練しているのだろうと思うと、少し心が痛い。

「何かお土産《みやげ》があったほうがいいかな……？」

「ここのシューアイスは人気あるから、買って帰れば？　私もダディに買っていこう。ご機嫌取ってお小遣い、早く戻してもらわないとねっ」

パチンとウインクして、心美はレジに向かう。持ち帰りを頼む声が聞こえた。

――お小遣い減らされちゃったのか、心美。

自分が一人で美術館に乗り込んだせいと気づき、はてなはしゅんと目を伏せた。

「ごめんね、心美」

「悪いと思ってるなら『貸し』一つにしてもいいけど？」

「借りないもん。それとこれは別」

「おや、逞《たくま》しくなった？」

「そりゃそうだよ！　捕まっちゃうなんてドジ、もう二度と繰り返さない！　ちゃんと強くなるもん」

「よしよし、へこんでるよりずっといいよ！　頑張れ♪」

そうして心美に元気を貰《もら》って、果菜は笑顔で家に帰るのだ。

まだ修行していたら、一緒にやろう。お土産のシューアイスをみんなで食べてから。

僕たちがはてなのお土産でお茶をしていた時、その人はいつものように突然、バラの花びらとともに二階のテラスに現れた。

「マイスウィートプレシャス！　元気だったかい？　パパだよ！　寂しかっただろう。さあ僕の腕の中に飛び込んでおいで、夢未、果菜！」

「衛師匠、お帰りなさい！」

「パパ、じゃなくて父様……お帰りなさい」

「父様、おかえり」

たまたま修行を休んでお茶をしているタイミングで現れるあたり、さすが衛師匠と言うべきだろうか。風もないのにマントをふわりと翻《ひるがえ》し、娘たちが抱きついてきてくれるのを待っているけど、二人が腰をあげる気配はなく、寂しそうに両手を下ろした。ちょっと可愛い。

宥《なだ》めるように、エマさんが師匠に声をかけた。

「旦那《だんな》様、果菜様が心美様との外出でお土産を買ってきてくださったのです。旦那様も召し上がりますよね」

「おおっ、果菜のお土産なら、是非いただこうか」

「父様、今回はどれくらいいられるの？　母様が帰ってくる時にはいてよね。それと父様のお師匠様はいついらっしゃるか決まったの？」

はてなが新しく皿にシューアイスを置き、エマさんが紅茶を差し出す。

「おや、美味《おい》しそうだ。それで……言いづらいのだが、実はね」

「父様、まさか父様のお師匠様に真のことを断られたとか？」

ドキッと心臓が跳ねる。恐る恐る師匠の顔を見る。師匠は浮かない顔のまま答えた。

「いや、それはない」

よかった。しかし、ふう、と師匠は吐息をこぼす。

「僕は、すぐに仕事に出なければならない。ここに来るのも無理矢理だったんだ」

「お仕事なら仕方ないでしょ」

「悲しんでおくれよ、マイプレシャス」

「キリがないもの。それで？」

淡泊な反応をするはてな。そう言いつつも、少し寂しそうな顔をしているんだけどね。

でも、続く言葉に姉妹は顔色を変えた。

「……メイヴが帰ってくるのが遅れそうだと言われたんだよ」

「母様が⁉」

「そんなっ、どうして⁉」

「パパも理由は判らないんだが、君たちのお祖母様《ばあ》の命令らしい」

「お祖母様……マライアさんが厳しい人だと言っていたけど……それにママも」

「なにしろ一族の長《おさ》だからね」

彼女の命令で、マライアさんはアーティファクトを取り戻すためにこの屋敷に潜入したこともあるんだ。同じ一族でも、考え方は色々と違うらしい。

「でも、母様は里がイヤで飛び出したのに、今さらなんで……?」

「母様は、もうすぐ片づきそうだって言ってたのに。どうして?」

口々にはてなと夢未ちゃんが疑問を呈《てい》する。マライアさんが星里のお屋敷に盗みに入ったのも何か曰《いわ》くありげだったけど、この前の話では一族の里はメイヴさんの力を必要としていたみたいだ。はてなたちが狙われる理由をなくすために、メイヴさんは仕方なく里に協力している。

それがさらに長くなるなんて……何カ月も母親から引き離されている姉妹は、衝撃に言葉も出ないようだ。重い空気の中、師匠が父親の威厳を見せる。

「悲しまないでくれ、マイプレシャス、僕の胸も張り裂けそうだよ」

「……パパのせいじゃないもの」

そう言うはてなは、とても寂しそうな顔をしていた。

「ん、父様のせいじゃないって認める」

夢未ちゃんがゆっくりと頷くのに、衛師匠が破顔した。

「大切な僕のプリンセスたち、二人とも僕もメイヴも愛してるよ」

「ん、知ってる……」

夢未ちゃんの表情は変わらないままだ。表情に出なくても夢未ちゃんの気持ちはよく判った。

「パパはすぐに行かなければならない。ステージもあるが、最近、アーティファクトを狙う連中の動きが激しいんだ。日本に持ち込まれるアーティファクトの数も増えている」

ソファから立ち上がって、衛師匠が言う。言われてみれば、ド派手なマントもタキシードも身につけたままだし、旅行鞄もない。本当に報告のためだけに来てくれたんだな。

「……富野沢の例もある。アーティファクトを持つ者は、さらにアーティファクトを求めるものだからね。警戒するに越したことはない。果菜たちを危険に晒すことはできないからね」

そう言った師匠は、男らしく表情を引き締める。

「真クン、ジーヴス、エマ、二人を頼む。すべての危険から二人を守ってくれ。僕もずっとここにいたいけれど、それはむしろアーティファクトを狙う者を引き寄せてしまうだろう」

師匠は、アーティファクトの不思議を奇術の名を借りて薄めることで、メイヴさんたちを守っているのだ。ジーヴスさんとエマさんが恭《うやうや》しく頷く。

「里の事情を調べないといけないしね。メイヴの力になれるように頑張るよ。では、家のことは頼んだよマイプレシャス！　それほど間をおかずに帰ってくるからね！」

そしてテラスは光に溢《あふ》れ、衛師匠の姿は消えてしまう。完璧な消失マジックだ。

タネは魔法のアーティファクトで、それは僕の目指すものとは違うけれど、やっぱり衛師匠は格好いいな、なんてつい思ってしまったのだった。


「ママ……まだ帰れない……のかぁ。聞きたいこといっぱいあったのにな」

衛師匠を見送ったあと、はてなは気が抜けたようにボンヤリしていた。いつもの元気さは影を潜め、それだけで僕は胸が痛む。夢未ちゃんもガウガウを抱きしめて溜め息をついた。

「夢未も……ううん、特に夢未は教えてほしいことがたくさんあるよね」

「大丈夫。待てるから」

ふるふると首を振り、夢未ちゃんはぎゅっとぬいぐるみに顔を埋《うず》める。

言葉にならない答えは、雄弁に彼女の気持ちを伝えてくれた。

「さあ、お嬢様方、気を取り直して頑張りましょうか。遅くなってもメイヴ様はちゃんとお戻りになるのですから、その時は訓練の成果をお見せしましょうね」

パンっと手を叩いて、エマさんがティータイムの終わりを告げる。

「そうね。今日は前半はサボったから、これから巻き返さないとね」

そう言って、はてなは笑ってみせる。妹の前で暗い顔はできない、というように。

僕は、自分のパートナーの優しさを誇らしく感じた。

「そうだね。大丈夫だよ、夢未ちゃん。怪盗ハテナが、いつだって君を守ってくれるさ」

「えっ、真……」

はてなが驚いて僕を見る。そして、次第に笑顔になる。

「相談なしで怪盗ハテナになるのは禁止だけど、僕は、怪盗ハテナのパートナーだからね。メイヴさんが帰ってくるまで、絶対、二人を守るよ」

頷くはてなの手に、そっと夢未ちゃんが手を添える。

「姉様をわたしも守るよ。だから、一人で無茶はダメ」

「夢未……」

エマさんも笑顔を作る。

「まずは何事もご相談ください。単独行動はいけませんよ。また肌を衆目《しゅうもく》に晒してしまいます」

「もうっ、変なこと言わないでください！　でも……ありがとう。あたし……母様の代わりに頑張る。あたしは星里メイヴの娘、人の悲しみを盗み世界を笑顔に変える、怪盗ハテナだもん！」

笑顔を取り戻したはてなに、みんなが破顔した、その時。

突然、部屋のドアが開いた。そこには、いるはずのない来客が立っていた。

たとえ二階にいても、来客にジーヴスさんが気づかないとは思えない。この屋敷はアーティファクトだ。玄関の鍵が開いていて、中に入れるとかはあり得ないらしい。あの富野沢さんだって屋敷の中には入れなかったのに。

「それは認められないわね、果菜。叔母《おば》としても一族としても」

「マライアさん？」

「どうやってここまで入って……？」

現れたマライアさんの姿に、僕やはてなだけでなく、エマさんも夢未ちゃんも驚いている。

マライアさんは、メイヴさんとそっくりのセミロングの金髪、そしてメイヴさんの柔らかな印象とは違って、妖艶《ようえん》な雰囲気を漂わせた美人だ。確かにメイヴさん似の夢未ちゃんとは親戚《しんせき》なのが納得できる美貌の持ち主だけど、僕たちは緊張して身構える。

なんたって、桔梗院家のボディガード兼秘書って立場で星里家に入り込んで、大切な『紋章《もんしょう》』を盗み出した前科があるんだから。取り返しに行ってメイヴさんの妹だって知ったんだけどね。

「ふふん、私はメイヴの妹よ。この屋敷は一族のものだもの。入れるのは当然でしょ」

思わず僕は、確認するようにジーヴスさんを見てしまった。ジーヴスさんが微かに頷く。

「話を戻しましょうか。アーティファクトをろくに使いこなせないあなたに、怪盗をさせることはできないわ。捕まって、アーティファクトの交換でも言い出されたら迷惑よ」

「つ、捕まらなければいいでしょ⁉」

「二度も捕まって助け出されて、まだ懲《こ》りないの。私はちゃんとチャンスをあげた。あなたを二度試験したわ。どちらも不合格になったのは、自分の力不足」

断定する叔母に、はてなは真っ青な顔になる。

「し、試験なんて言われてない」

「試験と言われなければ力が出せないとでも？　あなたは落第。怪盗なんてやらせられるわけがないというのが里の結論です。メイヴ姉さんにもそう伝えてあるからね」

冷たく厳しい声でマライアさんは言い捨てた。

「そんな……」

震え出すはてなを見ていられなくて、僕は声をあげた。

「一方的すぎます！　あなたにそんなことを決める権利があるんですか？」

「あなたは信用できない」

夢未ちゃんも睨みつける。

「あら、親戚なのに判り合えないのは辛いわ」

まるで芝居の演技のように、わざとらしく悲しげな表情を浮かべるマライアさん。そんなだから信用できないんだよな。ジーヴスさんが一礼して部屋を出て行く。

「ジーヴスさん？」

「もう一組、お客様がお見えです。お迎えに参ります」

僕の呼びかけにジーヴスさんが答える。やはり来客の気配が判るんだ。マライアさんは親戚だから見逃したのかな？

「そう、私が案内してきたお客様よ。ひと足先にそれを知らせに来たというのに、つまらないことで手間取ってしまったわ」

「つまらないこと……って」

いちいち傷つけるような言い方をするのが気に障《さわ》る。桔梗院さんの秘書として知っていた彼女は優しい感じだっただけに、なんだか悲しいよ。

「いいこと？　これ以降、アーティファクトを使うのは禁止よ。徹底しなさい」

「どうしてですか？　お屋敷の中でまで……」

反論しようとするはてなの言葉を封じるように、マライアさんは手のひらをつき出した。

「尋ねる前に考えなさい。もう子どもではないのでしょう？　見習いさん」

ぐっと詰まるはてなを、くすりと笑ってマライアさんは僕のほうを向き直る。

「特に、あなたには感謝してほしいわね。一族の都合に巻き込んだお詫《わ》びになると嬉しいわ」

妖艶に笑うマライアさんに、僕たちは二の句が継げない。先に立って歩き出すマライアさんに従うように玄関ホールに向かい、僕はそこで、待ち望んだ出会いを果たすのだった。

第二幕 来客☆来訪者は嵐の予感⁉

星里《ほしさと》のお屋敷は、外国に建っていた古いお屋敷を移築してきたものらしい。

お城というほどじゃないけど、貴族が優雅に暮らしていたカントリーハウスは、僕たちの常識を遙《はる》かに超えて大きい。二階建てなんだけど屋根裏が大きいので三階建てに感じるし、地下にも倉庫の類《たぐい》や小部屋が複数ある。部屋数もとにかく多いし、日本に来てから作ったという一階の大浴場はローマ帝国もかくやという大きさだ。応接室だけで二つ、食堂も家族用のリビングに来客用の大食堂、それぞれにキッチンやメイドさんたちのためのスペースもついている。

貴族の邸宅が大きくなるのは、たくさんの来客を迎える機能が必要だからというだけじゃなくて、火をおこして料理をするのも、食器洗いや洗濯、掃除、食料を蓄えるのも、人力で行わなければならなかった時代に贅沢《ぜいたく》をするには、人手がかかるからだ。都会ならお金で済むところもあっただろうけど、田舎の領地で貴族の暮らしをするためには規模が必要だった。執事《しつじ》のもと、男女十数人が働いてやっと機能が維持されるシステムを前提としたお屋敷なのだ。

現在は技術の進歩で、ジーヴスさんという名執事と、メイドのエマさんの二人で十分問題なくお屋敷は運営されている。僕が手伝っているのは物理的に人手がいる広いお屋敷の掃除が主だ。普段使わない客室や倉庫の掃除ができるようになったと喜んでもらっている。何といっても、このお屋敷はたくさんの人を招いてパーティができる部屋数があるのだ。四人家族が暮らすのに使うスペースなんて微々たるものに感じられる。

エマさんや僕の部屋を合わせても屋敷で普段使われているのはほんの一部分だけで、あとはほとんど使われていない。例えば、本来はたくさんの来客を捌《さば》ける広さを持っている玄関ホールは、遅刻寸前に家を出ようとする時に無駄に移動距離を伸ばすだけの代物と化している。掃除をする身としては、こんなに広い場所がなぜ玄関に必要なのかと愚痴《ぐち》を言いたくなるほどだ。

しかし、闖入者《ちんにゅうしゃ》であるマライアさんに引っ張られるようにして向かった玄関ホールは、いつもと違って映画の中の一場面であるかのような存在感を放っていた。

ホールには、二人の来客が立っていた。

一人は、もう暖かい時期だというのにロングコートを羽織った大きな男性だった。シルクハットを被り、手袋をした手でステッキを持ち、真《ま》っ直《す》ぐに立っているだけで威圧感を感じるほどの体軀《たいく》。鋭い眼光と紳士《しんし》的な笑みが同居するその姿は、外国映画に出てくる貴族そのものだ。片手に大きな旅行鞄《かばん》を持ったまま、僕たちのほうに視線を送っていた。

辺りを圧倒する迫力を持つ貴族風の男性の隣には、大男の半分くらいしか身長がなさそうな少年が立っていた。こちらは季節外れのコートは着ていないけれど、やはり外国映画から抜け出してきたような仕立てのいいスーツにネクタイをして、お洒落《しゃれ》な雰囲気を出している。

僕やはてなと同じくらいの年齢なんだろうか。すっきりした鼻梁《びりょう》と大きな目が印象的な凜々《りり》しい容姿は、はてなや夢未《ゆめみ》ちゃんと方向性は違うけど、並んでも引けを取らない美形だ。初めて見るような綺麗《きれい》な銀髪が、見とれるほどの光沢を放っている。貴族的な澄ました表情で僕たちのほうを一瞬だけ見て、すぐに正面に視線を戻した。ちょっと気障《きざ》な仕草がよく似合っていると言わざるを得ない。どうにも、東京に来てから美形とばかり縁があるような気がする。

とにかく、玄関ホールに立っていた二人は、まるでこのお屋敷が外国に建っていた時に迎えていたであろう、貴族のお客様そのものだったのだ。その高貴な雰囲気に、僕はちょっとだけ気後れしてしまった。隣では、はてなも驚いた表情をしている。

そんな二人に、マライアさんはニコニコと近づいていく。

「ごめんなさい。お待たせして」

「マモルはどうした？　いないのか」

よく響く声で、英国紳士風の男性は端的な質問をする。

「ひと足違いだったみたい。不意打ちすれば捕まえられると思ったんだけど」

「ふん、マモルめ……逃げおったか」

彼は苦笑いを浮かべる。その隣で、なぜか美少年が肩を落とした。

「……叔父《おじ》様、残念ですね」

「ふふん？　まあいい。では、誰に取り次ぎを頼めばよろしいかな」

鋭い眼光に射抜かれて、僕とはてなは硬直してしまう。エマさんが前に出ようとするのを押さえるように、ジーヴスさんが一歩前に出る。

「ご無沙汰《ぶさた》しております。キャメロット卿《きょう》」

「その呼び方はよせと言っただろう、ジーヴス」

「ではキャメロット様、本日のご来訪、主《あるじ》に代わって感謝致します」

「相変わらず苦労が絶えないようだな。いきなりの訪問を謝罪する。先触れを出すと逃げ出しそうな気がしたので空港から直行したのだが、徒労だったようだ」

「申し訳ありません」

「よい。では案内を頼もう」

「コートをお預かりします」

頷《うなず》いてコートを脱いだ下から、シャツが張り裂けそうなほど発達した胸筋と上腕二頭筋が姿を現した……なんなんだろう、この人。

「では一階の応接室に。ジーヴス、客室を二つと私の部屋の用意もお願いね」

マライアさんが当たり前のように老執事に指示を出す。雰囲気にのまれていたはてなが、慌《あわ》てて声をあげる。

「ちょっ！　なんであなたがっ」

「話はあとでね。当主のお客様を玄関に立たせておくのが星里家の作法なの？」

判《わか》ってないわね、と言わんばかりの溜《た》め息《いき》。メイヴさんによく似た美人なのに、持っている雰囲気は正反対に厳しい。夢未ちゃんが、そっと僕の後ろに身体《からだ》を隠した。

「マライア様、お荷物は客室のほうにお運び致します」

「あら、ありがと。さすがジーヴスはよく判ってるわ。そこのお嬢さんと違って」

「ぐぬぬ……」

完全にやりこめられて、はてなは悔しそうに唇《くちびる》を噛《か》む。エマさんが、細身の美形に近づいて優しく声をかけた。

「ご案内致します。こちらへどうぞ」

はっと気がついて、僕は迫力満点の紳士に一礼する。

「失礼致しました。お荷物をお持ち致します」

「うむ。頼むよ」

そう言われて、ひょいと渡された旅行鞄は鉄でも入っているのかというほど重くて、僕は両手で必死に鞄を支えて一行のあとに従ったのだった。


筋肉紳士と銀髪美形、性悪金髪という不思議な組み合わせが応接室に並んで座っている。

その向かいには、屋敷の当主代行であるはてなと夢未ちゃんが座っている。

ジーヴスさんとエマさんはお茶の用意をしていて、僕も手伝おうとしたのだが、目線だけではてなの隣に座るように指示されて、はてなの隣に座を占めている。

はてなは、紳士たちを気にしながらも先ほどのマライアさんの発言が気になって仕方ないという様子で、剣呑《けんのん》な表情で叔母《おば》であるマライアさんを睨《にら》んでいた。

「それで、マライアさんは、いったいなんの用なんですか」

「あら、かわいい姪《めい》の顔を見に来たというのに冷たいわね」

「ふざけないでください！　だいたい、ここに来られるような関係じゃないですよね。それから、あたしが落第ってどういう意味ですか！」

はてなは二階での話を続けようとする。

「ま、まあまあ、落ち着いてよ、はてな」

「そうよ、お客様の前ではしたない」

せっかく宥《なだ》めようとしたのに、火に油を注がないでほしい。僕だってここにマライアさんがいるのは納得いかないのだ。ほんの数カ月前、この屋敷に泥棒に入って、僕とはてなで盗まれたものを取り返したのを、僕らは忘れていない。僕が睨むと、マライアさんは肩をすくめた。

「私の話はまたにしましょう。それより、わざわざ案内してきたお客様を放っておくなんて失礼じゃないかしら？」

マライアさんの正論に、僕とはてなは姿勢を正すと、ゆったりとソファに座っている筋肉紳士は、気にしなくていいというように笑みを見せた。そうするといきなり優しそうな人物に見えて、僕はちょっとだけ驚いた。しかも、何だか、どこかで見たことがあるような……？

銀髪美形のほうは、僕たちには何の興味もない、というように夢未ちゃんと視線を絡ませる。彼女の抱いているガウガウを珍しそうに見つめていた。

ちょうどその時、エマさんとジーヴスさんが戻ってきた。

「お茶も来たことだし、お客様をご紹介するわ」

余裕たっぷりのマライアさんに、はてなはイヤそうな顔をしたけど、話を止めはしない。

「この方は、グレゴリー・キャメロット氏よ。それからご一緒にいるのが――」

「ディナ・キャメロットと申します。どうかお見知りおきを」

すかさず立ち上がった銀髪の美少年は、はてなと夢未ちゃんに向かって一礼した。

その立ち居振る舞いはまるで物語に出てくる王子様のようで、はてなは一瞬驚いたあとで、頬《ほお》を染めて見とれてしまう。紳士的な作法を見ると、やっぱり男の子みたいだ。

それにしてもキャメロット氏もディナも外国人なのに日本語が上手すぎる。すごいな。

はてなと夢未ちゃんも立ち上がって淑女の礼を返した。

「あ……えっと、星里果菜《かな》です……よ、よろしく」

真っ赤になってもじもじしているはてな。夢未ちゃんも興味深そうに見てる。

「星里夢未……こっちはともだちのガウガウ」

「そうですか。よろしくお願いしますね、ミズ・カナ、ユメミ、ガウガウ」

忘れずにガウガウにも挨拶《あいさつ》するあたり、紳士の面目躍如《めんもくやくじょ》というところだろうか。

「グレゴリー氏は私の母モリガン・レルータとは旧知の間柄なの。今日からしばらく、この屋敷にご滞在いただくから粗相《そそう》のないようにね」

「なんであなたがそんなことを決めるんですか！」

マライアさんの命令口調に、はてなの怒りが再燃する。

「落ち着いてくださいい、果菜お嬢様。この方はモリガン様の知己《ちき》というだけでいらっしゃったのではありませんよ。衛《まもる》様のご来客でもあります」

柔らかく止めたのはジーヴスさんだった。前から思っていたけど、ジーヴスさんはマライアさんを、客というより衛師匠《ししょう》やメイヴさんのような主として扱っているように見える。

考えてみれば、マライアさんはメイヴさんの妹なわけで、ジーヴスさんから見れば当主の一族なんだから当然なのかもしれない。

「キャメロット様は、衛様に奇術を教えた方なのですよ、果菜様、真《まこと》様」

「え……じゃあ、衛師匠の……師匠？」

僕は思わずマジマジとキャメロット氏を見た。

大柄な身体、素早い動きの要求される奇術には不向きな太い指に逞《たくま》しい腕、しかしながらその技の数々は見た目とは裏腹に繊細《せんさい》で見る者を魅了する――見覚えがあるのは当たり前だ。

「サー・キャメロット！」

大柄な紳士が頷く。

「ステージでは、そのように呼ばれている」

「うわあっ！　大ファンです！　イギリス最高の奇術師にして紳士、女王陛下から直接サーの称号を得たマジシャン！　『ビッグベンの奇跡』と呼ばれた消失マジックは今でも伝説ですよ！」

テレビやネットの動画サイトでしか観たことがなかった。まさかここで会えるなんて！

「なに、昔のことだ」

「それでも僕は、いつかこんなふうに大勢の人を驚かせたり喜ばせたりできる奇術師になりたい、って思いながら何度も繰り返しあの大マジックの映像を観てきたんです！」

　ハッと我に返ると、その場にいる全員が僕のことを見ていた。

「真兄様がこんなに大きな声を出すの、初めて見た」

「あたしも……」

「ご、ごめん、つい……」

　頬が紅潮するのが判る。でも、僕にとっては憧《あこが》れの芸能人が目の前にいるようなものなんだ。興奮してしまった僕に、憧れの英国紳士が優しい視線をくれた。

「なるほど、おぬしがマモルに弟子《でし》入りしたという小僧か」

「は、はい！　不知火《しらぬい》真といいます！」

「サー・キャメロットは、衛さんに頼まれて真くんに指導するため、わざわざイギリスからはるばるやってきてくださったのよ」

　そうだった。衛師匠が僕に指導してくれる人を紹介すると言っていた。けど、それがまさかあの『サー・キャメロット』だとは思わなかった！　師匠、さすがです！

「マモルのためではない。メイヴ嬢ちゃんがどうしてもと言うから、日本で公演をするついでに立ち寄っただけだ」

「はいはい、衛さんに頼まれた姉さんに頼まれてね」

　どうやら僕らには判らないこだわりがあるらしい。だけどそんなことはどうでもいいんだ。だって、あの『サー・キャメロット』から直接奇術を教わることができるんだから！

「サー・キャメロット！　よろしくお願いします！」

直立不動で敬礼した僕に、キャメロット氏は表情を改めた。

「多少の助言は約束しよう。だが……」

ぐぎゅるるるるるるるるるっ！

唐突《とうとつ》に、そして盛大にその音が応接室に響きわたった。

「えーと……今のなに？」

みんなが目を丸くしている中、マライアさんが最初に口を開いた。

「失敬。わしの腹の音だ。空港から直接来たのでな」

「先生、だから途中で何か食べたほうがいいですと何度も言いましたよ」

銀髪の美少年、ディナが溜め息をついた。

「ミズ・カナ、大変恐縮なのですが、まずは我が師に食事をいただけませんか？　この方は燃費が悪くて、すぐにお腹《なか》が空《す》いてしまうんです」

困った顔の美少年に、はてなも困った顔になる。

「これは気づかず申し訳ありません。すぐにお食事のご用意をさせていただきます」

すかさずエマさんとジーヴスさんが動きだす。

「すまんな、諸君」

重々しく述べるキャメロット氏。僕は話が中断して気もそぞろだった。早く奇術を習いたい。

「食事の用意が調《ととの》うまで、旅の疲れを流されてはいかがでしょうか。当家には、自慢の浴場がございます」

そう言ったのはエマさんだ。

「それは有り難い。では、お言葉に甘えよう」

大きな身体で立ち上がったキャメロット氏を、僕が浴場に案内することになった。

「ディナ様はどうなさいますか？」

「ボクは不要です。先生の荷物を整理しておきたいので、部屋に案内してください」

銀髪の美少年は、ちらりとこちらを見て立ち上がる。

「先生のお世話は、弟子であるボクの役目ですから」

その視線がやけに鋭く感じられて、思わず彼の顔を見る。

端整な顔には、もう何の表情も浮かんでいなかった。


真がグレゴリーを浴場に案内するために離席し、続いてジーヴスがディナを客室に案内するために応接室を出ると、そこには四人の女性だけが残っていた。

「それで、マライアさん、これって、どういうことなの？」

「……我が物顔。おかしい」

星里姉妹は、最近になって不幸な出会いをした親戚の女性を睨む。

「やあね、怖い顔して。すぐに判るわ」

くすくすと笑うマライアは、二人の質問をはぐらかすように紅茶を口に運ぶ。それが冷めていることに気づいてエマのほうに視線を送るが、エマは、珍しく知らないふりをした。

「あら、星里家のメイド、レベルが下がったのかしら」

「お客様であればお気遣いも致しますが、お屋敷から物を盗むような方がお客様に当たるのかどうかは判断に苦しんでおります」

主の意を受けた反応に、マライアは苦笑した。

「それで、もう一度聞きますけど、あたしが落第って何の話なんですか⁉」

「ふふっ、説明してもいいのだけど、ご飯を食べてからがいいんじゃない？　のどを通らなくなったらかわいそうだもの」

「なっ……それっ、どういうことなんですか」

「すごく、感じ悪い」

姉の怒りに同調する夢未に苦笑を向けて、マライアはガウガウを指さした。

「そのぬいぐるみ、姉さんが作ったんでしょ？　その愛嬌《あいきょう》のない顔、姉さんの趣味なの。私が昔、姉さんに作ってもらったのもそんな顔をしていたわね」

くすくす笑うマライア。話が見えなくて、二人は困った顔になる。

「ふふっ、別に意味はないわよ。あなたたちと私が、一応は家族なのよ、って言いたかったの」

「……母様は、一族から離れて家出したって」

「そうよ……だけど、じゃあ、どうして今、一族の里にいるのかしら」

マライアの目に、一瞬だけ剣呑な光が宿った。すっ、と彼女は立ち上がる。

「私も荷物をほどいてくるわ。ああ、案内はいらない。ジーヴスは私が使っていた部屋に荷物を運んでくれたはずだもの。エマさん、夕飯は多めにしないと、グレゴリーおじさまはたくさん食べるわよ」

金髪の美女が立ち上がると、メイヴに匹敵する巨乳が大きく揺れた。

「まあ、話はあとよ。お腹いっぱいになったら、色々と教えてあげるわ。色々と、ね」

意味ありげに言い残して、マライアは部屋に向かう。

「姉様……」

「……なんなのよ、あの人」

はてなと夢未は、不安そうに身を寄せる。そんな二人を励《はげ》ますように温かいミルクティーを淹れてから、エマは夕飯の用意を急いだのだった。

「うむ、やっと人心地ついたようだ」

テーブルに着くと、キャメロット氏は笑った。さっきまでの固い雰囲気が取れてきたようだ。もしかするとこちらが素なのかもしれない。

着替えがわりに出した衛師匠のガウンはキャメロット氏の身体には小さかったようで、なんともつんつるてんな状態になっている。本人はぜんぜん気にしてないみたいだけど。

「ご満足いただけてなによりです」

「うむ、ありがとうジーヴス」

夕食のテーブルには、豪勢かつ大量のお皿が並んでいた。いつもは一皿ずつコースで出てくるスタイルだが、今日は違うらしい。これもキャメロット氏に合わせてのことなのだろうか。

「グレゴリーおじさま、お風呂はいかがでしたか？」

「うむ。格別であった」

マライアさんの言葉に満足げに頷くキャメロット氏だった。

「それでは、全員揃ったことですし、いただきましょう」

「ちょっと待って！」

さあ、食べようと手を伸ばしたところで、はてなが立ち上がる。

「どうして、あなたが当たり前みたいな顔して仕切ってるのよ⁉」

「細かいこと気にしちゃダメよ。さあ、冷めないうちに食べましょう」

はてなはマライアさんをとても警戒している。いつもならお客様の前で声を荒らげたりしないんだけど、メイヴさんから預かってる大切な『紋章《もんしょう》』を盗み出した人なんだから当然だけど。

キャメロット氏は食べ物を前にするといきなり元気になるらしい。

「風呂もよかったが、この食事もまた格別だな。残念ながら我が英国も食事だけは今一つだ。オートミール、揚げた魚、揚げた芋《いも》、そしてまたオートミール。わしが海外公演を好む理由が判るだろう、ディナ」

「お言葉ですが先生、英国には優れた文化がいくつもあります。だいたい食事は栄養さえとれれば味などどうでもいいではないですか。食べるのに時間がかかるのは好きではありません。

時間がもったいないです。そんな時間があるなら奇術を学びたいと思います」

ディナの断言に、僕は驚く。先生って言ってたけど、この子も奇術を学んでいるんだろうか。

「おぬしのその合理的な思考は評価しよう。だがマジシャンには『遊び心』というやつも必要なのだ。よく覚えておくように」

「はい……」

「ふふっ、ディナ、楽しく食べましょう？」

「すまんなマライア、ディナは少々頭の固いところがあってな」

食卓ではそんな会話が繰り広げられていた。すっかりそこにいるのが当たり前になっているマライアさんを、はてなはずっと複雑な表情で見ている。僕は、聞きたいことがありすぎて、どこで会話に交ざっていいか迷ってしまっていた。ふと、夢未ちゃんが黙っていることに気づく。彼女の皿には、緑の物体がちょこんと鎮座していた。めざとくエマさんが囁《ささや》く。

「夢未お嬢様、ほうれん草もちゃんとお食べください」

「あう……真兄様……」

「そんな顔してもダメだよ。好き嫌いはよくない」

困った顔の夢未ちゃんに気づいて、ディナは立ち上がると彼女の隣に立つ。

「あう……」

「じゃあ、こうしたらどうかな」

「こうやって半分に切ったパンの間に挟む。他にもお肉やソースも一緒に挟めば……ほら、これでほうれん草は見えなくなった」

「でも、入ってる」

「そうだね。だけど、味はほとんどしないはずだよ。頑張《がんば》って食べてみたら？」

夢未ちゃんは、しばし悩んだあと首肯《しゅこう》して、即席のサンドイッチを怖々《こわごわ》口にする。

「どうかな？」

「……ん、へいき」

「よかった。じゃあ残り半分のほうれん草は……」

ディナがパチンと指を鳴らすとお皿の上にあったほうれん草が跡形もなく消えてしまう。

「ほうれん草、なくなった」

「ユメミが頑張ったご褒美《ほうび》にボクがほんの少し未来に飛ばしたんだ。だからたぶん明日の夕食には残り半分のほうれん草が出てくるけど、その時はまた少しだけ頑張ってみよう」

「うん……がんばる」

「そういうことなので、ミズ、よろしくお願いします」

「え、ええ、かしこまりました」

パチンとウインクするディナに、エマさんは呆気《あっけ》にとられて頷く。

いつの間にか半分残ったほうれん草が僕の皿に載っていた。

やっぱり、ディナは『サー・キャメロット』の弟子なんだ。

僕と年齢の変わらない美形の実力を垣間《かいま》見て、僕は武者震いを止められなかった。

食事が終わると、改めてキャメロット氏は僕に言った。

「まず始めに確認するが、おぬしはマモルの弟子なのだな」

「……はい」

「マモルは不肖《ふしょう》の弟子でな。あの男が弟子を取れるはずがないのだが、判っておるか？」

「はい、サー・キャメロット。確かにまだ衛師匠からは何も教えていただいていませんが、衛師匠に弟子入りするために、独学でマジックの修行を積んできました」

師匠は名のあるマジシャンだけど、その実はアーティファクトを使う魔法使いだから、奇術を教えるのは無理なのだ。なるほど、というようにキャメロット氏は筋骨隆々《りゅうりゅう》の腕を組む。

「マモルがわしを頼る理由は判った。しかし、わしも忙しい身だ。二人も弟子を抱えるほどの余裕はない」

大柄な筋肉紳士は、困ったように息を吐く。

「先生、こんな子を引き受ける必要はないと思います。ボクが、何年お願いして弟子にしていただいたのか、忘れたんですか？」

「ふうむ」

「サー・キャメロット！　ぼ、僕はどうしても奇術師になりたくて、田舎《いなか》から一人で東京に来たんです！　どうか、僕にも奇術を教えてください！」

何だか断られそうな雰囲気を感じて、僕は必死で食い下がろうとする。

「落ち着きたまえ。マジシャンたるもの、取り乱してはならない。我々は人に動かされるのではなく、人の心を動かさねばならんのだ。それから、ディナもキャメロットの名を持つ一族ゆえ、姓ではなく名を呼んでくれ。グレゴリーでいい。ああ、マモルの娘たちもな」

「判りました。グレゴリー先生」

黙って成り行きを見ていたはてなと夢未ちゃんも頷く。準備は整った、というようにグレゴリー先生は顎《あご》に指を当てた。

「ひとまず、おぬしの実力が知りたい。得意な技から見せてもらおうか」

「は、はい！」

緊張で声が震えた。だってあの『サー・キャメロット』の目の前でマジックを披露《ひろう》するんだ。緊張しないほうがどうかしてる。

僕の得意なマジック……ステッキマジックは避けて、カードにすることにした。

カードマジックはシンプルで奥が深い。観客の選んだカードを当てるなんていうのは初歩の初歩で、現在ではそこからさらに一歩も二歩も踏み込むのが当然だ。

そこで必要になってくるのは、カードを自由自在に操る指先の器用さだ。

僕は世界中の有名なマジシャンがカードを操るところを、何度も何度も見て勉強した。見よう見まねだけどこれには自信があった。はてなを相手に、手順通りに演じてみせる。

「お客様の選んだカード、実は昨夜のうちにこの封筒の中に入れておきました。どうぞ、開けてみてください」

はてなはペーパーナイフで封筒の口を破いて開ける。封筒はしっかりのり付けされている。カードを忍び込ませる隙間《すきま》なんてどこにもない……ように見えるようにしてある。

「あっ！　これ、あたしが印をつけたカード！　すごい、どうして!?」

喜ぶはてなにホッとしながら、グレゴリー先生の様子をうかがう。

「真兄様、すごい」

「ありがとう、夢未ちゃん。あの……、どうでしょうか」

「未熟だな」

「う……」

にこりともしない先生から、厳しい言葉が返ってきた。

確かに、かの『サー・キャメロット』からすれば児戯《じぎ》に等しいだろう。でも、これが今の僕にできる精一杯なのだ。しばらくグレゴリー先生はなにも言わなかった。ただむっつりと押し黙ったまま何かを考え込んでいた。どうなんだろう、やっぱり僕は不合格なのかな。

「先生、なにを悩むことがあるんです。彼の技術はあまりにも稚拙《ちせつ》です。あんなもの、マジックとも呼べない。ただの素人《しろうと》じゃありませんか」

ディナはグレゴリー先生以上に厳しかった。

「どうしてそんなこと言うの？　真のマジックすごかったじゃない！」

「うん、兄様すごい」

「ミズ・カナ、ユメミ、キミたちは本当のマジックというものを知らない。彼のは単なる真似事でしかないんだよ」

「そんなことないよ！　真はすごいんだから！」

「……仕方ない。ボクがお手本を見せてあげよう」

そう言うと、ディナは僕がさっきまで使っていたカードを手に取る。目にも止まらぬ速さでシャッフルして束を半分に分けると、今度は右の山からカードを一枚、二枚、三枚と取り出しては真ん中に並べていく。スペードのジャック、クラブの8、そしてダイヤのエースだった。

「この三枚のカードを覚えておいて」

そう言って、十分に見せたあといきなりカードを破り捨ててしまった。驚く僕たちをよそに、今度は半分に分けた左の山から一枚、二枚と引いて裏返しにして真ん中に並べた。

「さあ、このカードはなんだと思う？」

まさか、という顔でみんながディナの顔を見つめ返す。

そのまさかだった。ひっくり返したカードはスペードのジャックにクラブの8だった。

「うそ、さっき破って捨てたのに！」

「でも、あと一枚足りない……」

するとディナはニッコリと微笑《ほほえ》む。

「あっ！」

厨房《ちゅうぼう》のほうからエマさんの驚く声がした。

ちょうど夕食の後片づけをしていたはずのエマさんが、少し困惑した様子で戻ってくると、

「あの……これがパンの間に挟まっていたのですが……」

エマさんが持ってきたのは、さっき破り捨てたはずのダイヤのエースだった。

「す、すごい……どうして……」

「驚くほどのことではないでしょう。先生やマモルさんならもっとすごいマジックができます。むしろボク程度でもこのくらいは簡単にできるということです。そういう意味では彼のはマジックとも言えない」

悔しいけど、その通りだ。マジックの腕も観客の心を掴むための技術も何もかもディナのほうが上だった。ディナに比べたら確かに僕のはマジックとも言えない子どもの遊びかもしれない。同じ歳《とし》くらいの相手に圧倒的な実力の違いを見せつけられて、僕はショックを受けていた。

グレゴリー先生は黙ってディナのすることを見ていた。ふと僕に向かって口を開く。

「おぬしはその技をどこで学んだ？」

「えっと、学んだというか見よう見まねで……」

「見よう見まね……つまり、習ったわけではないのか」

「はい、僕はまだ誰にもマジックを教わってません」

「なるほどな……」

そうしてまたグレゴリー先生は黙り込んでしまう。

「先生！　彼は先生の教えを受けるのに相応《ふさわ》しくありません！」

悔しいけど、なにも言い返せない。ディナのような優秀な弟子がいるなら、僕なんかを教える気にはならないだろう。そう僕が半《なか》ば諦《あきら》めかけていたその時だった。

「ふむ……まだまだだが……保留だな」

グレゴリー先生の言葉は屋敷中に響くように感じられた。ディナの表情がさっと変わる。

「先生、なぜですか！」

「保留と言ったら保留だ。そろそろ休みたい。ジーヴス、部屋に案内してくれ」

「かしこまりました」

「先生！」

去っていくグレゴリー先生をディナが追う。先生は、廊下に出て振り返った。

「小僧、わしは仕事でしばらく日本に逗留《とうりゅう》する。それではの」

「そんなっ！　先生！　それはどういう意味ですか！」

ディナは怒りにも似た表情を僕に向ける。そして二人は部屋に戻っていった。

「ふふふ、大変そう。じゃあ、私も寝るわ。寝不足は美容の大敵だもの」

成り行きを見守っていたマライアさんも席を立つ。はてなが慌てた。

「あっ、ち、ちょっと待ってよ！　何で来たのか話してくれるんじゃなかったの⁉」

「んー、今日はめんどくさいから明日にするわ。おやすみなさい。あ、これからお風呂に行くから、執事見習いクンは覗《のぞ》いちゃダメよ」

ひらひらと手を振って、マライアさんは僕たちを部屋に置き去りにする。

「……これって、いったい……何が起きてるの？」

「真兄様……」

困惑する二人を前に、僕は沈黙するしかなかった。僕自身、急に動き出した物語に、どうしていいか判らなくなっていた。ぱん、と手を叩《たた》く音がして僕たちは我に返る。

「しっかりしてください。果菜様、真様、お屋敷と夢未様を守ると、メイヴ様と約束したでしょう？　私もついていますから、何が起きても、大丈夫です」

「エマさん、ありがとう……」

ホッとした顔になるはてな。僕は夢未ちゃんの手を握る。彼女も優しく握り返してくれた。

こうして、僕たちの新しい生活が突然幕をあけたのだった。


翌日、登校すると桔梗院《ききょういん》さんがすぐさま僕のところにやってきた。

「で、衛さんの師匠ってどんな人だった？」

「もう知ってるの？」

「当たり前じゃない。桔梗院の情報力を甘く見ないでよね。なんなら真くんの今日のパンツの色も当ててあげましょうか？」

「それを知ってなんの得があるのさ……」

「ま、本当はサー・キャメロットの興行をウチがマネージメントすることになってるから知ってただけなんだけどね」

「そ、そうなの!?　だったら、桔梗院さんにお願いがあるんだけど……」

「はいはい。どーせ、自分も観たいってんでしょ。いいわよ。関係者席で入れたげる」

「やった！　ありがとう桔梗院さん！」

サー・キャメロットの日本公演を見逃したら、それこそ一生後悔する。直接この目で見られるチャンスなんだ。桔梗院さんと知り合いでよかった。

「でも、そんな暢気《のんき》なこと言っていいの？　弟子入りの件、保留になったんだって？」

「う……そんなことまで知ってるんだ」

「これは夕べ電話ではてなに聞いたの。あの子けっこう気にしてたわよ。真が田舎に帰っちゃうかもしれないって」

桔梗院さんが言うには、成績不振のこともあったし、グレゴリー先生の試験に落ちたら僕が諦めて田舎へ帰ってしまうんじゃないかとはてなは心配しているらしい。

「大げさだな。確かに成績が悪ければ母さんに連れ戻されるかもしれないけど、僕から進んで田舎に帰るつもりはないよ。はてなとの約束もあるんだから」

「それは本人に言ってやりなさいよ」

「うーん、判ったよ……あとでね」

学校で話す内容じゃない気がする。馴れ馴れしくしてると叱《しか》られるしね。そんなことを思っていると、桔梗院さんが目をキラキラさせて僕に顔を近づけた。

「それで、ディナだっけ？　銀髪の美少年！」

「そんなことまで知ってるんだ」

「とーぜん。で、で？　どんな子なのよ」

「どんな子と言われてもなぁ……昨日会ったばかりだし。でも、すごく礼儀正しい子だよ」

「ライバル登場ね！」

「……全然違うよ。彼のほうがずっと優秀みたいだし」

「でも、真くんを紹介したのは今をときめく奇術師の星里衛なんだから、意識しないほうが無理ってもんでしょ。って、そんなことはどうでもいいのよ。私が聞きたいのは顔とか声とかそっちのこと！　どうなの、はてなが言ってたみたいに美形なの？」

「そうだよ……あれっ⁉」

　口を開いた時、僕の目に飛び込んできたのは、まさに今話題にのぼっていた銀髪の美少年の姿だった。教室を覗き込み誰かを捜すようにキョロキョロと首を巡らせるディナに、生徒たちは騒然となっていた。そりゃ、あんな外国の美少年がいきなり現れたらそうなるだろう。

　一方のディナは、周囲の視線なんて気にした様子もない。机に向かって授業の予習をしているはてなの姿を見つけるとニッコリと微笑んで声をかけた。

「ミズ・カナ！」

「はうあっ⁉」

　いきなり話しかけられて、はてなはびっくりして顔を上げた。

「よかった、なかなか知り合いが見つからなくて困ってたんだ」

「ど、ど、ど、どうして……⁉」

「ドウシテ……？　ああ、グレゴリー先生を捜しに来たんだ。ふらっと出掛けたまま帰ってこないんだ。彼の弟子入りの件もあるし、もしかしたらここにいるんじゃないかと思って」

ディナは冷たい目で僕のことを一瞥《いちべつ》する。うーん、やっぱり嫌われてるのかな。

「へぇ、あなたが噂《うわさ》のディナくん？」

みんなが遠巻きに銀髪の美少年を眺める中、桔梗院さんが代表するように話しかけた。

「ミズ、失礼だが、アナタはどなただろうか？」

「私は心美《ここみ》。桔梗院心美よ」

「キキョウイン……そうか、先生の興行主の。これはご挨拶が遅れまことに失礼しました。ボクはディナと申します。『サー・キャメロット』のもとで奇術を学んでおります。このたびは、我が師の舞台にお力添えいただき感謝の言葉もございません」

「そ、そう、よろしくね。ディナくん」

「どうか、ディナとお呼びください」

ディナは桔梗院さんにむかって優雅に一礼する。

その仕草があまりにも絵になっていたので、教室のあちこちから黄色い歓声があがったほどだ。そしてあの桔梗院さんですらも少し顔を赤くして戸惑っていた。

「皆さんも、せっかくの休み時間を騒がせてしまい申し訳ない。ボクはこれで失礼させていただきます」

今度は他のクラスメートたちに一礼するとディナは教室を去っていった。

みんなほんのひと時現れた美少年に心奪われてしまったのか、しばらく呆然《ぼうぜん》としていたが、

「ねえねえ、あのカッコイイ男の子誰⁉」

「星里さんの知り合い？　どういう関係⁉」

「なんて名前なの！」

「ああっ、ステキ……せめてもう一度お会いしたい……」

「はうあっ⁉　み、みんな落ち着いてっ」

教室は大騒ぎになった。圧倒的に女子の数が多いこのクラスでは、一度火がつくとなかなか騒ぎは収まらない。一方で数少ない男子にとってもこれは事件だった。

「真……さっきのあの野郎はいったい何者だ⁉」

「え、いや、うち……じゃなくて、はてなのところに滞在してるお客さんだよ」

「なにいいいいい！　オレたちのはてなちゃんと、ひ、ひとつ屋根の下だと⁉」

「おまけにあの桔梗院様をも動揺させるイケメンスマイル……これは由々《ゆゆ》しき事態ですよ！」

「いや、君たち考えすぎだって。単なるお客さん……だと、僕は聞いてるよ」

「お客さんだろうがなんだろうが、あんなイケメンと同じ家で暮らしてみろ！　きっとお風呂場でばったり会ったり転んだところを助けられたり夜中に部屋に忍び込んだりラブコメ的イベントの一つや二つ起きてもおかしくねぇだろ！」

それは僕が既《すで》にひと通りやっちゃったような……なんて思ったけど、それは言わずにおこう。

「うおおっ、はてなちゃーん！　あんなヤツに取られるくらいなら、オレがーっ！」

謎の思考回路に到達した藤吉郎《とうきちろう》は、はてなに突撃して桔梗院さんに蹴《け》り飛ばされている。

「彼の情報が必要ですね。くくく……すべて暴いて、わたくしたちに協力せざるを得ないようにしてみせます……そうすれば、彼をダシに女の子たちと……ふふ、くふふ」

うん、林田《はやしだ》くんはブレないね！　犯罪だけはやめてほしい。

でも、僕も二人の気持ちが判るくらいには溜め息が出る。だからだろうか、はてなが女子たちに囲まれながら、心配そうに僕のほうを見ていたのは。

「男って、ほんとバカね。はてなちゃんのあんな顔見ても、ディナって子のことを考えてるって思うなんて。自分のことばっかりなのよね、いつもそう」

松尾《まつお》さんが焼きそばパンを食べながら呟《つぶや》いた言葉は、僕には何のことだか判らなかったのだ。

僕は、放課後大急ぎでお屋敷に戻った。少しでも練習時間を確保したいのだ。

これから、ディナという強大なライバルと比べられながら、グレゴリー先生に弟子入りを認めてもらわなければならないんだから。

「そのためには練習、練習、練習だ！」

と、気合いを入れてみたものの実のところ、今までと変わったところはない。毎日練習してきたんだから、新たにやることを考えるのも難しい。ひとまずは精度を上げよう。それから、手品の本を読み直してできることを増やしていけば……そんなことを考えながら帰宅した僕を出迎えたのは、リビングで優雅にくつろぐマライアさんだった。

「おかえりなさい、真くん」

「はぁ……どうも」

お客様として滞在しているグレゴリー先生はともかく、この人はなんでまだいるんだろう。

「マライア様、お茶をお持ち致しました」

「あら、ありがとジーヴス」

ジーヴスさんも、なぜかはてなや夢未ちゃんと同じようにマライアさんに接している。そりゃメイヴさんの妹なんだから身内なんだろうけど。

だけど彼女ははてなを危険な目に遭《あ》わせた人でもあるのに……なんか複雑だ。

「真様、どうかなさいましたか？」

「い、いえ、なんでもないです。それよりなにか仕事はありますか？」

「では、夢未お嬢様に午後のお茶をお知らせいただけますか」

「はい、判りました」

執事服に着替えると、先に帰っていた夢未ちゃんを部屋に呼びに行った。

そうして二人で戻ってきたところで、リビングからはてなの声が聞こえてきた。

「いったいなんのつもりですか！」

優雅にお茶を飲むマライアさんを、はてなが睨みつけていた。

「私はただ、お茶をいただいているだけよ？」

「そういうことじゃなくて！　今度は何を企《たくら》んでいるのかって聞いてるんです！」

「はてな、どうしたんだよ。そんなに怒って」

僕たちが声をかけてもはてなの怒りは収まる様子がなかった。くるっ、と僕のほうを見る。

「姉様……」

「真、夢未、エマさん、今まで話してなかったんだけど、実は……この間、美術館に忍び込んだのはこの人と約束したからなの」

「なんだって……」

昨日からの感情的な反応の理由が、やっと判った気がする。

「あたしに富野沢《とみのざわ》コレクションを盗んでこいって。そしたらママも帰ってこられるって」

「あら、私はウソをついていないわよ」

平然とお茶を飲むマライアさんを、はてなは睨みつけた。

「だったらどうして富野沢さんにも協力してたの⁉　おかげであたしだけじゃなくて、夢未やエマさん……それに真まで危険な目に……」

「あの程度のことでしくじるようなら、この先見込みはないということよ。言ったでしょう、これは試験だって。あなたたち姉妹が姉さんのアーティファクトを所持するのに相応しい人間なのか試していたのよ。グレゴリーおじさまがいないのは好都合ね。これはレルータの里の問題だから、あの方やディナを巻き込むわけにはいかないもの」

マライアさんは飲んでいたカップをテーブルに置くと、姿勢を正した。彼女は、これまでになく真剣な顔をして語り始めた。

「里はアーティファクトの悪用を阻止することと同時に、一族の者の生活と安全を守ることをもっとも重要だと考えています。はっきり言いましょう。現時点であなたたちはアーティファクトを持つには未熟すぎます。このままでは自分はおろか周囲までも危険に晒《さら》すでしょう」

「う……な、なんであなたがそんなことを決めるのよ」

「私の判断は里の判断です。その権限を長《おさ》であるモリガン・レルータより任されています。ジーヴス、あなたも承知しているわね？」

「……はい、おっしゃるとおりでございます」

誰よりも頼りになる老執事は、丁寧《ていねい》に一礼する。

「ジーヴスさんまでどうして！」

「申し訳ございません、果菜お嬢様。これが私の役目なのでございます」

ジーヴスさんはいつもと変わらない口調で言う。

「こうしましょう。あなたたち姉妹には、そのアーティファクトを返却してもらいます。そしてこの屋敷を出てどこか別の場所に住居を移す。新居にはもちろんレルータの護衛を配置するわ。姉さんたちがいない間、あなたたち姉妹の安全を守るにはこれが最適だと思うのだけど」

「勝手に決めないで！　アーティファクトを取りあげて、この屋敷から出て行けだなんて横暴すぎるでしょ！　父様が許すはずないわ！」

「この家が好き。ガウガウとも離れない」

きゅっとガウガウを抱きしめる夢未ちゃん。はてなの怒りに反応したのか、マフくんが彼女の首の周りで威嚇《いかく》するように広がる。

「……相変わらず制御できてないのね、駄目《だめ》な子。実際のところ、あなたとあなたの家族、そしてアーティファクトを危険に晒しているのを自覚しなさい」

「なんですってっ！」

マライアさんとはてなが睨み合った、その時。

「諸君、ただいま戻ったぞ！」

一触即発の空気の中、ふいに玄関ホールのほうからグレゴリー先生の大声が聞こえてくる。

「いやぁ、大漁《たいりょう》大漁！　ちょっと球をはじいただけでこれだけの食料が貰《もら》えるとは日本は実に良い国だな」

グレゴリー先生は食べ物でパンパンになった紙袋を両手に抱えて上機嫌だった。

「あの程度の遊戯《ゆうぎ》、わしの目があれば楽勝だな」

「先生、マジックで鍛えた目をそんなことに使わないでください」

「なにを言うか。途中で金がなくなった時は、いつもこうしてわしが食い物や路銀を手に入れておるから旅を続けられるのだぞ」

「ですから、もっと正攻法で稼いでくださいと言ってるんです。小さな町や村をまわるのもいいとは思いますが、たまには正当な額の報酬《ほうしゅう》を受け取れる場所でも公演をしましょうよ」

緊張感がないと言ったら失礼だけど、さっきまでのこの場の雰囲気にはそぐわない内容の会話をしながらグレゴリー先生とディナがやってくる。

「おや、諸君どうしたのだ……？」

「皆さんご一緒で、なにかあったのですか？」

すると、マライアさんが大きな溜め息をつく。

「いえ、おじさまには関係のないことです。私たち親戚同士の問題というヤツですわ」

「ふむ……そうか、なるほどな。おぬしたち一族も相変わらず面倒を抱えておるのう。おい小僧受け取れ」

「え……うわっと」

グレゴリー先生から紙袋を押しつけられた。ずっしりと重い。

「ディナよ、メシを食いに行くぞ」

「しかし、今帰ってきたばかりですが」

「今夜は日本のラーメンというヤツを食いに行くぞ。ラーメンは知っているか？」

「はい、中国発祥《はっしょう》の麵《めん》料理だと……」

「模範的な答えだ。しかし、応用が足りぬ。ラーメンは日本においてさらなる進化を遂《と》げている。どれ、わしがラーメンの作法を教えてやろう」

グレゴリー氏とディナはそうやってまた出掛けていった。

「一つ大事なことを忘れておったわ」

と思ったら戻ってきた。

「小僧、わしは二週間ほどこの国におる。その間に、必ずもう一度見てやろう。それまでに、自分にできる最高のマジックを研鑽《けんさん》しておけ」

グレゴリー先生は僕の目を見て、そう告げた。これは、もう一度弟子入りのための試験を受けられるという意味だと思う。保留を、合格に変えるんだ。

「返事はどうした？」

「は、はい！」

僕は、必死で返事をする。自分にできる最高のマジック……それって、なんだろう。

そんな僕を、ディナが厳しい目を見つめているけど、僕は引くわけにはいかない。

グレゴリー先生は満足そうに頷いて、きびすを返して歩き去る。

「……ふうん。じゃあ、まあ、お嬢ちゃんたちも、グレゴリーおじさまがいる間は、ここにいてもいいことにするわ。説明が面倒だもの」

ふふん、と鼻をならすマライアさん。

「私は、そんなお話、納得できません」

気色《けしき》ばむ姉妹を抑《おさ》えて、エマさんはそう言った。

「レルータの里の決定よ。この家に住む以上、逆らうことはできない。そうよね、ジーヴス」

「その通りでございます。お嬢様」

老執事は無表情に一礼し、エマさんたちは絶句する。メイヴさんと里に何があったのか、何が起こっているのかも判らないまま、僕たちは、襲ってきた嵐の中で立ち尽くしていた。

第三幕 不満☆館の主は誰なのか？

突然の訪問者たちに、やっと安定し始めていた僕たちの暮らしは大混乱に陥《おちい》っていた。

僕は、師匠《ししょう》の師匠であるグレゴリー先生から何とか奇術を習えると思ったのに、そのためには先生を納得させるだけの奇術を、今から、誰にも習わずに身につけなければならない。

今までだって、毎日のように練習してきたのに二週間くらいで新しい奇術を考えるなんて、正直言って想像もできなかった。でもやらなくちゃいけない……と思っている。

そして、もう一つの問題はもっと深刻だった。

深夜、リビングに集まった僕とはてな、夢未《ゆめみ》ちゃん、そしてエマさんの四人は、突然生じた状況を整理するだけでいっぱいいっぱいだった。

「出て行けって……どういうことなの。母様、電話に出てくれないし……」

はてなは、スマートフォンの画面を見ながら溜《た》め息《いき》を漏《も》らした。

もともとメイヴさんのいるレルータの里について、イギリスかアイルランドのどこかにあるらしい、という程度しか僕たちに情報はない。文明から隔絶された暮らしをしているのか、携帯電話の電波もろくに届いていないのかもしれない。いつも連絡はアーティファクトだったしね。

「申し訳ありません。通信できるアーティファクトがある地下の倉庫は、もうジーヴスさんが施錠してしまったようです。あの方の仕事が早いのも考えものですね」

エマさんはそう言って肩をすくめる。

「ジーヴスさん、どうしちゃったのかしら……何だか、マライアさんのこと、当たり前みたいに……」

「姉様、私たち、出て行く?」

「そんなことあるわけないでしょ！　ここは、あたしたちの家なんだから！」

そう言いながらも、はてなは不安そうだった。当然だよな。家からいきなり出て行けって言われたんだから。

「とりあえず、師匠が帰ってきたら何とかしてくれるよ。それまでは、マライアさんと一緒に暮らすしかなさそうだね」

「うー、あの人、嫌い」

珍しく、夢未ちゃんが率先して自分の気持ちを宣言する。

「ガウガウ」

夢未ちゃんの相棒であるガウガウが同意を示した。エマさんが優しく夢未ちゃんを撫《な》でる。

「大丈夫です。夢未お嬢様。私がついております」

「うん」

「まあ……万一追い出されたとしても、私と果菜《かな》様、夢未様の三人で暮らすのは楽しそうです。

いっそ六畳一間くらいの狭い部屋で、毎日くっついて暮らすのはいかがでしょう。もちろん節約のためにお風呂は三人で入る方向で。あ、真様《まことさま》も一緒にお住まいになりますか？　男子はベランダで寝ていただくことになるかもしれませんが」

「……エマさん、余裕ありますね。何かの漫画の設定ですか？」

「ふふっ、いいえ、ちょっと小耳に挟んだお話でございます」

エマさんは悪戯《いたずら》っぽく笑い、はてなたちも少し安心したように硬い笑顔を見せる。

「そうね……父様が戻ったら大丈夫かも」

「わたし、母様に連絡してみる」

「でも、アーティファクトじゃないと連絡できないんだよね」

「……アーティファクトなら……ここに、ある」

夢未ちゃんは、そう言うと自分の両手を高く掲《かか》げた。

「えっ……」

「まさか。夢未様、それはやめたほうが……」

「今こそ、やるべき。アーティファクトで母様と連絡、そうでなくとも……」

人形みたいな美しい金髪の女の子は、きらりと目を輝かせた。

「……夢未ちゃん、何をするつもりなの？」

「真兄様には言えない。まずは、兄様は、奇術がんばって。楽しみにしてる」

「ガウ」

初めて見せるような表情で、夢未ちゃんは宣言した。

僕とはてなは顔を見合わせ……エマさんは、なぜか溜め息をつくのだった。


翌日から、僕の生活は大きく変化した。

今まで以上に奇術の練習をするようになったのは当然だけど、執事《しつじ》見習いとしての仕事も一気に増えたのだ。何といっても、星里《ほしさと》家の住人がいきなり三人も増えたのだから。

僕は、客室のリネンを取り換えたり、清掃をする役割を与えられた。さっそくグレゴリー先生とディナの部屋を掃除することにする。

もしかしたらグレゴリー先生と少しでもお話しできるかも、そう思った僕は、張りきって客室に向かう。と、二人の部屋の前に、門番のように立っている人影がある。

「ストップ！　そこからこちらは立ち入り禁止にさせてもらう」

挨拶《あいさつ》をしようとした僕を制して、銀髪の美形が声をあげた。

「ディナ、僕は寝室の清掃に……」

「不要だ。持っているものを渡したまえ。先生のお世話は、ボクがやる」

「えっ、でも、これは執事見習いの僕の仕事なんだ。代わってもらうわけにはいかないよ」

ディナは、厳しい目で僕を睨《にら》み、譲ろうとはしなかった。

「判《わか》らないならはっきり言おう。キミには先生の部屋に立ち入ってほしくない。もちろんボクの部屋にも。マジシャンの部屋は秘密の塊《かたまり》なんだ。こっそり盗もうとしても無駄《むだ》だよ」

「そんなことしないよ」

「だがキミはマジシャンの卵だろう。弟子《でし》でもないのに入れられるわけがない！」

声を荒らげるディナに、僕は少し怯《ひる》んでしまう。

「ち、ちょっと待ってよ。僕、何か君を怒らせるようなことした？」

「……フン」

美形が小馬鹿《こばか》にしたように鼻を鳴らすのはすごく腹が立つよ？　何だか格好いいのもイヤな感じだ。そんなに怒りっぽいほうじゃないと思うけど、ムッとしてしまう。

「そんなことも判らない程度の洞察力じゃ、やっぱり弟子入りは無理だと思うね」

「なっ……」

思わず反論しようとした瞬間、ぽん、とディナの手から煙が立った。

「えっ……!?」

「では、あとはボクに任せていただくよ。キミは、ミズ・マライアの部屋でも片づけたらいいんじゃない？　あの人はいい加減そうだし、掃除しがいがあるんじゃないかな」

銀髪の美形の手の中に、僕が持ってきたワゴンからきっちり二部屋分のシーツや掃除道具が収まっている。全然、気づかなかった。

「……言い争っている間に、タネを仕込んだんだね」

「初歩的なミスディレクションだろう？　マジシャンなら誰でも気づく程度の」

フッ、と再び鼻で笑われたけれど、僕には返す言葉はない。

「この程度で先生の弟子になろうなんて、無理だと思うな。精々、頑張《がんば》るといいよ」

言葉にならない棘《とげ》が僕の胸を刺す。

目の前にあるハードルの予想外の高さに、僕は唇《くちびる》を噛《か》みしめるしかなかった。


一方、はてなと夢未は、夢未の部屋に集合していた。

エマは三人増えた分の食事の用意で忙しくしているので、二人で作戦会議だ。

「なんだか、夢未の部屋に入るの、久しぶり……」

「姉様、そんなことを言ってる場合じゃない」

「そうね、母様と連絡できるアーティファクトを作らないとね！」

ゲーム機やぬいぐるみで足の踏み場もない部屋にクッションを置いて、二人はローテーブルを挟んで向かい合った。

「夢未、アーティファクトの作り方って、判ってるの？」

「……きちんとは、判らない。でも、気持ちを込めればできる……と思う」

「ふーん、そういうものなんだ」

「粘土人形の時は、そうだった。男子がうるさくて、ちょっとムッとしてた」

「じゃあ、強く念じればいいんだね。何をアーティファクトにする？」

はてなは部屋を見回した。物はたくさん落ちているけど、通信できそうなものは少ない。

「たぶん、伝言を届けてくれるものがいい」

金髪の少女は、そう言うと不格好な鳥のぬいぐるみを取りだした。

「電話みたいなのは、二つ作らなきゃいけない。伝書鳩《でんしょばと》みたいなアーティファクトなら、勝手に母様を捜して伝えてくれるかも」

「すごい！　夢未は賢《かしこ》いね」

「里にパソコンがあるなら、もっと簡単なんだけど」

テーブルに鳥のぬいぐるみを置き、夢未は精神を集中する。

「…………お願い、アーティファクトになって。母様を捜して」

……

「何にも、起きないね」

「……うん。困った」

夢未にアーティファクトを作る能力があるのは間違いないのだが、いかんせん、全然使い方が判らないのだ。メイヴも、一定の手順を踏んで作っていたのだが、娘たちは断片的にしか、その姿を見たことがなかった。

「やっぱり、母様みたいに工芸魔術師じゃないとできないのかな」

「も、もう少し頑張ってみたら？」

せっかく、夢見が自分から行動しようとしているのだ。はてなは応援したかった。

両親が不在で、しかもマライアから屋敷を出て行くように言われている状況で、はてな自身も不安なのも事実だった。

「このままだとマライアさんに、この家を追い出されちゃうかもしれないんだから……」

「うん。あの人、姉様にひどいことしたのに、ここにいるの、我慢できない」

二人は、難しい顔になる。その時だった。

「……あれ？」

夢未の怒りが天に通じたのか、ぬいぐるみがぴく、と動いた。

「あっ、やっ、やった！　動いた！　動いたよ、夢未！」

「よかった……あれ？」

いきなり、夢未の手からぬいぐるみがするりと抜け出る。

「えっ、いっ、いたっ！　痛いっ！」

ぬいぐるみは、何の指示も受けずにいきなり傍《そば》にいたはてなを突っつき始めた。

「な、なに!?　なにがどうなってるのーっ！」

はてなが悲鳴をあげた瞬間、首に巻いていたマフラーがぬいぐるみを押さえ込んだ。

ぬいぐるみは、止まることなく攻撃しようと身をよじらせている。

「……失敗、かな」

「ガウガウ」

結局、このあとも試行錯誤《さくご》を重ねたが、この日、夢未の作ったアーティファクトは、全然思った通りの効果を出すことはできなかった。だが。

「……これ、使えるかも」

金髪の美幼女は、なぜかニヤリ、と笑みを浮かべるのだった。

秘密のアーティファクト作りがいったん失敗に終わると、はてなと夢未は、もう一つの懸案《けんあん》事項に取り組むことにした。そちらも二人にとって、想像を絶する事態が進行しているのだから。

キッチンで銀食器を磨いていた老執事は、姉妹の訪問を受けて顔を上げた。

「お揃《そろ》いでどうされました？　おやつでもご希望ですか？」

「ジーヴスさんにお話があって……」

真剣な顔の二人に対し、ジーヴスは表情を変えることなく頷《うなず》いた。リビングに移動して、向かい合うように席に着く。

「ジーヴスさん。私もここにいてよろしいですか？」

そう言って、エマが二人の後ろに控える。言葉を選びながら、姉妹は信頼する老執事を見た。

「あのねジーヴスさん。マライアさんのことなんだけど……」

「どうして、あんなことを言うの？　それに、ジーヴスさんはどうして言うことを聞くの？」

言いづらそうにする果菜に代わって、夢未がひと言で言いきる。

「マライア様はモリガン様のご指示で動いておられます。メイヴ様がおられない以上、あの方の指示に従うのは、私の務めでございます」

柔らかな口調に断固たる意思をのせて、老執事はそう言った。

「そんな……」

果菜はごくりとつばを飲み込み、ジーヴスを見つめて口を開いた。

「ジーヴスさん、教えてください。ジーヴスさんはレルータの指示に従うって言ったけど、それって……ジーヴスさんはあたしたちより、マライアさんを選ぶってことなんですか?」

悲しそうな声に、エマがフォローをいれる。

「ジーヴスさんはもちろんお嬢様たちの味方ですよ。そこは信用なさって大丈夫です」

「でも、エマさん……っ」

「まあ、ジーヴスさんにとっては、マライア様もメイヴ様とともにお世話をしたお子様なのです。甘くなるのはしょうがないですよ。メイヴ様よりずいぶん年下ですしね」

「……お世話したお子様……ってマライアさんが……なんだか想像できないけど」

「母様の歳《とし》の離れた妹……だから?」

「果菜様と夢未様とあまり変わりはございませんよ。仲のいい姉妹でしたね」

ジーヴスの言葉に果菜たちはぎょっとした顔で見つめ合う。

「ええーっ」

「大丈夫、姉様。わたしはあんなに我《わ》が儘《まま》じゃない。ちゃんと姉様の力になる」

「ありがと、夢未」

「この屋敷の主《あるじ》はメイヴ様と衛《まもる》様、そしてお二人のお嬢様です。ですがモリガン様は一族の長《おさ》であられます。マライア様も含め、お二人のことを考えてのことだと、ジーヴスは愚考《ぐこう》致しますよ」

「でも、出て行けって……」

「それについては、ジーヴスから申し上げることは何もございません。また、お決めになるのは、マライア様と……お嬢様方だけですよ」

そう言うと、ジーヴスは魔法のようにお茶のセットを用意してくれる。

「ジーヴスめは、お嬢様方に一番良いようになればそれでいいのです。その方法は……ご自分たちで考えていただくしかないのですよ。もちろん、マライア様も」

優しくて厳しい言葉に、二人は困ったように顔を見合わせ、美味《おい》しいお茶とお茶菓子に誤魔《ごま》化《か》されてそれ以上尋《たず》ねることができなかった。

「さて、ではマライア様にもお茶をお届けして参ります。あの方は焼きたてのショートブレッドがお好きなんですよ。エマ、果菜様たちをよろしくお願い致します」

優雅に一礼して、ジーヴスはリビングを出て行く。

「なんかやっぱり、甘いよね、ジーヴスさんはマライアさんに」

「ん！」

「ふふっ、お嬢様方にも十分甘いですよ」

そう言われると返す言葉のない二人だった。

星里家の食卓は普段と違って賑わっていた。

「ジーヴスの料理の腕は昔から最高ね」

「恐れ入ります。その皿は、エマの作でございますよ。マライア様」

「うむ。大変美味《うま》い。欲を言えば、もっと和食よりでもいいかなと思うのだが」

「では明日はそう致しましょう、グレゴリー様」

「うむ、すまんが頼む。せっかくの日本。スシもテンプラも好物だ。クサヤも捨てがたい」

「それはやめてください、先生。ボクは食べませんからね」

グレゴリー先生のリクエストにディナが嫌な顔をする。

「クサヤってなに？」

「魚の干物だよ。匂《にお》いがすごいんだ」

尋ねる夢未ちゃんに僕が答える。ディナ、僕を睨んでもしょうがないでしょ。

そんな僕たちになぜか微《かす》かに目尻を下げたグレゴリー先生は、機嫌よく口を開いた。

「小僧、練習は進んでいるかな？」

「あっ、はい。訓練は重ねてます」

「兄様は毎日練習してる。とってもすごい。わたしも、習ってる」

僕を助けてくれようとしたのか、夢未ちゃんも答えてくれた。恥ずかしいけど嬉《うれ》しい。

「キミが？　なぜ未熟なキミがユメミを指導できるのか判らない。この屋敷には伝説の奇術師《イリュージョニスト》星里衛氏がいるだろう⁉　僭越《せんえつ》だとしか思えないが」

うん、まあ、そうだよね。普通はそう思うよね。

「父様は……そういうこと、しない、と思う」

　正しくは教えられないからだ。なにしろ衛師匠の奇術の正体はアーティファクトだしね。グレゴリー先生は衛師匠の師匠なんだからそれを当然知ってるんだろうけど、ディナは知らないみたいだ。なんだかみんな困ったように顔を逸《そ》らしてる。

「家族には別の道を歩ませたいのでしょうか。それは惜しいことだと思いますが」

「ディナも家族の反対を押しきってわしの弟子になっただろう？　ようはやる気だ。何があってもこの道を歩みたいと思うかどうかだからな」

「……はい、そうですね、先生。考えの足りないことを申しました。すみません」

　真面目《まじめ》に頭を下げているディナに、ちょっぴり申し訳なさが募る。

「ディナは、どうやって弟子になったんですか？」

　思わず尋ねた僕をディナが睨む。

「キミには関係ないだろう」

「ディナはキャメロットの姓が示すように、わしの縁者なのだよ。親の反対を押しきって、わしについてきているのだ。本来は、マジシャンなどにならなくても裕福に暮らせる家の……」

「グレゴリー先生、いや叔父《おじ》様？　ボクがいないと着替えも用意できず、飛行機のチケットも取れない方から、そういうことを言われるのは心外です」

「む、やぶ蛇《へび》であったか。わしは、日常のことが苦手でな。親類縁者には心配をかけることも多かったのだよ。それもあって、身の回りの世話と引き替えにディナを教えることにしたのだ」

グレゴリー先生は声を立てずに笑った。

「そうだったんですね」

「勘違いするなよ。ボクは、先生に弟子入りする前にマジシャンの専門学校に通って基本的なことは学んでおいたんだ。独学しかしていないキミとは違う」

フン、と気障《きざ》な仕草で髪をかき上げる。手品好きが高じて無理矢理みたいに弟子入りしたって聞くとだけど、ディナも僕と同じで、少しだけこの気障な美少年に共感を抱いた。

親近感が湧《わ》く。僕は、少しだけこの気障な美少年に共感を抱いた。

「どうしてそんな顔でボクを見る？　失礼なヤツだ」

「はは、なんでもないよ」

ついでに言えば、衛師匠を褒《ほ》めてくれたしね。あれがアーティファクトの力だって知る前は、僕も同じくらい憧《あこが》れてたんだよ。そう言いたかったけど、僕はぐっと堪《こら》えたのだった。


そんなふうに日々は過ぎていく。僕は、焦《あせ》りを抱えながらも毎日奇術の練習をしていた。

はてなと夢未ちゃんは、学校から帰ると二人で部屋に籠《こ》もって何かをしていて、あまり顔を会わせる機会がない。僕が客間の掃除で急がしくなっていたせいもあると思う。

今日もいつも通り、ドアをノックして声をかける。

「お掃除に参りました」

これは必ずするように言われている。たとえ留守だと判っていてもだ。

「入りたまえ」

今日はグレゴリー先生が部屋にいたみたいだ。

「失礼します。お掃除するので、よろしければリビングかどこかに移動して……」

説明しかけて僕の言葉は止まってしまった。ベッドに腰かけながら、グレゴリー先生はコインを指先で動かしていたのだ。指先のコインが消える、現れる、そして消える。増え続けて、そして消失。何の道具もない。ただ、手とコイン。それだけですさまじい技が披露されていく。未熟な僕の目には消えるところも増えるところも見えず、ただ呆気《あっけ》にとられて僕は見続けていた。

「ふむ。今のタネは判ったかね？」

「いいえ……いいえちっとも……素晴らしいです！　全然判らなかった」

グレゴリー先生は厳《いか》めしい顔にちょっぴり笑顔を浮かべて、僕を手招いた。

「やってみるかね」

手のひらのコインを僕に手渡してくれる。

「はい！　やらせてください！」

日本と違う外国のコインはキラキラと銀色に輝いている。僕はそれを数枚だけ指先で挟み、コインの増減マジックを試してみる。グレゴリー先生とは違ってぎこちない動きで、やっと一枚減らして……そのコインを反対の手の上に移動してみせる。

「くくっ」

グレゴリー先生が微笑《ほほえ》ましそうに笑い声を立てる。見ると続けろというように手を振られた。下手《へた》くそで呆《あき》れてるのかも。でも、さっき見た神業《かみわざ》に少しでも近づけるように、僕は真剣にコインを操った。

「小僧はアレに頼らないのか？」

「アレ？」

「知らないならいいが、衛と同じではないのか？」

衛師匠と同じじって、アーティファクトのことかな？

僕は衛師匠のようにいくつものアーティファクトを持っているわけじゃないけど、マジシャンとしてはものすごくチートなスマイルステッキの主だ。なんたって、見たことがあるマジックはスマイルステッキが再現してくれるっていう反則技だもの。

「……僕は自分の力でやりたいです」

たとえば、『怪盗ハテナ』のパートナーとしてなら、いくらでもスマイルステッキを使えると思う。というより、いくらでも使えるようにならないと、と思っている。はてなを守るのが僕の役目なんだから。

だけどマジシャン……奇術師としてはそれじゃダメだと思うんだ。マジックはひたすら地味な訓練の繰り返しだ。どれだけコインを、指を手をスムーズに動かせるか。指先で軽く触れるだけで、コインを移動し、視線を誘導してそのすきに隠したり現したり。とても繊細《せんさい》な作業。

スマイルステッキに頼ったら、自力でマジックができなくなってしまいそうで怖い。

「なにをしているんだ」

開けっぱなしだったドアから入ってきたディナが、大きな声を出す。

夢中でコインを動かしていた僕は驚き、手の後ろに隠していたコインが落ちてしまう。

「小僧、集中が足りない」

「はい……」

「そういう問題じゃない！　先生のお世話はボクの仕事だ！　それに、先生、なんでこいつの指導なんてしているんですっ！　こいつはまだ弟子でもなんでもないんですよ」

僕を睨んでコインを奪い返すディナの顔には、怒りの表情が浮かんでいる。

「ディナ、落ち着きなさい。指導はしていないよ、見ていただけだ」

「先生、でも……うっ」

グレゴリー先生がディナの頭をわしわしと撫《な》でると、文句が止まった。ちょっと嬉しそうに頬《ほお》が染まってる。もしかしてディナは僕が嫌いというより、先生を取られたくないって思っているのかもしれない。それぐらい尊敬する師匠なんだろう。正直羨《うらや》ましいな。

「キミ、掃除機が放り出してあるが、マジックをしている場合なのか」

「ああっ、ごめん。忘れてた。先生、部屋にいらしても掃除はできますが、ホコリっぽくなっちゃうのでできれば……」

「先生、桔梗院《ききょういん》財団との打ち合わせの時間ですから、出掛けましょう」

「うむ。では行こうか。小僧、あとは頼むよ」

「はい」

「……ボクの部屋には絶対入るなよ。この部屋のものも、勝手に触ったら許さないからな」

銀髪の美形が釘を刺してくる。グレゴリー先生が、またぽんと頭を撫でていなしてくれたけど、ディナってまるで毛を立てて怒る猫みたいだな。ま、ものすごく高級な洋猫だけどね。そう思うと少しは可愛《かわい》く……は無理かなぁ。もしも弟子にしてもらえたら、兄弟子になるんだけど、大丈夫なのか。そんな心配は弟子に合格してからですね。

僕は、溜め息をこらえて先生の部屋をぴかぴかに掃除したのだった。

キッチンに向かおうと廊下を歩いていたら、はてなと出会った。

「あ、真、お掃除終わった？　すぐ奇術の練習するの？」

「いや、夢未ちゃんにおやつを食べてもらおうと思って、取りに行くとこ」

「夢未とおやつ！」

「一緒に食べる？」

「うん！」

機嫌のいいはてなと一緒に、キッチンまでおやつを取りに行く。キッチンでエマさんが用意していたのは、ものすごい量の甘いものだった。ケーキだけでもフルーツ、チョコレート、そしていちごの載ったショートケーキ。クッキーも何種類も焼いている。

「マライア様のご希望なんです。いざという時にカロリーが必要だからと」

「そういえば……この前、たまたまリビングでマライアさんと一緒になったの。お互い、特に話もしなかったんだけど、マライアさんったらずうっとケーキを食べ続けて。見てるだけでこう胸がいっぱいになる感じで、お茶しか飲めなかったよ」

言われてみれば、マライアさんのアーティファクトの代償《ゲッシュ》は空腹だ。アーティファクトを使うとお腹《なか》が空《す》くとか、のどが渇くみたいな代償《ゲッシュ》が多い。

「……アーティファクトの代償《ゲッシュ》って、どうやって決まるのかな」

「うーん、母様から聞いたことないよ」

はてなも知らないみたいだ。エマさんも首を傾《かし》げていた。

「ジーヴスさんなら知ってるかな？　エマさん、どうですか？」

「私には判りかねますね。ただ、どちらかといえば、これだけの甘い物を摂取しておいて、スタイルが崩れないマライアさんのアーティファクトには興味がないとは言えません」

「うっ……確かに、乙女の夢かも」

はてなも羨ましそうにお菓子の山を見つめる。

マライアさんは、この屋敷に来て以来、ほとんど部屋の中に籠もっている。もしかすると夜中に出かけたりしているのかもしれないが、僕たちに知る術《すべ》はない。気づくとしたらジーヴスさんくらいだと思う。何をしているのか判らないけど、あまり会わないですんでいるのはありがたかった。その分、このあとの心配は強くなっているんだけど……

「マライアさん、本当にはてなたちをお屋敷から追い出すつもりなのかなぁ」

「……絶対、そんなの認めないもん。むしろ、マライアさんを追い出せるように……」

「え？」

「う、ううん、何でもない。エマさん、マライアさんっていつもは何をしているの？」

「これも判りかねますが、これだけの代償《ゲッシュ》を払っているということは、アーティファクトで何かされているのだと思います。そうじゃなかったら、たぶん、一日に何キロも太ってますよ」

　怖いものでも見たように、女子二人が身を震わせる。

　僕は少しだけ笑うと、夢未ちゃんに届ける分のお菓子を取り分け始めるのだった。


　とりあえず全種類のお菓子をワゴンに載せて、夢未ちゃんの部屋にやってきた。ドアを開けてくれたのはガウガウで、見ると夢未ちゃんはテーブルに突っ伏していて慌《あわ》ててしまった。

「ゆ、夢未！」

「夢未ちゃん！　どうしたのっ」

　声をかけると夢未ちゃんの頭が少し動いた。

「んー、眠いだけ……」

　よかった。アーティファクトの使いすぎみたいだ。

「ならベッドで寝たほうがいいよ、夢未。抱っこしていい？」

「いや」

　断られてはてながショックを受けている。

「姉様がわたしを抱っこしたら、絶対どこかにぶつけるから」

「じゃあ、僕が」

夢未ちゃんを抱き上げてベッドに運ぶことにした。はてなが涙目で僕たちを見てるけど、無視だ無視。

「十分で起こして」

「ダメだよ、ちゃんと寝ないと」

「だって、失敗したから、次……」

「失敗……？」

「もうちょっと……もう一回作るから……十分だけ、寝る」

カクンと落ちるように、夢未ちゃんの意識は途切れた。すぐに小さな寝息が聞こえてくる。

机の上には、壊れた箱が置かれていた。

「……夢未ちゃん、もしかしてアーティファクト作ってるの？」

「あっ、う、うんっ！　そ、そうだよ！　母様に連絡するために、ね！」

夢未ちゃんの整った寝顔を見ながら、はてなは妙に慌てて説明してくれた。

「なるほどね、うまくいけば、いいアイデアかも」

「う、うん……ま、まあ、そ、そうだね」

なんだろう、何か言いたくないことがあるのかな。僕の内心の疑問に答えるように、ガウガウが呆《あき》れた感じでひと言「ガウ」と鳴いたのだった。

それから数日後、待望の人物がやっと屋敷に帰ってきた。

「帰ってきたよ、マイプレシャス！　会いたかった」

応接室に面したテラスに派手なタキシードで現れるとバラの花びらが舞い上がる。

「あら、衛さん、お帰りなさい」

そう答えたのは星里家の娘二人ではなかった。ソファに横たわるマライアだ。

「ええっ、愛《いと》しい我が娘たちは？　マライアがなぜ一人で？」

「私もおりますが、旦那《だんな》様。すぐお嬢様方をお呼びしましょう」

その手に小さな小瓶《こびん》と小筆を持ってマライアの足元にひざまずいていたジーヴスが立ち上がり、屋敷中に「旦那様がお帰りです」と告げる。

「ねぇジーヴス、もう動いてもいいかしら？」

「足をつくのはもう少しお待ちくださいませ。塗り終わりましたが、ペデュキュアがまだ乾いておりませんので」

「そう。ごめんなさい衛さん。こんな姿で失礼するわ。動いてはいけないんですって」

ジーヴスを従えて艶然《えんぜん》と微笑《ほほえ》むマライアは、まるでこの屋敷の主のようだった。

衛師匠が帰ってきたと知って、僕は応接室に向かった。

部屋に入ると、なぜか中央のソファに女王然と横たわるマライアさんがいた。その後ろに立つジーヴスさん。衛師匠はまだテラスに立っていて、はてなと夢未ちゃんが怒ったような顔をして師匠を見つめている。それも無理もない。マライアさんは寝間着代わりの大きめのワイシャツを着ただけ。自室のベッドでしか許されないくつろぎきった姿だった。正直、僕には正視できないほどの色っぽさだ。目のやり場にとても困る。

「ええと……どうなって……お、お帰りなさい、衛師匠」

「おおっ、真クン、君だけは僕の味方でいてくれるよねっ」

「はあ?」

突然そう言われても何が何だか……

「父様、どういうことよ」

「そう言われても、僕にもサッパリ……」

「マライアさんがこの屋敷で暮らすことを了解したって聞いたけど」

「それは……その」

「なんで『紋章《もんしょう》』を盗んで逃げた人が、こんなに堂々と屋敷をしきってるの?」

はてなの追及に衛師匠がたじたじとなっている。

「あら、しきっているっていうのは言い過ぎよ。この屋敷をしきる役目はジーヴスでしょう?

私はただのお客様だもの」

「そうですか?　お客様の態度とも思えませんが」

はてなの言葉にこくりと夢未ちゃんも頷く。確かに自由すぎるよね、マライアさん。

「ちゃんとこの子たちに言ってちょうだい、衛さん。私はわざわざ母のモリガンの頼みで、ここにいるのだから。それなのにこの子たちったら懐いてくれなくて、ひどいわ」

「パパ」

「父様」

最愛の娘たちに睨まれて、衛師匠は涙目だ。

「いや、メイヴに……マライアと師匠が来るとは言われたが……」

「母様と会ったの？　どうして戻ってこないか聞いた？」

「やっと話はできたよ。だが、ただ事情があるとしか聞けなかった……すまん」

頭を下げる衛師匠に、はてなたちが悲しげな顔になる。その時、

「やっと帰ってきたか、このバカ弟子が！」

僕の後ろから轟《とどろ》くような声がした。

「うっ、グレゴリー師匠……」

「はっ、お前に師匠とわしを呼ぶ権利があるか謎だが、まあいい。わしを呼びつけておいて、ずいぶん長い間顔を見せないとはどういうことか？」

「師匠がもう我が家にいらしていることを聞いたのも、つい先ほどなのです。慌てて駆けつけた次第で……面目ない」

衛師匠……ものすごく腰が引けているよ。

「あのっ、先生、ご紹介いただけますか？」

　グレゴリー先生の陰《かげ》で見えなかったディアが必死で部屋を覗《のぞ》き込んでいる。

「おお、そうだな。一応マモルはお前の兄弟子になるか、ディア・キャメロット。わしの優秀な弟子だ。お前と違ってな」

　グレゴリー先生の言葉に苦笑する衛師匠だ。

「僕は星里衛だよ。よろしくね、ディアクン」

「初めましてっ！　ディアと申します。グレゴリー先生の弟子にしていただきました。星里衛さんもボクの憧《あこが》れで、兄弟子のアナタに負けないように頑張りたいと思っています！」

　ディアは憧れのアイドルに会ったように、興奮して頬を染めている。美形がますます輝くばかりだった。

「こんなモノに憧れる必要はないぞ、ディア！」

「はあ、でも……やっぱり、カッコイイですよ、天才奇術師ミスター・マモル・ホシサト」

　グレゴリー先生に言われても、衛師匠を見るうっとりした眼差《まなざ》しは止まらない。衛師匠カッコイイからなぁ。

「は……はは、お手柔らかに……」

　衛師匠の苦笑いは、ディア以外には大層気持ちの判るものだった。

「でね、あなたの娘たちは、なにかを企《くわだ》てているわけよ」

「ほう」

深夜近く、応接室で衛はマライアに捕まっていた。ジーヴスに注がれた芳醇《ほうじゅん》なワインの味もよく判らないほど居心地が悪い。愛する妻であるメイヴに似た容姿は、清廉《せいれん》なメイヴとは正反対に妖艶《ようえん》さを湛《たた》えている。才能のあるメイヴの陰で育ったマライアは、メイヴが出奔《しゅっぽん》したあと、さぞかし苦労したのだろう。マライアに対して引け目を感じてしまうのは、自分がメイヴをあの地から連れ去ったせいだ。優しい姉と違って、あの義理の母はとてつもなく厳しいのだから。

「私をどうにかして追い出そうとしているみたい」

くすっと小さな笑い声。

「ひどいわよね。私は可愛い姪《めい》っ子《こ》たちのために、身を尽くしているというのに」

「……う、すまない」

「私は真剣に考えているのよ。あの子たちの幸せを」

「それは、ありがたいと思っていますよ、マライア」

「……本気で言っているのかしら？」

疑わしそうに自分を見つめる視線に、たじろぐわけにはいかない。

マライアはマライアなりに、姉の家族を心配してくれていることは判っている。あからさまに星里の家族を傷つける意思があるなら、ジーヴスがこうも優遇するはずがないのだから。ただ、そのやり方が問題だった。マライアの気持ちとメイヴの望みはすれ違うから……しばし視線を交わしたそのあとのことだった。

爆発音が響いたのは。

なんとも言えず居心地の悪い夕食を終えて、後片づけもすませると、自分の時間となる。ジーヴスさんとエマさんは、皿洗いもしなくていいと言ってくれたけど、そこは甘えちゃダメだと思うと言い張った。この屋敷で奇術師の修行はずっと続くんだから、自分の仕事はちゃんとしたい。それじゃなくても、僕はジーヴスさんよりエマさんより、楽な仕事をさせてもらってるんだからね。訓練は自室でもできるけど、小ホールを使って、少し大きなマジックの練習をさせてもらおう。そう決めて向かうと、そこにはすでに人影があった。

「はてな、夢未ちゃんも、どうしたの？　これから訓練するの？」

いたのはもちろん、はてなと夢未ちゃんだった。二人が振り返る。

「真、あたしねぇ、今日という今日は許せないって」

「兄様、すごいアーティファクトができた」

同時に二人が話しかけてくる。その表情は決意がありありと判るもので。

「落ち着いて、説明してよ。あと夢未ちゃん、完成おめでとう」

「ん」

夢未ちゃんがにこっと微笑む。

「わあ、夢未の笑顔……っ！」

「で、どんなアーティファクトなの？　メイヴさんに連絡する道具じゃないの？」

「違う。それは失敗した」

え？　どういうことだろう。

「そのアーティファクトはうまく作れなかったけど、怒ると、周りを攻撃するアーティファクトならできたから、それを使って……」

「あの、それって失敗作なんじゃ……」

「違う。マライアさんを追い出す道具。危険はない。追い出すだけ」

念のために本当に危険がないか、もう一度聞いてみる。

「ない。屋敷から出して入れなくするだけ」

「それなら、いいかな」

「半分はぶっつけ本番。うまく動くか心配」

夢未ちゃんは難しい顔をして、手元の箱を見つめた。それがアーティファクトなのか。

「夢未、頑張ったね」

「はてなは知ってたの？」

僕には相談してくれなかったのに。

「仲間はずれにしたわけじゃないからね。……真には、奇術の練習を頑張ってほしかったから」

はてなが呟《つぶや》くと、夢未ちゃんも同意するように頷いた。試験を控えた僕に気を遣ってくれたのか。僕は二人にお礼を言った。

「ありがとう。力になれなくてごめんね」

「いいってば。久しぶりに夢未と二人で頑張れたしね」

「ん、姉様とたくさん話し合った」

はてなと夢未ちゃんはずいぶん色々と考えてたんだな。

「僕にもできることはあるかな？　手伝わせてよ」

「姉様？」

「うん。試すだけだもの、時間はあんまりかからないよね。いいんじゃない？」

「じゃあ、お願い、真兄様」

よかった。これで僕の出番はないって断られたら立つ瀬がないよ。

「正直に言うと、今回の最大の敵はジーヴスさん」

「えっ、そうなの？」

「ジーヴスさんには、アーティファクトを見つける力がある。ごまかせるとしても、わたしの部屋にあるアーティファクトだけ。止められる可能性がある」

言われてみれば、ジーヴスさんにはそういう力があるって言ってたっけ。

「だからジーヴスさんにバレるとマズいんだよね」

「そうか。それは困ったね」

何しろ、いつ寝ているかも判らない神出鬼没な完璧執事さんだ。その目をかいくぐるのは難しい。とはいえ……

「今なら、衛師匠と二階の応接室にいるよ。さっきお酒とおつまみを運んでたし」

「二階……」

キラリと夢未ちゃんの目が光る。

「マライアさんと話すんだって。二人きりはいやだって師匠がジーヴスさんに言ってたから、しばらくつきっきりじゃないかな？」

「マライアさん、応接室を自分の部屋みたいに使ってるものね」

むっとした顔ではてなが言うけど、今はそれがちょうどいいんじゃないかな。

二階の応接室とここはかなり離れているからね。

「では、テスト開始」

夢未ちゃんは小さな箱に魔力を込めたみたいだ。

「接続して……連動……せよ。〈オミット・ホーム〉」

いつも二人はやすやすとガウガウやマフくんを使っているのに、これは面倒なものみたい。

これ一つで動くわけじゃないからかな。

「ん、繋《つな》がった！」

「すごいよ、夢未！　さすがは母様の娘であたしの自慢の妹ねっ！」

はてなに微笑んでみせるけど、夢未ちゃんはちょっと苦しそうに見える。テストなんだから
もう十分なんじゃゃ……そう思った途端だった。

「んんっ、抵抗されてる……っ」

「真、あれ見てっ！」

はてなが指さす先は壁。でも、ただの壁のはずなのに動いているように見える。そして小さ

な火花みたいなのがバチっと弾けている。床も……

「壁も床もどうなって……っ、夢未ちゃんストップ！」

「もう停止してるけどっ……！」

部屋中が変化しているわけではなかった。僕とはてなの近くはなんともない。

狙われているのは夢未ちゃん!?　いや、夢未ちゃんの持つアーティファクトか。

「夢未ちゃん、その箱を投げて！」

ガウガウが夢未ちゃんを庇《かば》うために大きくなると、夢未ちゃんを抱き上げて逃げるけど、火花がそのあとを追いかける。まずはアーティファクトの箱を手放さないと。

「は、離れないっ」

「スマイルステッキ！」

「マフくんっ、あの箱を奪って！」

僕とはてなが同時に叫ぶ。箱はマフくんの伸びた腕が掴《つか》んでくれた。

「スマイルステッキ、消失マジック！」

消えてしまえ！　と念じると、パンっと弾けるように光って箱は消える。追いかける火花は消えた箱を探すように散って、これで終わりかと思ったのに……やがてまた夢未ちゃんを追いかけ始めた。

「夢未の魔力を追ってるの？」

ああ、マズいぞ。これなら消すんじゃなかった。どうすれば……と考えて僕は思い出す。

消失マジックは消えて終わりじゃないことを。そうだよ、必ずオチはある。消えたら違う場所に現れてそれで大団円。拍手喝采《かっさい》だ。

「スマイルステッキ！　復活だ」

叫ぶと、僕の手の中に小箱が現れる。

それを思いきり壁に向かって投げつけた。

でも箱は壊れることなく、壁にぶつかって跳ね返ってくる。

窓を開けるくらい考えておけばよかったよ。

「真！」

「ガウガウ、マフくん、夢未ちゃんとはてなを守れ！」

「ガウッ！」

ガウガウは夢未ちゃんを抱え込み、マフくんがはてなの前に広がる。

「スマイルステッキ！　見えない板を僕の前に！」

小箱に火花が集まってスパークする。爆発というほど派手ではないけれど、小箱はパンッと粉々に砕け散った。小箱の破片がよけようとした僕の頰をかすめていく。

見えない板って、見えないことが長所で欠点だよな。よけようとして板の部分からはみ出ちゃったみたいだ。とほほ。

小箱が壊れたことで、壁や床も元に戻った。まるでなにもなかったように……

屋敷自体がアーティファクトだという意味が、少し判った気がするよ。

「真！」

「真兄様！」

はてなと、ガウガウに抱っこされた夢未ちゃんが駆けつけてくる。二人にぎゅっと抱きつかれてしまった。

「大丈夫。ごめん、僕の手際がマズかったね」

「ううんっ、ケガしてるよ、真！」

「平気だよ。ちょっとかすっただけ」

「ご、ごめんなさい、兄様にケガさせた」

しがみつかれて泣かれてしまった。しまったなぁ。どう思い返しても、悪いのは僕だと思うのに……もっとスマートに助けられなかったんだろうか。ディナならそうできたのかな？

「お嬢様、大丈夫ですか⁉」

大慌て、という感じで走ってきたのはエマさんだ。今の音を聞きつけたみたいだ。

「エ、エマさん、大丈夫、なんでもないから」

「何でもないはずがないでしょう！」

眼鏡のメイドさんは砕けたアーティファクトを一瞥《いちべつ》すると、怪我《けが》がないか僕たちの身体《からだ》を調べた。たいした怪我がないのを確認すると、エマさんは、いきなり僕たち三人を抱きしめた。

「果菜お嬢様、エマお嬢様……真くんも、危険なことをする前に、どうして私に相談してくださらなかったのですか」

「……エマさん、ごめんなさい。でも、エマさんにあんまり迷惑かけるわけにはいかないし」

はてなが申し訳なさそうに言う。エマさんは、なぜか少しだけ顔色を変えた。

「お嬢様……」

「アーティファクトを暴走させたのはわたし。謝るのはわたし」

夢未ちゃんは、慌てたように二人の顔を見る。

「……」

何かを考えるエマさんに、はてなと夢未ちゃんは不安そうな表情をした。

「アーティファクトの暴走……ね。ジーヴス、失態よ」

「はい。申し訳ございません、マライア様」

小ホールを見下ろす二階のギャラリーから尖《とが》った声がした。顔を上げると、そこには呆《あき》れとも怒りともつかぬ顔をした金髪の巨乳美女と、無表情に頭を下げるジーヴスさん、そして驚いたような衛師匠がいた。

「ディナにでも見られていたら、どうするつもりだったのかしら。ねえ、衛さん」

「……面目ない。二人とも、謝りなさい」

「どうして、おうちの中でアーティファクトを使って、そんなに怒られなきゃいけないの？」

はてなが言い返したのは、夢未ちゃんが作ったアーティファクトだってことを誤魔化《ごまか》すためだったんだと思う。僕も慌てて口添えする。

「あ、あのっ、別に、大きな音がしただけで……」

「判ってないようね、真くん。衛さん、私はやはり、二人をこの家から避難させたほうがいいと思うわ」

「……マライア、それは……」

すぐに反論せず、衛師匠は困った顔になる。

「父様っ！　どうしてそんなことを言わせておくの！」

「父様……」

姉妹の表情にも驚きが走る。マライアさんは、判っていなかったのか、というように溜め息をつき、ぐっと胸を張って僕たちを指さした。

「一族の長《おさ》である母さんの言うことを聞かなければ、メイヴ姉さんは帰ってこられない。つまり、名代である私の指示に従う以外の選択肢《し》はあなた方にはないのよ。何か勘違いしているのではなくて？」

「……そんな、そんなのって」

唇《くちびる》を噛《か》むはてなに、マライアさんは頭を抱えた。

「ジーヴス、改めて三人からアーティファクトを取り上げてちょうだい」

「マ、マフくんは渡さないわよ！」

え!?　まさかスマイルステッキも取り上げるつもりなの!?

僕たちは本気で身構える。

「……護身用にメイヴ姉さんが渡している専用アーティファクトは、とりあえず例外でいいわ。

これ以上指示に従えないなら、グレゴリーおじさまたちが帰るのも待たずに出て行ってもらうわ。その時には、温情があるなんて思わないでね」

夢未ちゃんが、絶対に渡さない、というようにガウガウを抱きしめる。

「ジーヴスさん、衛様、それでよろしいのですか？」

僕たちを抱きしめてくれていたエマさんは、僕たちを庇うように一歩前へ出ると、マライアさんたちに向き合った。

「……エマ、君にも判ってるだろう。僕も、本意じゃないんだ」

衛師匠は、絞り出すように言う。

「……判りま……」

エマさんが何かを答えかけた時。

「おうい、誰か荷物を持ちに来てくれ。土産《みやげ》を買いすぎてな」

渋く、よく響く声だ。グレゴリー先生が戻ってきたみたいだ。

「……今は、ここまでにしておくわ。あなたたちも、いいわね」

マライアさんはそう宣言して、ジーヴスさんと庭まで先生たちを迎えに行く。

衛師匠は、珍しく何も言わずに僕たちに背を向ける。

変わってしまった屋敷の空気の中で、僕たち三人は立ち尽くす。

美しいメイドさんはただ、そんな僕たちに背を向けて、傍にいてくれたのだった。

第四幕 再挑戦☆幽霊屋敷の素直じゃない保護者たち

桜井《さくらい》エマは、自室に籠《こ》もって久しぶりに一人の時間を過ごしていた。

清潔に保たれた部屋には、趣味の本が整然と並べられている。お気に入りのアニメや映画のブルーレイはジャンル分けされてすぐに取り出せるようになっている。

何度となく観たアニメをぼうっとリピートしながら、エマは呟《つぶや》く。

「ずいぶん、大人になったつもりでしたが……私もまだまだですね」

ほう、と溜《た》め息《いき》をつく。

ジーヴスと喧嘩《けんか》をした——とはいえ一方的にエマが怒っただけだが——のは、昨日のことだ。

「どうして、お嬢様方を追い出そうとするマライア様の肩を持つのですか！」

「エマ、レルータの一族には一族のルールがあります。特別な能力には特別な代償《ゲッシュ》が必要。アーティファクトの力も、現実の力も同じです。お嬢様たちの身を案ずる一族の意思ですよ」

「……納得できません。私たちが守ればよいではないですか」

「常に傍《そば》にいることはできないのですよ、エマ。自分で自分を守れなくては。それに、判《わか》っているのですか？　お嬢様は、メイヴ様の代わりをしようとされている。危険は事実です」

「……今までだって同じですよ。今日から状況が変わったわけではありません」

「メイヴ様の不在が知られたのでしょう。私の調査では、日本に大量のアーティファクトが持ち込まれつつあります。大きな争いが起こるかもしれないのです」

ジーヴスに取りつく島もない。エマは、それがひどく不満だった。

それでも口出しを最小限に留めてきたのは、実際に危険だというのも理解できるから。

ベッドに座って、美少年たちが何でもない事件で奮闘するアニメを眺めながら呟く。

「どちらも正しいなんてこと、アニメでも漫画でもよくあることです。だったら、答えは簡単……な、わけはないですね。困りました」

ぽとん、とベッドに倒れる。柔らかな感触。

その感触が、どれだけ貴重なものか、エマは知っていた。

この屋敷に来てからエマが得た安らぎ、希望、メイヴや衛《まもる》、ジーヴスがくれたもの。

なにより果菜《かな》と夢未《ゆめみ》がいてくれること。その大切さをエマは痛感している。

だから、何も言えなかったのだ。この気持ちが、自分の我《わ》が儘《まま》かもしれないから。

桜井エマは、メイドである。自分から希望してメイドになった。

それは、この屋敷にずっといたいと願ったからで——実のところ真《まこと》が執事《しつじ》見習いをしている理由とそれほど差はないのだった。

最近、食事の時間が憂鬱《ゆううつ》です。

仕事で留守がちな衛師匠《ししょう》と、僕が上京してから一度も帰っていないメイヴさんの代わりに、はてなと夢未ちゃんと一緒にご飯を食べる生活が始まって三カ月が経《た》とうとしている。

屋敷の執事であるジーヴスさんやメイドであるエマさんは、僕たちが食べ終わってから二人で食べるから別々なのだ。執事見習いである僕もエマさんたちと食べるのが正しい気もするんだけど……それに正直、そのほうが料理の味がしそうな気がする。

はてなを挟んで左右に座った僕と夢未ちゃんの向かいでナイフとフォークを動かすのは、肩までの金髪に気の強そうな唇《くちびる》、そして自己主張の強い胸を誇《ほこ》る美人だ。

静かに笑みを浮かべているとどこかはてなや夢未ちゃんに似ているんだけど、口を開くたびに場を凍りつかせるのは勘弁してほしい。そのマライアさんは、思い出したように手を止めた。

その瞬間、ざわっ、と夢未ちゃんたちが身構え、はてなのマフラーが臨戦態勢を取る。

まったく気づいていない風情で、マライアさんはワイングラスを傾けて微笑《ほほえ》んだ。

「そうそう、あなたたちの新しいお家《うち》のことなんだけど」

「夢未たちのお家はここ」

ふわふわの金髪を持つ極上の美幼女は、自分の髪が叔母《おば》と同じ色なのを疎《うと》むように前髪を払う。大人の余裕を見せるマライアさんは、聞こえなかったような顔で続ける。

「豪華なマンションの最上階よ。見せてもらったけれど、とてもお洒落《しゃれ》でステキなお部屋だったわ。よかったわね、二人とも」

「だったらマライアさんがそこに住めばいいじゃないですか」

舌鋒《ぜっぽう》鋭く切り込むはてなに、作り物めいた笑顔で応《こた》えた。

「あなたたちを守るためなの。自分で自分を守るだけの力がない子どもは、大人の言うことを聞いて守られていなさい。アーティファクトは大事に預かってあげるから。しばらくは怪盗ごっこなんてやめて、大人しくママの帰りを待ってるのよ？」

「……っ！」

「怪盗ハテナをバカにしないで！」

「はあ、どうして姉さんもこんな子どもにすごいアーティファクトを渡しちゃったんだか。完全に自分の力を勘違いしちゃってるじゃない。親バカにも困ったものね」

肩をすくめるマライアさんに、はてなは頰《ほお》を紅潮させた。

「そんなっ！　だいたい、試験に失敗したっていうけど、マライアさんが来た時だってこの前だって、ピンチにはなったけどアーティファクトは返ってきたじゃない！」

「私から『紋章《もんしょう》』を取り戻した時も、ゴミ処理のアーティファクトを取り戻した時も、結局はその子に助けられただけじゃない。あなただけだったら、無事ではすまなかったでしょ？」

その子、とは僕のことだと思う。繰り返されている言い争いに挟まれて食事の味も感じない僕は、マライアさんにグラスで指されて曖昧《あいまい》に微笑むしかない。

「真はあたしのパートナーなんだからいいの！　ね、真」

「えっ、う、うん」

「真兄様は、わたしたちの味方」

夢未ちゃんも同意する。僕としても、そこは当然だと思ってる、んだけど……

「あら、あなた。師匠の言うことを聞かないの？　衛さんは、反対しなかったでしょ？　グレゴリーおじさまもお怒りになるかもよ？」

「う……そ、それは」

「グレゴリーさんには、あたしたちからもお願いするから、大丈夫ですっ！」

「甘いわね。グレゴリーおじさまは母さんのお友達なのよ。あなたたちをこの屋敷から引き離すのは一族の長《おさ》たるモリガンの意思。選択の余地はないの」

仕方ないわねぇ、という感じにマライアさんは頭を振る。

「衛さんが反対しないのは、判っているからよ。メイヴ姉さんが日本にいない状況が続いている今、星里家《ほしさと》が持つアーティファクトを狙う人間は増えていく一方よ。最強の魔法使いであるメイヴ姉さんとこのお屋敷の力があるから、あなたたちは平和に暮らせてただけ」

「自分の身くらい、自分で守れる」

いつもは自己主張しない夢未ちゃんが、ガウガウに手をかざすと、クマのぬいぐるみはシュッシュッ、とシャドーボクシングを始める。

「相手もアーティファクトを持っているのよ。あなたたちの持つアーティファクトは確かに一級品。だけど、それを持っている以上、悪い連中に狙われるのは避けられないし、あなたたち自身はただの子どもなの。聞き分けなさい。一生取り上げるなんて言ってないんだから。姉さんが帰ってきたら、返してあげるわよ」

「イヤです」

「もう、可愛《かわい》くない子たちね。姉さんは子育てのやり方間違ったんじゃないかしら。グレゴリーおじさまさえ一緒に滞在してなかったら、力尽くで追い出しちゃうんだけど」

「マライアさんが、里に帰って母様と交代したらいいんじゃないですか？　マライアさんも、すごい魔法使いなんでしょ？」

「賛成」

「ごめんなさいね。私も大したものなんだけど、姉さんは近年まれに見る力の持ち主なのよ。そういう人じゃないと対処できないほどの状況なんだから、子どもにできることなんかないって判るでしょ？　怪盗ごっこは平和になってからにしてくれないかしら」

にっこりと笑うマライアさんと、姉妹の間で視線が弾ける。僕は溜め息を隠せない。

このところ、食事の時間はだいたいこんな感じなのだ。グレゴリー先生やディナがいると、マライアさんたちの争いは収まるんだけど、今度は僕がディナに絡まれてしまうパターンが多い。ご飯は楽しく食べないと身体《からだ》に悪いんだけどな……

胃の痛くなるような食事が終わりに近づいた時、マライアさんが意外な人に水を向けた。

「まあいいわ。おじさまがいるのはほんのしばらくですもの。エマさん、そろそろ二人の荷造りを始めておいてくれる？」

姉妹の後ろで給仕を務めていたエマさんは、にっこりと微笑む。

「お断り致します。マライア様」

当然、といった澄まし顔でエマさんは言いきる。

顔色一つ変えない拒否に、マライアさんは意外そうな顔になる。

「あら……子どもの我が儘のほうを尊重してしまうの？　困ったメイドさんね」

溜め息をつくマライアさんにも、エマさんの笑顔はびくともしなかった。

「私はメイヴ様から、果菜様と夢未様を守るように言いつかっておりますので」

「だから、守るためには、アーティファクトを持たずに、このお屋敷を出たほうがいいって言ってるんでしょうに。ああ、二人がいなくなっても別にクビにしたりしないわよ？」

「それには及びません。もしもお嬢様方が一時でも屋敷を離れられる際には、私も一緒についていかせていただく所存です。お気遣いなく」

「エマさん……」

メイドさんの断言に、はてなと夢未ちゃんが強《こわ》ばっていた顔を緩《ゆる》ませる。マライアさんたちが来てからジーヴスさんも衛さんも態度が少し変だから、二人も不安だったんだと思う。

「それは困るわね。あなたなら戦力になるし。果菜と夢未の護衛と世話係は桔梗院《ききょういん》家が用意すると思うわよ。だいたい、果菜はもう中学生なんだし自分のことくらい自分でやるでしょ」

「メイドは、私の仕事なだけでなく、趣味ですので」

どこ吹く風のエマさんに、マライアさんは視線を厳しくした。

「……出て行く時は当然、あなたの持つアーティファクトは取り上げるわよ。それは覚悟の上でしょうね？　そのメイド服もずいぶんと優秀なアーティファクトだものね」

エマさんはメイド服を飾る首元のリボンを撫《な》でて、笑みを深めた。

「このメイド服はもともと私個人の財産でございます。それに私は一族でなく、雇われているだけのメイドでございますので、里の意思で取り上げられる理由はございません」

「え？　姉さんのアーティファクトじゃなかったの？」

マライアさんが驚いてるけど、はてなと夢未ちゃんも初耳だったみたいだ。

みんなの視線を受けて、エマさんは微笑む。

「アーティファクトになさったのはメイヴ様ですが、メイド服は私の私物です」

ああ、なるほど。そういうことか。確かに、スマイルステッキも、僕の持ち物をメイヴさんが修理する時にアーティファクトにしたものだ。里の持ち物だと言われても困るよね。

「姉さん……めんどくさいことを。アーティファクトを拡散させたくないって言ってたのは自分のくせに。昔っから考えなしなんだから」

マライアさんは苛立《いらだ》ったようにテーブルを指で叩《たた》く。

「そ、そういうことならあたしのマフくんだって、もうあたしが貰《もら》ったものなんだから……」

「それは屁理屈。でもエマさん、あなたがアーティファクトを持って果菜たちの近くにいたら、結局この子たち狙われちゃうわよ？　真くんもそう思うでしょ？」

「えっ……そ、それは」

「判ってると思うけど、あなたのステッキもしばらく預かりたいわ。グレゴリーおじさまから聞いたけど、あなたは口だけの偽《にせ》ものの奇術師じゃなくて、本物の奇術師になりたいんだってね。

だったら、そのアーティファクトは別に必要ないんじゃないかしら」

確かにその通りだけど、僕ははてなのパートナーになるって約束したんだ。怪盗ハテナとして世界中のアーティファクトを回収すると決めた幼馴染《おさなな》《じ》みを守るためには、アーティファクトが必要だ。僕の意思はエマさんと同じだった。コンコン、と控えめなノックが響く。

「皆様、アーティファクトの話はまた後日になさってください。グレゴリー様がお戻りになられました」

キッチンで作業をしていたジーヴスさんがいつの間にか食堂に戻って来ていて、一礼して僕たちに会話の終了を告げた。彼はそのまま玄関に出迎えに向かう。相変わらずどうやって来客を知るのかさっぱり判らないけど、僕も執事見習いとしてジーヴスさんのあとを追う。

「じゃあ、今日はここまでにしましょう」

マライアさんが解散を宣言して、はてなと夢未ちゃんも動き出す。僕はホッとする。

グレゴリー先生が帰ってくると、星里家が平穏になるっていうのが最近のパターンだった。

グレゴリー先生はともかく、ディナはアーティファクトの存在を知らないので隠す必要がある。おかげで喧嘩が収まるのは、僕がディナに唯一感謝しているところだ。

「お帰りなさいませ。グレゴリー様、ディナ様」

二人を出迎えてジーヴスさんの隣で頭を下げる。

「お帰りなさい。今日は、どこで公演だったんですか?」

「キミには関係ないだろう?　そこをどきたまえ、先生の荷物はボクが持つ」

僕の顔を見た途端不機嫌になるディナの端整な横顔に、グレゴリー先生は苦笑いする。

「まったく、ディナは頑固《がんこ》だな。まあいい、小僧、先輩に認められるよう頑張《がんば》るのだぞ」

「は、はい」

「先生、こんな奴を後輩にするつもりはありませんよ」

結局、言い争いが始まってしまう。僕は、二人が騒ぎながら階段を昇るのを見送った。マライアさん、グレゴリー先生、ディナの三人が加わってから、星里家は全然違う家みたいだ。

「ははは、賑やかになってまいりましたな。この家が一族の里にあったころを思い出します」

一人、我関せずにジーヴスさんだけは今まで通りだ。

僕は、気になっていたことを尋《たず》ねてみる。

「ジーヴスさん、マライアさんのこと、もともと知っていたんですか？」

「ええ。小さな頃はこのお屋敷で暮らしておられたのですよ」

優しい顔になる老執事に、僕は不思議な気持ちになる。

「じゃあ、桔梗院家の秘書として来た時に気づかなかったんですか？」

「はて、気づいておりましたが？」

「じゃあどうして、はてなたちに叔母さんだって言わなかったんですか？」

「マライア様から口止めされておりました。それにお客様にはそれぞれご事情があるもの。不要な詮索《せんさく》はマナー違反でございます」

「だけど、それで『紋章』が……」

「確かに驚きましたね。『紋章』はマライア様には使えませんから」

ジーヴスさんは、僕の疑問と少し違う返事をした。

「『紋章』の力を受け継ぐのは、一代に一人と言われています。次代は夢未様がお継ぎになるのでしょうね。それも、メイヴ様やモリガン様に伺《うかが》わなければ判りませんが」

「あっ、でも夢未ちゃんがアーティファクトを作れる力があるのは、マライアさんに伝えてるんですか？」

「いいえ。メイヴ様から口外せぬようご指示をいただいておりますので」

当然だ、というようにジーヴスさんは微笑む。

「二人が出て行くの……反対じゃないんですね」

「……ジーヴスが愚考《ぐこう》致しますに、お屋敷を含め、アーティファクトにまつわる状況が厳しさを増すのは間違いございません。衛様やモリガン様のご心配も理解できます」

「ジーヴスさんは、モリガン様……はてなたちのおばあちゃんを知ってるんですよね」

「……それもまた、口にできない約束がございます。申し訳ありません」

優雅に一礼して、ジーヴスさんは口元を引き締めた。

「マライア様のお言葉を受けるなら、私は一族の内側にあります。真様は、ご自身のお考えで行動されればよいと思いますよ。エマも、そろそろ動くようでございます」

ジーヴスさんは、表情を変えずに僕に背を向けた。

「……すべてが良いほうにまとまればよいのですがね。いや、それも苦難の道ですか」

最後の言葉は、僕に聞かせるものだったのか独り言だったのか判らない。

ただ、ジーヴスさんの背中が、ひと回り大きく見えた気がした。


さて問題はもう一つある。それは、目前に迫りつつある期末試験だ。星里家の深刻さと比べれば軽いと言えば軽いけど、おろそかにするわけにもいかない。期末で点数を上げないと、母さんに田舎《いなか》に連れ戻される危険がある。グレゴリー先生に納得してもらえても、実家に連れ戻されたら意味ないもんな。学校の休み時間にも、僕は教科書を広げていた。

「真くぅん、古典のノートを貸してくれないかなぁ？」

藤吉郎《とうきちろう》が猫なで声で僕に言う。

「また？　昨日、世界史のノートを貸したばかりじゃなかったかな」

「ちなみにその前は物理と化学でしたな。コンプリートまでもうひと息ですぞ」

「林田《はやしだ》！　余計なこと言わなくていいんだよ！」

自慢げに情報を披露《ひろう》する林田くんを黙らせて、藤吉郎は僕を拝《おが》む。

「頼む！　これで最後だから！」

「はいはい、判ったよ……」

「ありがとう！　持つべきものは親友だな！」

ノートを渡してあげると藤吉郎は大げさに喜ぶ。ていうか調子いいなぁ。

「中間試験が赤点だったから、期末はなんとしても挽回《ばんかい》しねぇと。補習なんてことになったらせっかくの夏が台なしだからな！」

「ふぅん、夏休みになにか予定でもあるの？」

「バカ、お前っ、夏と言えば出会いの季節だろうが！　暑い日差しにあてられた女子たちが思わず開放的になる季節！　それが夏なんだよ！」

　また雑誌の受け売りみたいなことを言い出した。

「夏の浜辺にいる女子のおよそ70％がひと夏のアバンチュールを求めている……わたくしのデータでも明らかです」

　林田くんが眼鏡をきらーんと光らせて断言した。

「その情報の出所に疑問を感じないでもないけど、まあ頑張ってくれ……」

「んだよ、ノリが悪いな。お互い夏をエンジョイするために期末を乗りきろうじゃないか」

「エンジョイって、今時言わないよね……」

　僕は、中学生になって最初の夏休みにやりたいことを想像してみる。せっかくだから、みっちりグレゴリー先生の指導を受けたいな。それが僕の最高の夏休みの過ごし方だ。何とか弟子にしてもらって……あ、里帰りもしないと妹に泣かれるな。忙しい夏になりそう。なるといいな。

「ていうか、真よ、お前なんとかして、はてなちゃんを海に誘え。そんでもって、さりげなーく他の女子も誘ってみんなで行こうっていう流れに持ってけ」

　僕の夏休み計画とは違う藤吉郎の提案に、首を傾《かし》げる。

「なんで僕が……。自分で誘えばいいじゃないか」

「悔しいがオレではダメだ。こういうのに向いてるのはお前なんだよ。その、一見女の子にすら見える軟弱さが必要なんだ。人畜無害そうな見た目があれば女子は警戒しない。そしてはてなちゃんと桔梗院が来るってなれば完璧だ」

「藤吉郎の欲望に僕を利用しないでくれるかな」

「利用とは人聞きが悪いな。つーか、一見女の子とか軟弱とか、ろくなこと言わないな。ノート貸さないぞ。

「ぼ、僕はいいよ、そういうの……」

「照れるな照れるなっ。夏の浜辺でアバンチュール作戦はお前にかかってるからな！　頑張ってくれ！」

勝手に僕を作戦の要《かなめ》に据《す》えないでほしいと文句を言う前に、藤吉郎と林田くんは席に戻っていった。夏休みのことより、まず期末試験を頑張れよ、藤吉郎。

ふと見ると、はてなが僕のほうに目配せを送っていた。

僕だけに見えるように教室の扉を指さす。あれは「みんなに見つからないところで話がある」という意味だろうな。同じく桔梗院さんとも目が合う。

僕たちは、タイミングをずらして教室を出ると、中庭で合流した。

広い中庭に幾つかある東屋《あずまや》の中でも、一番目立たないところが僕たちの集合場所だった。

僕たちが辿《たど》り着いた時には、はてながぶすっとした顔で座っていた。

「心美《ここみ》、どういうつもりよ！　あなたマライアさんの味方なの!?」

「あー、マンションの話ね。私に怒らないでよ。あれはダディがやったの。第一、星里家からの依頼を断れるわけないでしょう?」

「父様が依頼したの⁉」

「ううん、『サー・キャメロット』が預かってきた手紙を受け取ったの。メイヴさんのお祖母《ばあ》様からのご依頼だそうよ。それに、警備の強化も指示があったみたい」

「……またあたしの知らないところで色々動いてるんだ」

はてなは、ぷうっ、とほっぺたを膨らませる。

「父様も何も話してくれないままで公演に出かけちゃうし、ジーヴスさんはマライアさんの言うとおりにしちゃうし、ディナは格好いいけど真に意地悪ばっかりするし、いったい全体、何が起こってるのよ!」

幼い顔立ちの美少女は、長い髪を振り乱すようにして怒りを表明した。実際、僕も変だと思っている。なんというか、僕たちにだけ秘密にされていることがあるんだろう。

「たぶん、メイヴさんが帰ってこられないことと関係があるんじゃないかな」

「んー、その件は桔梗院のほうでは摑《つか》んでないよ。ダディは聞いているかもしれないけど」

桔梗院さんは、はてなの顔を覗《のぞ》き込む。

「でも、危ないことがあって、それからはてなたちを遠ざけようとしてるんじゃないの? マライア、一応うちのダディに謝罪に来て説明してたみたいだし。そんなに悪い人じゃないのかも」

「だからって、何も言ってくれないのはひどいよ! 夢未だって怒ってるもん」

それはその通りで、姉妹はかつてないほど団結している。

「子どもだと思ってバカにして！　絶対、出て行ったりしないんだから」

「確かに、大人って私たちの気持ち考えてくれないよね。はてな、私も協力するから」

「ありがとう、心美」

今時のお嬢様は、にやりと笑う。

「そのためにも、私にもアーティファクトの一つくらい貸したほうがいいと思わない？　真くんも持ってるんだし、味方を強化しないといけないでしょ？」

「……無理だよ。アーティファクトは全部ジーヴスさんが隠しちゃった。倉庫も鍵がかかってる。あたしが持っているのはマフくんと『紋章』だけ。マフくんは、あたし以外には使えないから」

はてなの説明に、ちょっとだけ引っかかる。

「そういえば、アーティファクトの使い方ってややこしいよね。まず、契約しなきゃいけないんだし……だったら、盗んでも使えないいんじゃないの？」

はてなと桔梗院さんは顔を見合わせる。

「真……そんなことも知らないの？」

「そうそう、あんな強力なアーティファクト持ってるのに、危なっかしいわね」

……だって、誰も教えてくれなかったじゃないか。

「アーティファクトの基本的な能力は誰にでも使えるの。たとえば、マフくんだったらあたしの思う通りに動く、っていう部分が基本能力かな。これは、契約がなくても使えるよ」

そう言うと、はてなは僕の手にハンカチ状のマフくんを乗せる。

「マフラーに戻してみて？」

「えっと……マフくん、マフラーになってよ」

ふわりと僕の手の中で、マフラーの形に戻る。微《かす》かに身体が熱くなった気がした。

「そうだったんだ……僕、自分のステッキ以外のアーティファクトを使ったの初めてだよ」

「うちの正門もアーティファクトなんだけど。まあ、とにかくこれだけでも結構すごいでしょ」

「んー、ほんと、アーティファクトは不思議だわ」

桔梗院さんも目をキラキラさせている。

「でも、本当の力は契約を交わさないと使えないの。それには〈真名《まな》〉を知ってアーティファクトと契約していること、使いこなせるだけの魔力があること、他にもアーティファクトとの相性もあるみたい。本来、アーティファクトって母様みたいな工芸魔術師が、その人の魔力に合わせて作るものだから、本来の持ち主以外には本当の力が使えないことも多いんだって」

「ふうん……」

「契約できても、代償《ゲッシュ》を払えなければ使えないしね。その代わり、本当の力を発揮《はっき》したアーティファクトは……すごい力を出せるんだ。マフくん、翼形態《スキーア》」

手も触れず命じたはてなの首元で広がったマフくんが黄金色の光を放つと、はてなの身体が重力を無視してふわりと浮き上がる。これが真の力を発動したアーティファクトか……って。

「わわわっ、はてなっ、まずいよ学校で！」

「はぅあっ、そうだった。マフくん、ハンカチに戻って！」

慌《あわ》ててマフくんをハンカチに戻すはてな。僕は周りを見回してステッキを掲《かか》げる。

「ど、どう？　僕の新マジックは」

「すごいすごい。さすがはてなのお父さんの弟子ねー」

ぱちぱちと拍手してくれる桔梗院さん。一応、近くには誰もいなかったけど、もし見られていたとしても手品だったたってことですむ……と信じたい。僕は声を潜《ひそ》める。

「アーティファクトと契約すればすごい力が使えるのは判ったけど……逆に、契約済みのアーティファクトを他人から奪って使うにはどうしたらいいの？」

僕の質問に、二人は重い空気を醸《かも》し出す。答えたのは桔梗院さんだった。

「本人に契約を解除させるか……契約者がいなくなれば、新たに契約できる可能性はあるわね」

ぞっとする回答に、僕ははてなを見る。それは……大人たちが心配するはずだ。

「母様なら、アーティファクトさえあれば契約を強制解除できるから、そんなことしなくていいんだけどね。それに、もともと〈真名〉を知られてきちんと契約されてるアーティファクトの数は少ないの。うちにあるアーティファクトだって、判らないものがいっぱいあるもの」

「……つまり、それでもアーティファクトが欲しい人がたくさんいるってことだよね」

〈真名〉を知ることができなくても、はてなのマフラーは使い方によっては武器にも道具にもなるだろう。自由に形を変える布というだけでも使い道はありそうだ。

今、メイヴさんという庇護者《ひごしゃ》がおらず、はてなと夢未ちゃんの元には強力なアーティファクトがある。確かに、僕が思っていたよりずっと危ない状況なのかもしれない。

「そうか……マライアさんたちは、それを心配して……」

「ねー、真くん、気づいてないみたいだから言っておくけど、あなたも危ないんだからね？」

呆《あき》れたように桔梗院さんが告げた。僕は、手の中のステッキを見る。

「危ないからって、手放せないでしょ。だって、怪盗ハテナは、あたしの夢だもの」

――はてなはマフラーを押さえる。僕も、頷いた。

もともと怪盗をするって決めた時から、危ないのは判っていたんだ。今さら、とも言える。

だけど、マライアさんたちから「自分の身も自分で守れない」と、僕たちは思われた。

それを解消しなくては、納得なんかしてもらえない。こちらの試験も難関そうだ。

僕は、やっと本当の意味で状況を理解し……途方に暮れるのだった。


星里家の廊下では、予測もつかないひと悶着《もんちゃく》が発生していた。

「……夢未、あなた学校行ってなかったの？」

「少し忙しかった」

呆れ顔で夢未を見つめるのは、マライアだ。彼女はこめかみを押さえる。

「忙しいから学校に行かないなんて、あり得ないでしょ」

「外国では知らない。この国では普通」

まったく表情を変えない夢未に、マライアはさらにがくりと肩を落とす。

「姉さん、絶対に躾《しつけ》を失敗してると思うわ」

「そんなことない。テストは全部百点」

眠そうな目の姪《めい》っ子《こ》の細すぎる身体を、マライアは舐《な》めるように見つめる。

「……ふうん。体育は？」

「……オバサン、嫌い」

「なっ……っ⁉」

夢未は暴言を残すと、ぴっ、と指だけで指示を出す。ガウガウが、彼女の身体を抱き上げて走り去るのを、マライアを脱力して見送った。

「これは……新居に行かせたら家庭教師も必要かしら」

はあ、と溜め息をつくマライアは、自分が妙に歳《とし》を取った気がして不愉快になるのだった。


「マイプレシャス！　帰ってきたよ、出迎えておくれ、僕のプリンセスたち……おや？」

衛師匠がいつものように、いきなりテラスから帰ってきた。来客がいるから、長く家を空《あ》けたりしないのはありがたいと思うけど、対マライアさんとしては驚くほど役には立っていないんだよね。はてなたちがこの屋敷を出ることも正面からは反対してないし。

「ふん、お前の顔も見飽きたな、このバカ弟子《でし》」

公演の準備で忙しくなっているグレゴリー先生だが今日は珍しく屋敷にいた。衛師匠を見たディナが、パッと顔を輝かせる。

「マモルさん、お帰りなさいっ！」

衛師匠の帰りを大げさなほど歓迎しているのは、今となってはディナだけだ。

はてなも夢未ちゃんも衛師匠の対応に少々むくれ気味なのだ。

「ははは、ただいまディナクン。真クン、果菜たちは？」

「小ホールにいますよ。二人で……練習してるみたいです」

「ふむ、練習ね。なるほど」

アーティファクトのことはディナには内緒だ。グレゴリー先生が笑顔を見せる。

「真面目《まじめ》なところはメイヴ嬢ちゃん似だな。半年で逃げ出したお前に似ずに実によかった」

「ははは、これは手厳しい」

「でも半年で先生の技術を学び取ったのでしょう？　やはりマモルさんはすごいです！」

「ディナよ、こやつは……」

目を輝かせるディナにグレゴリー先生は口ごもる。

「マモルさんは天才と呼ぶにふさわしいです！」

「ははは……言い過ぎだよ」

純粋な眼差《まなざ》しで見つめられ、衛師匠は困っているようだった。

「それで、僕のことよりも僕の弟子のことなんだが……」

話を逸《そ》らすように僕のことを言い出す。途端にディナの表情が険しくなった。

「どうかな、ディナクン。まだ彼の弟子入りには反対かね？」

「彼は未熟です。先生の教えを受けるには技術も知識も足りなさすぎる」

「だからこそ僕のところへ住み込みで修行に……」

「まさにそれです。マモルさんのような素晴らしい師がありながら、どうしてグレゴリー先生に教わる必要があるのですか？　マモルさんが忙しいから？　そんなの世界的マジシャンなら当然です。むしろ弟子なら手伝いをしながら一番傍《そば》で師匠の技を見て学び取るべきでしょう。にもかかわらず彼は師匠であるマモルさんについていくどころか、こんなところで居候《いそうろう》をしている。彼がやっていたことといえば女の子を前に鼻の下を伸ばしていただけじゃないですか」

そうか、ディナにはそんなふうに見えるのか。でも、なんだか完全に間違っているってわけでもないのが悔しい。

「マモルさんの推薦《すいせん》でも、ボクは彼を弟弟子にするつもりはありませんね」

「まあまあ、保留なのだから目くじら立てるな、ディナ。わしが日本にいる間に、お前が認められるほど成長するかもしれんぞ」

グレゴリー先生はディナの態度に苦笑している。彼がとても優秀な分だけ、僕に厳しくなるのは致し方ないとは思う。諦めずに、いつか認めてもらえるように、僕も努力を続けるしかないと思った。はてなや夢未ちゃんの努力に負けてはいられないからね。

衛師匠はグレゴリー先生が相手をしてくれるということで、僕は小ホールで訓練するはてなたちと合流することにした。部屋に入るとはてなが呆然《ぼうぜん》としたように座り込んでいる。

またマフくんを使いすぎたんだろうか。夢未ちゃんの姿がないし。

「はてな、どうかしたの？」

声をかけるとハッとしたように僕を見上げる。

「真！　大変なの！　夢未、今日は学校に行かなかったみたいなの！」

「え？　でも、渋々《しぶしぶ》でもちゃんと行ってたよね？」

確かに最近、行きたくないって毎朝ごねてはいたけど……

「夢未ちゃん、またなにか学校であったのかな」

「判らないの。ただ『夏が終わるまで学校に行かない』って言うの」

「なんで夏が終わるまでなんだ……？」

どうやら、以前とは理由が違うようだ。

「夢未ちゃん、僕だよ。真だ。ここ、開けてくれないかな？」

夢未ちゃんの部屋の前でそう声をかけてしばらくすると、ピコピコという可愛《かわい》らしい足音がして扉が開いた。開けてくれたのはもちろんガウガウだ。

「入っていいのかな？」

コクコクと頷くと、夢未ちゃんのもとに戻っていくガウガウ。僕はそのあとに続いた。

愛用している大人用のオフィスチェアの上にちょこんと座った夢未ちゃんが、こちらを振り返った。固く決心したような、でもどこか困っているみたいな……そんな顔だった。

僕はガウガウが差し出してくれた座布団《ざぶとん》の上に座る。

「姉様に言われて来たの？」

「うん、夢未ちゃんが学校に行きたくないって言い出したって」

今さら隠しても仕方ないので僕は正直に答えた。

「また、学校で何かあった？」

「ううん、学校は楽しい……」

「じゃあ、どうして？」

「それは……」

なぜか夢未ちゃんが口ごもる。

「なにか夢未ちゃんのほうに問題がある？」

こくりと頷《うなず》く。頷いてはくれたけど、そのあとなかなか詳細を話してくれなかった。

「……ガウ」

困り果てた僕に、ガウガウがそっと紙を渡してくれる。たどたどしい字で紙に書いてあったのは『プールの授業』。ガウガウ、字が書けるんだね。優秀すぎだよ……

「プールの授業？　プールの授業があるから、学校に行きたくないってこと？」

「な、なんでっ!?」

僕が聞いた途端、夢未ちゃんは真っ赤になってうつむいてしまう。

「真兄様、ど、どうして……わかったの？」

「正解？」

ガウガウがこくこくと頷いている。そういえば、夢未ちゃんはお風呂嫌いだ。シャワーは浴びるけど──それに滝行《たきぎょう》もしたけど──水は好きじゃないって感じだった。だとすると、水泳だってしたくないよね？　大量の水につかるなんてさ。ということは……

「夢未ちゃん、泳げない？　カナヅチかな？」

真っ赤でぷるぷるしている夢未ちゃんは、珍しく年相応に見えた。隣でガウガウが満足げにこっくりと頷く。

「なんだ、そういうことだったのか。でも、夢未ちゃんくらいの歳の子なら、他にも泳げない子いっぱいいるんじゃないのかな。だから授業で泳ぎ方を教えてくれるわけだし」

あれ？　もしかしてお風呂嫌いもそこから発生してたりして？　それはないかな。

「だって……期待されてて」

うつむいたままポツリと呟く夢未ちゃん。期待？　どういうことだろう？

と、ガウガウが僕の手を引っ張る。こっち来いとか言わんばかりだ。

「あ、ごめん、ちょっと……ええと、ちょっとガウガウ借りるね」

「ガウ」

案内するかのようにガウガウはガッシリと僕の手を掴んで歩き出す。そんなに引っ張らなくても……痛いよ、ガウガウ。ガウガウに連れられるまま、夢未ちゃんの部屋を離れる。というか僕の部屋までやってきてやっとガウガウは口を開いた。

「夢未は、クラスのアイドルなのよ。できないなんて言えない空気なのよね。一番仲のいい子には教えてねとか頼まれちゃうし……」

「ガウガウ、ちゃん……」

久しぶりにガウガウが話しかけてくる。たまにしゃべりたくなったガウガウがやってきてたんだけど、最近は来てなかったんだよね。

「なんでもできそうな子がカナヅチなのも、チャームポイントだと思うけどなぁ」

「まあねぇ、でも、それを言い出すには遅すぎたって感じみたいなのよ～」

つまりどういうことかというと、手品のお陰で男子の尊敬を集めることに成功したものの、上手《うま》くいきすぎたのか夢未ちゃんは今やクラスでみんなが一目置く存在なのだそうだ。いや、もともと一目は置かれてたけど、開いていた距離が縮まったせいで大人気。

そんな立場になってしまうと、他のクラスメートたちは当然泳ぎも上手なのだろうと勝手に決めつけてしまっているらしく、一番を競おうとかいうことになって、競うどころか泳いだことがないと言い出せる状態じゃなくなったらしい。

「なるほどね……だからいっそプールの授業のある間は学校を休んでしまおうってわけだ」

でも、よかった。理由がとても小学生らしくてホッとしてしまった。

これなら僕でもなんとかできるんじゃないかな。そんなわけで夢未ちゃんの部屋に戻った僕は、心配してやってきたはてなと夢未ちゃんに提案することにした。

「夢未ちゃん、できないならできるようになればいいんだよ。泳げるように練習しよう。僕が教えるよ」

「あたしも、泳ぐの得意だよ。最近、修行ばっかりだったし、たまにはいいよね。息抜きも兼ねてみんなで行こう！」

はてなの明るい宣言に、夢未ちゃんは、少し迷って頷くのだった。


その夜、マライアはワイングラスを傾けていた。

ジーヴスとエマは、給仕をしながら彼女の相手をしている。

「正直、あの子たち、心配なんだけど。衛さんも姉さんも、放置しすぎたんじゃないの？」

「そのようなことはございません。メイヴ様がこれほどおられないのは初めてでございますし」

「だったら、なんであんなに聞き分けないの？　殺されるかもしれないって判ってるのかしら」

「ジーヴスが愚考致しますに、たとえ屋敷を出たところで、人質にされることもあり得ますからな。必ずしも安全とは言えないでしょう」

「それでも今よりずっと安全よ。アーティファクトさえ持っていなければね」

赤ワインを飲み干して、マライアはエマのほうを見る。

「あなたはどう思ってるのよ。心配じゃないの？」

「心配しております」

「じゃあ、怪盗をやめさせてしばらく避難させるくらい、いいじゃないの」

「……それは、本当に果菜様たちを守っていることになるのでしょうか」

眼鏡の、美しいメイドは微笑み一つ浮かべずにそう呟く。

「え？」

「……いえ、戯《ざ》れ言《ごと》です。少し言ってみたかったのですよ。若さ故《ゆえ》の過《あやま》ちというものです」

「漫画の台詞《せりふ》よね？」

「いえ、私の実感です。どちらにしても、私はお嬢様たちのご意志を尊重しますので」

「その結果、何が起こってもいいっていうの？　ひどい人ね」

「……その時は、私も死にますから」

最後のひと言は、誰にも聞かせず、エマはきびすを返した。

ジーヴスは、その背中をなぜか、ひどく優しい目で見送ったのだった。


ちょうど週末だということで、僕たちはさっそくプールに行くことにした。僕はてっきり市民プールかレジャー施設かと思っていたら、なんと高級ホテルに完備されたプールだという。手配してくれた桔梗院さんが言うには――

「近所のプールだと、お人形ちゃんのクラスメートに会っちゃうかもしれないでしょ。これは極秘の特訓なんだから！」

と、妙に気合いの入った答えが返ってきた。

「なかなかいいところじゃない。さすが高級ホテルのプールね」

「ていうか、なんでマライアさんまでいるんですか？　忙しいんじゃないんですか」

当然のようにまざっているマライアさんに僕は質問した。ずっと部屋に籠もってアーティフアクトを使って何かしているみたいなのに、いいのかな。

それにしても、どこからプールに行く話を聞きつけたのだろうか。

「私だって休暇は必要よ。それに、今日は私の代わりに衛さんが働いてくれるんですって。ありがたく押しつけておいたわ。日本人って勤勉でステキね」

プールサイドに設置されたデッキチェアに寝そべり、日差しを浴びながら心ゆくまま夏を楽しんでいる。この快適空間のために衛師匠はタキシード姿で働いているのかと思うと、なかなか気の毒な気がする。どんなことしてるのかは判らないけどさ。

「兄様、泳ぎ方おしえて」

「うん、いいよ」

僕が請け負っている隣で、なぜかはてながもじもじしている。

「どうしたの？　はてな泳がないの？」

はてなはプールだというのにパーカー姿だった。

「水着はこの下に着てるんだけど……」

「じゃあ、脱げば？」

「ぬ、脱げばって⁉　ま、まま、真のエッチ！　バカ！」

「な、なんで……」

はてなは、ものすごい勢いでプールの反対側まで走って逃げていってしまう。

「真くんは、もう少し大人にならないとダメね」

「どういう意味ですか」

「言葉通りの意味よ。果菜も大変ね」

ますますわけの判らないことを言うマライアさんだった。

「兄様、はやく」

「あ、ごめんね」

ほっぺたを膨らませた夢未ちゃんが、僕の顔を恨めしそうに見上げていた。危ない危ない。

今日の一番の目的を忘れるところだった。僕は子ども用の浅いプールに二人で入ってみた。

「えーと、まずは水に顔をつけるところから始めようか」

「ん……ぷはっ」

「早っ!?　いやいや、もうちょっとだけ頑張ってみようよ！」

「でも、水の中は息ができない」

「いや、その通りなんだけど……息を止めて潜ったり水の中で目を開けたりできるようになったほうがいいと思うんだ」

「水の中で……目をあける……」

夢未ちゃんが「なんて恐ろしいことを言うんだ」とでも言いたげな目で僕を見てる。

「その二つができるようになれば、泳ぐのが怖くなくなるんだ。そしたら泳ぎの練習も上達が早くなるよ。夢未ちゃん、ちょっと待ってて。えーと、ビート板に浮き輪に……」

「真様、どうかされましたか？」

とりあえず役に立ちそうなものをかき集めていたら、エマさんが僕を覗き込んでいた。

「エマさん……って、その格好は……」

エマさんはセパレーツタイプの水着を身につけていて、日ごろ見慣れたメイド服や制服よりもなんだか可愛い雰囲気なのが新鮮だった。そしてむき出しのお腹《なか》の白さがまぶしいです。

「おや、思春期の少年のリビドーを少しは刺激できましたでしょうか？　光栄ですね」

視線を逸らした僕を、そう言ってからからかうところはいつも通りのエマさんだよ。

「ところで、なにやらお困りの様子ですね」

「えっと、夢未ちゃんにどうやって泳ぎを教えたらいいかと思って」

「なるほど、それで色々と道具を持っていこうというわけですか」

「はい……ていうか、僕よりもエマさんのほうが上手に教えられるんじゃないですか？」

「それはできません。夢未お嬢様は、真様に教えてほしいのですから」

「僕に……？」

「どんなに必要なことでも楽しくなければ上達はしません。それに本当に重要なのは、上達よりも夢未お嬢様がご自分で行動されることです。キッカケはどうあれ、真様から習いたいとおっしゃられたことが大きな進歩だと私は思っています」

「自分で行動すること、か……」

「では、夢未お嬢様のこと、なにとぞよろしくお願いします」

エマさんが去ってから、僕は少し考えてビート板や浮き輪を全部その場に置く。別の物を使うことにしたのだ。やっぱり、僕の得意なものがいい。準備したのは、いつも持ち歩いている手品の小道具だった。

「夢未ちゃん、これを見て」

僕は指の間にキレイなビー玉を取りだしてみせる。

「わ、すごい。どこから出したの？」

「ヒミツ。それより、これをプールの底に落とすから、それをとってくるというゲームをしよう。とりあえず今はゴーグルをしていいからね。どう？　ちょっと面白そうでしょ」

「うん、やる。やりたい」

思ったとおり夢未ちゃんのテンションがちょっと上がった。

さっそく僕はプールのあちこちにビー玉をまいた。

「さあ、やってみよう」

「うん」

ゴーグルを装着して勢いよく潜る夢未ちゃん。ところがすぐに浮き上がってくる。

「う……とどかなかった」

「意外に簡単に浮いちゃうでしょ。人間って浮くようにできてるからね。息を止められる時間が短いと、探してる間に時間切れになっちゃうしね。でも大丈夫だよ。何度かやってるうちに慣れてくるから」

「ん、わかった」

夢未ちゃんからやる気のある返事が返ってきた。

僕の時は川の底で石を拾ってくるというものだった。

庭に敷き詰めるための、なるべくキレイな石を拾ってくるように言われて、母さんが納得するまで何度も繰り返し潜ったなぁ。あれを繰り返しやってるうちに、自然と水の中で動く方法や長く息を止めるコツを学んだ。

思ったとおり、夢未ちゃんも何度も失敗してるうちに、少しずつ息を止める時間が長くなっていった。そしてついにビー玉を一つ摑んで水中から戻ってきたのだ。

「できた！　兄様、ビー玉とれたよ！」

「やったね夢未ちゃん！」

エマさんの言うとおりだ。

楽しくなければ頑張れない。楽しいがスタート地点なんだ。

「どんどん潜るのが上手になってるよ、この調子でいってみよう」

「うん！」

次々と、どこからともなくビー玉を取りだして投げてみせる。そのたびに夢未ちゃんが歓声をあげてくれる。それが、とても嬉《うれ》しい。グレゴリー先生を納得させて、ディナに認められるほどすごいマジックをできるようになりたい――なんて思っていたけど、なんだか違う気がする。それじゃダメなんだって、楽しそうな夢未ちゃんを見てたらそう思えた。

実力なんて、そんなに都合よく上がるはずがないじゃないか。

そうじゃなくて、僕には僕のやり方があるはずだ。ディナのようにすごい技術がなくても、グレゴリー先生に弟子にしてもらえるような僕なりのマジックがあるはずだ。

「僕のやり方……ディナを笑顔にしたいな」

僕の前ではしかめっ面ばかり見せるディナに楽しんでもらいたい。

みんなを笑顔にしたくて、僕は奇術師を目指したんじゃないか。僕は大切な気持ちを思い出せたことに感謝する。そして、もっともっと練習したい気持ちになっていた。


果菜はプールの反対側にいる真たちを恨めしそうに見ていた。

「そんな顔して、一緒にまざりたいならそう言えばいいのに」

心美の言葉に、果菜は唇を尖《とが》らせる。エマにも苦笑されてしまった。

「う……だって、そしたらこれ脱がないといけないじゃない」

これ、というのはふとももの半《なか》ばまで隠れるような大きめのパーカーだ。

男の子の――それも真の前で水着になるなんて恥ずかしくてできるわけがない。

まったく気にせず、大胆に水着姿を晒《さら》している心美はすごいと思う。

「せっかくスタイルいいんだから、ガンガン見せつけてやればいいのに。そしたら鈍感な真くんも多少は意識してくれるかもよ」

「べ、別に意識してくれなくていい！」

真っ赤になって叫ぶあたり、意識しているのは果菜のほうだ。

マライアからアーティファクトを置いてこの屋敷を出て行けと言われて、悔しくて泣きそうになったあの時、真は、はてなのパートナーだと言ってくれたのだ。

それに、一緒に頑張ろうと言ってくれた。嬉しくて、まだ頑張れるって思ったけれど。

「だって、あたし……全然……進歩がなくて」

なんだか、あそこに行くのに相応《ふさわ》しくないように思えてしまうのだ。

「あー、また落ち込みモード？　で、知られたくないんだ、真くんに。パーカーで隠しているのは、水着じゃなくて心ってことね？」

「うまいこと言いますね、心美様」

「でしょう？　ふふふん。はてなの気持ちなんて親友の私には丸判りよ！」

「果菜様の、気持ち、ですか？」

「ふふん。そうよ。だって、はてなはメイヴさんの役に立ちたかったのに、邪魔《じゃま》にされて悔しかったんだもんね。子ども扱いされて嬉しい子なんていないからさ。でも、真くんや夢未ちゃんの前では明るく振る舞わなきゃ、って頑張ってるんだよねー」

「も、もうっ、そんなことばかり言わないでよ。心美の意地悪！」

「ふふん、図星でしょー」

心美に言い当てられて、果菜の顔が赤くなる。心美は励ますように強く果菜の手を引いた。

「行こうよ。大丈夫。はてな美人だって！　真くんに見てもらわなきゃ」

「あっ、ち、ちょっと！」

心美に引っ張られて、果菜は夢未たちと合流する。

パーカーを脱がされて悲鳴をあげたものの、無事に一緒に泳ぎ始める。

エマはその様子を黙って眺めていた。自分の胸にあるものを、確かめるように。

そのエマに話しかけたのは、マライアだった。

「だいぶ落ち着いたみたいね。あの子たち」

「……」

「無愛想ね。今はメイドじゃなくてあの子たちの先輩の中学生ってことかしら。まあいいけど。そろそろ、真面目に決めたわ。何もなければ、来週にはグレゴリーおじさまは公演が始まって屋敷を出られるわ。それに合わせて、二人を屋敷から出しましょう。なんなら、桔梗院の家にかくまってもらうのはどうかしら。仲良しみたいだし」

マライアの言葉は、一種の最後通牒《つうちょう》だった。

「どうしても、追い出されるのですか？」

「人聞きが悪いわね。でも、子どもに見せたくない世界って、あるでしょ？　なんにしても、ああして立ち直ってくれてる間に、早くすませましょう。泣かれるのは楽しくないわ」

「……あなたの目は節穴です」

マライアの目には、彼らが笑っているようにしか見えないだろう。だが、エマには、彼女たちが不安を堪《こら》えて、周りを心配させないように無理をしているのが判っているのだから。

プールを出る前に、エマはシャワーを浴びる。果菜たちが先に出たあとも、上を向いて全身に冷たい水を流す。頬を伝う涙を隠すようにして。

「幸せというのは、怖いものですね」

エマの呟きは、誰に聞かれることもない。

「怖かったのは、私なのかもしれませんね」

聖ティルナ学園の三年生。生徒会役員にして、ミスティルナと名高い美少女であるエマに好意を持つ者は多い。星里の家では、家族同然のメイドとして楽しく暮らしている。

温かな布団、美味《おい》しい食事、趣味に使うお金。どれも簡単に手に入る。

でも、それが特別なことであると、エマは知っているのだ。メイヴに巡り会うまで、自分には得られなかった日々が、この場所にはある。だから、怖がってしまったのかもしれない。

本来なら、マライアが来た時に決断すべきだったのだ。

――そうじゃない。もっと前から、気づいていたのだ。

真が来てホッとしたのは嘘《うそ》ではなかった。真が追い出されないように気を遣ったのは、彼が善良な少年だったから、だけではない。果菜には、夢未には味方が必要なのだと判っていた。

「この選択は……正しいのでしょうか。メイヴ様」

できることなら、尋ねたかった。だけどジーヴスも何も言わない。

たぶん、決めるのは自分の役割。もっと早く選ぶべきだった道。

エマは、今日のプールで暴れながらも、犬かきのように泳ごうとする夢未を見た。

落ち込む気持ちを抑《おさ》えて修行をし、笑顔を作る果菜を見た。

一番逃げていたのは、自分かもしれない。それに気づいたから……

エマは……シャワーを止める。頬に流れていた雫《しずく》も、止まっていた。

「私も、賭《か》けましょう。メイドの本分は、お仕えする方の笑顔にあるのです」

趣味と実益を兼ねてメイドを務める美少女の、それは決意表明だった。


「お嬢様、お話がございます」

小ホールに呼び出された果菜は、改まったエマの、その雰囲気に呆然としていた。こんな厳しい顔をしたエマを、見たことがなかったから。

「僭越《せんえつ》ながら申し上げますと、果菜お嬢様は目的と手段を取り違えていらっしゃるようにエマには思えます。いえ、間違えたのは私もでしょうね」

「ど、どういうこと？」

「果菜お嬢様はなぜ怪盗になりたかったのですか？」

「それは……ママの手伝いがしたかったから」

果菜の答えにエマは微笑み、そしてその笑みを消す。

「私はお嬢様方に危険な世界に足を踏み入れてはほしくないと、そう考えていました。ですが、それは結果的に間違いだったのかもしれません。なぜならメイヴ様の血を引いていらっしゃる以上、アーティファクトとそれを巡る世界とは無縁ではいられない。遠ざけるのではなく、渦中においても負けないだけの力を身につけるべきでした」

エマはいつになく厳しい口調だった。

「もう一度伺います。お嬢様はメイヴ様のお手伝いがしたいのですね？」

「うん」

「メイヴ様がそのマフラーをお渡しになったのが、戦うためではなく身を守るためだったとしてもですか？」

「だって、夢未はママの力を受け継いだ。パパだってずっと、ママのためにアーティファクトを集めてる。あたしだけ何もしないで守られてるなんてイヤだもん」

「では、その覚悟はございますね」

「うん……あたしが強くなりたい。マフくんをちゃんと使いこなせるようになりたい。ママにもマライアさんにも認めてもらえるように。もう認めてもらえずに悔しくて泣いたりしないように……でも、どうすればそうなれるのか判らなくて」

「はい。それはお嬢様方に傷ついてほしくなかった、私どもの間違いであったのかもしれません。ですから、これからは私のできる限りのお手伝いをさせていただきます」

エマの言葉に果菜がキョトンとした顔になる。

「……エマさん、手伝ってくれるの？　あたし、強くなれるかな……？」

「それは、果菜お嬢様の努力次第でしょう」

「強くなれるって言ってくれるほど甘くないんだ、エマさんってば」

「私はもう、お嬢様を甘やかすのはやめますから……私も努力が必要ですが」

へらりとそんなことを言うエマが、果菜には頼もしかった。大切にただ守られるより、厳しいほうがいい。絶対にいい。

「よーっし！　じゃあ、さっそく頑張ろう！　エマさん、アーティファクトの使い方教えてね！」

「いいえ、私より適任の方がおられます。私もその方に学んだのです」

そう言うと、エマはニッコリと微笑んだ。

「逃げ出さないことをお祈り致します。お嬢様」


はてなに呼ばれて小ホールに来た僕と夢未ちゃんを待っていたのは、なぜか厳しい顔をしたエマさんと、いつも通りの表情をしたジーヴスさんだった。

小ホールの真ん中に立ち、僕たちを待ち受けている二人に、はてなは不満そうな顔だ。

「特訓の相手って、ジーヴスさんなの……？」

「はい、その通りです」

「ジーヴスさんが強いのは知ってるけど、だからってアーティファクトも持ってない生身の人間とマフくんを使って戦ったらケガじゃすまないよ」

「ご安心ください、果菜お嬢様。このジーヴス、それなりに頑丈《がんじょう》にできておりますので。どうぞ遠慮なく全力でおいでください」

「でも……」

はてなが躊躇《ためら》うのも当然だ。すごく強いのは僕も知ってるけど、ジーヴスさんはお年寄りだ。全力でこいと言われても困ってしまう。

「なるほど、この姿が気になるのですね。では、こうすればどうでしょうか……」

そう言った直後だった。

ジーヴスさんの身体が変化した。

白髪が徐々に黒く染まり、細身の身体には適度な筋肉が浮かび上がる。

みるみるうちに〝若返って〟いったのだ。

そして現れたのは背が高くて目つきの鋭い青年だった。

「ジ、ジジ、ジーヴスさん⁉」

「はい。これが私の戦闘形態でございます」

驚きすぎて声も出ない僕らに向かって、青年になったジーヴスさんは恭《うやうや》しく一礼する。

「このお屋敷はそれ自体がアーティファクトであり、ジーヴスさんはその一部なのです」

と、エマさんは僕たちにさらなる爆弾を投げいれる。なにそれ⁉　理解不能だよ！

老執事――改め、鋭利なハンサム執事となったジーヴスさんは眼鏡を外す。

「私はレルータの家系の方々を守護するために作られたアーティファクトでございます。メイヴ様やマライア様はもちろんモリガン様、さらにその先代、先々代と代々お守りしてきました。当主不在ですので、この姿になれるのは精々十五分。ですが、それで十分でしょう」

「む……ど、どういう意味？」

「ご理解いただけませんでしたか？　ではもっと直截《ちょくせつ》に申し上げましょう。果菜お嬢様程度の相手であれば五分もあれば足腰立たなくして差し上げます」

「っ⁉」

ジーヴスさんから放たれる圧力と冷たい言葉に、はてなの顔が真っ赤になる。同時にマフくんが一瞬で戦闘態勢になった。

「本気でいっていいんだよね！」

「どうぞ。まずは直情的な行動が、いかに身を危険に晒すのかを学んでいただきましょう」

「そこまで言われたら、ジーヴスさんでも容赦《ようしゃ》しないいんだからね！」

「ご遠慮なくどうぞ。ご託《たく》を並べて私の貴重な時間を無駄にしないでいただきたい」

「行くよ！　マフくんパ――――ンチッ！」

はてなはいきなり全力でジーヴスさんにマフくんの拳《こぶし》バージョンでパンチを放った。

本気のマフくんの一撃は地面をえぐり、コンクリートの壁を簡単に吹き飛ばす力がある。

「はてなっ、無茶だ！」

僕は、ジーヴスさんの身を心配して、思わずステッキを取りだした。

ところが、聞こえてきたのは轟音《ごうおん》でもなければ粉砕音でもなく、はてなの驚いた声だった。

「え……ウソ……」

「やれやれ、技もなければ工夫もないただ力任せの攻撃とは……こんなもので私をどうにかできるとお思いですか。これは先が思いやられますな」

言葉通り、マフくんのパンチをジーヴスさんは片手で軽々と受け止めていた。

「エマ、これでは特訓どころか肩慣らしにもなりませんよ」

「では、こうしましょう。夢未様、ガウガウで果菜お嬢様に加勢して差し上げてください。それで多少は戦えるでしょう」

「ん、いいの？」

「なるほど、二人がかりなら多少は時間も稼げるでしょう。そうですね、まずはどちらかでも私の身体に一撃を入れられるようになれば、ひとまず第一段階クリアとしましょう。まあ、この調子ではいったい何年かかることか判りませんが」

そう言って、若返ったジーヴスさんは肩をすくめる。

「あの、エマさん……ジーヴスさん、なんか性格まで変わってません？」

「あれが本来のジーヴスさんですよ。メイヴ様がよくおっしゃってました。レルータの子どもは皆必ず一度はジーヴスさんに泣かされると。私も、お屋敷に勤める際にはひどい目に遭《あ》わされたものです……」

エマさんは、遠い目になっている。それは嫌な伝統だ……

「絶対、やっつけてやるんだから！　夢未、はさみうちにするわよ！」

「ん、わかった。ガウガウ、いって」

「ガウ！」

はてなと巨大化したガウガウが、ジーヴスさんを挟むように立つ。

「さあ、時間がありませんよ。早くかかってきたらどうですか」

「だったら望みどおりにしてあげるわよ！」

「ガウガウ！」

二人で襲いかかったものの、どちらの攻撃もジーヴスさんにはかすりもしない。

それどころか、それぞれの手であっさりと受け止めてしまう。

「よいですか、果菜お嬢様はアーティファクトの力を引き出しきれておりません。そのマフラーが万能とまで呼ばれる理由は、どのような主《あるじ》の要求にも応えられる応用力。その強みを活用できるようにならなければ、こんな拳など永遠に私には届かないでしょう」

そう言うと、ジーヴスさんはマフくんを摑み、はてなごとぽいっと放り投げてしまう。

「きゃあああああああああああ！」

放物線を描いて飛んでいったはてなは、そのまま地面に叩きつけられた。マフくんのクッションがなければ大ケガしていたところだ。ジーヴスさん、本当に容赦ない。

「そして、夢未お嬢様のほうはマナの無駄遣いが多すぎます。ガウガウは自《みずか》ら考え行動できることが強みですが、それは所有者がなにもしなくていいというわけではありません。きちんと魔力の総量を把握《はあく》し加減しなければ……」

ふっと、ジーヴスさんの身体が消えたと思ったら、腰を低くした体勢からいきなりガウガウに体当たりを食らわせた。それはたぶん何かの格闘技の技なのだろう。

ガウガウは防御したものの後ろに大きく吹っ飛ばされた。

反撃に転じるかと思ったらそのまま動かなくなる。

「このように、一瞬で魔力を使い切らされてしまいます」

歩いてガウガウに近づいていったジーヴスさんが、とん、と軽くガウガウを押すとそのまま後ろに倒れてしまった。

「やれやれ、五分と保ちませんでしたな」

そう言って、ジーヴスさんは執事服を整え直す。

目をまわしたはてな、そして動かなくなったガウガウとへたり込んだ夢未ちゃん。

「先が思いやられますが、エマ?」

「今まで教えてこなかった私たちにも咎《とが》はあるでしょう? ジーヴスさん。お互いにツケは払いましょうよ」

「……了解しました」

エマさんが微笑んで言うのに、ジーヴスさんもなんだか嬉しそうに頷いたのだった。


屋敷に戻ったマライアが部屋に戻ると、そこにメイド服の女性が待ち構えていた。

「お帰りなさいませ、マライア様」

メイド服の女性――エマは深々と頭を下げた。

「あら、めずらしいこともあるものね。もしかして私に用かしら?」

「はい、お願いがあって待たせていただきました」

エマからのお願いという言葉に、マライアは少しばかり興味をそそられていた。

実のところ、エマのことはマライアもよく知らない。ある時、メイヴがどこからか連れてきて「自分が育てる」と言い出した。たったそれだけだ。

当時は「孤児を拾ってくるなんて、姉さんのお人好しで物好きなところもついにここまで来たか」と呆れたものだが、考えてみればいったいどこでどういう経緯で引き取ったのか、まったく知らなかった。エマを部屋に招き入れて、マライアは椅子《いす》に腰掛ける。

「で、お願いっていうのはなにかしら？」

「果菜お嬢様に、もう一度チャンスを差し上げていただきたいのです」

「チャンス？　もしかしてまた試験をしろっていうの、二度も失敗しているのに？」

「はい。自分を守るだけの力があることを、守られるだけの存在ではないことを知らしめるチャンスが欲しいのです」

マライアは内心で溜め息をつく。

「何度やっても無駄だと思うけれど？　あの子は姉さんに心酔してアーティファクトを、あの〈黄金の翼〉を過信してるわ」

「結果は終わってみなければ判りません」

自信ありげなエマの態度を、マライアは鼻で笑ってしまいそうだった。どうしてこうもあの子たちの周りは甘いのだろう。そうやって可能性を潰《つぶ》してきたのだろうに。懲《こ》りないことだ。

「では試験の代価は？」

「私、個人の所有するものを、試験で盗み出すものに供出致しましょう」

「ちょっと待って、それって……」

エマは自分が身につけたメイド服のリボンを大切そうに撫でる。やはりソレを差し出す気なのだ。エマの大胆《だいたん》な進言にさすがにマライアも驚いてしまった。

「あなたねぇ。私には絶対渡さないと言ったでしょうに」

イヤミ混じりにそう言うと、エマはにっこりと微笑む。

「盗み出せなかったら、それは返ってこないんだけど、いいのね？」

「はい。そんなことにはなりませんから」

「……いいわ。あとで泣くことになっても知らないわよ」

「お気遣いありがとうございます」

エマはマライアに優雅に一礼して部屋を出て行く。最後まで笑顔のままで。

「大切なものでしょうに……まったくどうかしてる」

エマが去ったあと、自己犠牲とも思える愚《おろ》かな過信ぶりにマライアは不愉快な気分が収まらなかった。それに、その決断は、姪たちを危険に晒《さら》す結果を招きかねないのだ。里を出ての暮らしは、これほどまでに危機感を削《そ》ぐのだろうか。

「ホントに、どういうつもりなのよ、母さん、姉さん」

自分にこの屋敷の差配を託した家族に向かって溜め息をつく。

当然ながら、マライアに返事をくれる人も、誰もいないのだった。

第五幕

潜入☆怪盗と奇術師の正しいコラボ術

星里家《ほしさと》の小ホールは、さながら道場のようだった。

僕は入口近くでたくさんの小道具を用意し、今まで挑戦したことのなかった奇術を試している。特に、ステッキで再現できた消失マジックはできる可能性が高い気がする。

スマイルステッキは、僕の見たことのある奇術をアーティファクトが再現してくれる能力だ。魔法の力は物理法則を無視して働くけど、本物の奇術はそうはいかない。

観客の視界から人間を隠す方法を考え、それに至る視線誘導や小道具を考える。幸いにして、古典でありながら人気のあるマジックだから、DVDや本でやり方は紹介されている。

その通りにやればできる、というほど簡単なものじゃないのは判《わか》っている。衛師匠《まもるししょう》が奇術を練習した名残なのか、屋敷にはたくさんの奇術道具があった。上手《うま》く使えば、新しい挑戦ができるかもしれない。もしかすると、奇術関係で初めて師匠に感謝してるかも。

その隣では、ガウガウの助けを借りながら夢未《ゆめみ》ちゃんが泳ぐ練習をしている。『畳《たたみ》の上の水練』といえば役に立たないことのたとえだけど、カナヅチ同然だった夢未ちゃんに、身体《からだ》の力を抜く方法や、息継ぎのタイミングを身振り手振りで伝えるには悪くないと思う。

根本的に運動不足だから、筋トレも重要なんだろう。夢未ちゃんは、何度も休憩を挟み、タオルで汗を拭《ふ》きつつ頑張《がんば》っている。

僕と夢未ちゃんが、今まで以上に頑張っているのには理由がある。それは、恐らくアーティファクトだと思われる透明の壁で区切って作られた、小ホールの半分ほどの専用の練習場で、見たこともないほど汗をかくはてなの姿だった。

「お嬢様、そろそろチェックメイトですかな」

鋭利な美貌《びぼう》のイケメンと化したジーヴスさんは、素手だけではてなを壁際に追い詰めていた。はてなの攻撃は、白い手袋に阻《はば》まれて届かない。彼女は、マフラーを首から抜き取った。

「まだよ！　マフくん！　槍形態《ルイン》！」

一見するとただマフラーがうねうねと伸びているだけだが、実は先端を鋭く尖《とが》った形に変形している。はてなが振り回すのに合わせて両端が立て続けに黒衣の執事《しつじ》を狙う。凄《すさ》まじいスピードで、相手がジーヴスさんじゃなければ一瞬で穴だらけになっているところだろう。

「より鋭い一撃による一点突破。考え方は悪くありません。ですが……」

ジーヴスさんは流れるような動作で、たやすく避けた。

「攻撃が直線的すぎます。これなら訓練を積んだ相手ならば、数回見ればかわせるようになるでしょう。エマ的に言えば『当たらなければどうということはない』ということです」

ジーヴスさんはノリノリだった。

「むう……だったら！　マフくん！　蛸形態《タコさんモード》！」

はてなが叫んだ。マフラーの両端が四本ずつ、計八本に分裂してジーヴスさんに襲いかかる。手のカタチにできるのなら、その指の分だけ分裂させることもできるはずだ――そんな発想から生まれたのがこの『タコさんモード』らしい。ちなみにまだ開発中の技なので八本中六本までしか制御できていない。残る二本は力なく地面に垂れ下がっている。六本を越えるとなんかこう、頭の中がわーっとなるんだとはてなが言っていた。

「ほほう、面白い使い方ですね。武器に変えるばかりが能ではありませんから」

はてなの着想を褒《ほ》めてはくれたものの、ジーヴスさんはまるで散歩でもするかのような足取りで、あっさりとかわしてしまうのだった。

「このぉ！　逃がさないんだから！」

「あっ、ダメだよ、はてな!?」

するするとかわすジーヴスさんに一撃加えようと、はてなは身を乗り出してタコ足を操ろうとした。だけど、それがいけなかった。右へ左へ、くるっとまわって着地と動き回るジーヴスさんを追いかけたタコの足ならぬマフくんの指先がからまってしまっていた。

「はぅあっ!?　マフくんがこんがらがっちゃった!?」

ジーヴスさんはにやりと笑って、そのダマになったマフくんを踏みつける。

「もう！　ジーヴスさん、マフくんを踏まないで！」

「チェックメイトでございます。お嬢様」

ここで試合終了だった。今回もジーヴスさんにコテンパンにされてしまったのだった。

「最初の一手の制御はまず及第点としましょう。しかしタコはちと難しすぎましたね」

ジーヴスさんのお説教タイムが始まった。

「無理に複雑な動作をさせたため攻撃が遅く単調で、おまけに軽い。これでは逆に相手に反撃をしてくれと言わんばかりの状態ですな。アイデアはよいのですが」

「あうう……」

「牽制《けんせい》には使えるかもしれませんな。それから、言いたくはありませんがタコという名前はやめていただきたいですな。せっかくのアーティファクトの美観が損なわれる気が致しますよ、果菜《かな》お嬢様。せめて植物になぞらえて蔦状《アイヴィー》形態になさいませんか」

「はぅあっ……どうせセンスないもん。ジーヴスさん、名前つけてくれてありがとう」

若返ったジーヴスさんは、たとえ主《あるじ》であろうが容赦《ようしゃ》なかった。

「さて、そろそろ私の時間切れが近いようです」

ジーヴスさんはポケットから取りだした懐中時計を見ながら言った。

「本日はここまでに致しましょう。小手先の技に頼らず、マフくんの能力を最大限に発揮《はっき》する努力を。優秀なアーティファクトであるからこそ、使用者の能力にその力が左右されてしまいます。豚《ぶた》に真珠、猫に小判、犬に論語などと言われないように、頑張ってくださいませ」

「うううう……はい……」

こうして、恒例《こうれい》の十五分間だけの英才教育は終了した。はてなは毎日何かしら違うことを試しているのに、ジーヴスさんはなかなか容赦がない。

「お疲れ様です、お嬢様」

特訓が終わると、ガックリと座り込んだはてなにエマさんがタオルと飲み物を差し出す。

「ありがと、エマさん……はあ」

「そんなにお気を落とさず。ジーヴスさんに褒められていたではありませんか」

「え？　どこが？　ジーヴスさん、メチャクチャひどいこと言ってたよね。動物シリーズで」

エマさんはいぶかしげに眉をひそめるはてなに、朗《ほが》らかに笑った。

「私の時は『アイデアはよい』なんて言われませんでしたよ？　『無様《ぶざま》』とかひと言で言い捨てられておりましたね。思い出したくない記憶でございます」

エマさんも泣かされた一人なんだね。

「真《まこと》様と夢未様も参加なされればいかがですか？　一人より、二人、二人より三人で連携すれば、ジーヴスさんにひと泡吹かせることもできるかと」

いや、無理！　僕が参加したって、絶対ジーヴスさんは動じないと断言できる。

「それはいいかも……真、十五分だけ……一緒に戦ってくれる？」

「夢未も、頑張る。兄様となら嬉《うれ》しい」

キラキラした瞳《ひとみ》で見つめられて、あっさりと僕は白旗をあげる。

奇術の特訓は大事だけど、スマイルステッキの使い方も練習する必要があるしね。

だって、僕は怪盗ハテナのパートナー。奇術師マコトなんだから。

桜井《さくらい》エマは、特訓に疲れ果てた三人が就寝するまで世話をして自室に戻った。

今日はグレゴリー氏もいたお陰《かげ》か、マライアも大人しくしてくれた。

「ふう……ジーヴスさんと二人で六人のお世話をするのは大変ですね」

そう呟《つぶや》いて、エマはメイド服のリボンを撫でた。その中心にはメイヴから渡された大切なブローチが飾られている。

そのブローチに触れると瞬時にメイド服は消え、普段着に戻ったエマは、ベッドの上に座った。

「……今は、ここには私しかメイドはいませんものね。それは、メイヴ様の選んだこと」

エマは、ブローチをひと撫《な》でし、命じる。

「〈名も無き愛情《ネームレスラバー》〉よ、真の姿になって」

正式に字名《あざな》を呼ばれ、ブローチは光を放ってメイド服を形成する。

ふわりと手の中に落ちたメイド服は、クラシックなデザインの子ども服だった。だが、ブローチを体に付けて指示すれば、真名《まな》を知るエマの身体《からだ》ぴったりの大きさになる。

はてなが練習しているように、エマもアーティファクトとコマンドを決めていた。胸に付けて一度叩けば、一瞬でメイド姿に変身するのが、このアーティファクトの基本機能だ。名を呼んで力を使えば、汚れや埃《ほこり》どころか銃弾も弾く鉄壁の防御力と、大きなタンスや自動車も片手で持てる腕力、どんな高いところでもお掃除できるジャンプ力などを与えてくれる強力なお掃除道具……ならぬパワードスーツのようなアーティファクトなのだ。

この屋敷で働くことになったエマに、メイヴが贈ったアーティファクトだ。

あの日、優しい顔で首元にブローチを付けてくれた美しい女性は、こう言ったのだ。

「このブローチを付けていれば、このメイド服はずっと着られるわ。いつだってあなたを守ってくれる。だから、泣かないで、ね？」

泣きじゃくる自分を抱きしめてくれた、若き日のメイヴの表情を、エマは忘れない。

押し潰《つぶ》されそうな悲しみを盗んでくれた優しい美女怪盗の傍《そば》でなら、笑顔になれるかもしれない。彼女の希望はあっという間に現実になり、ジーヴスや果菜や夢未との暮らしは、エマにとって生まれて初めての、最高に幸せな時間だった。

「思えば……奥様は強引でしたね、最初から。決めたら引かないところは、果菜様と夢未様もよく似ています」

くすりと笑って、大切なメイド服を丁寧《ていねい》にたたむ。首元のリボンについたブローチが見えるようにして、衣装箱に梱包《こんぽう》する。そして、エマは同じ形のメイド服をワードローブから取りだした。試着するでもなく見比べ、その形が寸分違わぬことを確認して寂しく微笑《ほほえ》んだ。

「ああ、本当に――『こんなこともあろうかと』メイド服も自作しておいてよかったです」

エマの言いたい台詞《せりふ》百選の一つを口にしてみる。

「さて、これで私は普通の……何の力もない女の子となりますね、ふふっ。『普通の女の子に戻ります』も言ってみたい台詞じゃないですか、これはチャンスでしょうか？」

首を傾《かし》げて考えて、せっかくの機会だけれど言わないと決める。

「秘すれば花……と申しますものね」

ブローチと小さなメイド服の入った箱を見つめて、エマは微笑んだ。微笑むことができる自分を、少しだけ誇《ほこ》らしく思いながら。


忙しい毎日は怒濤《どとう》の勢いで過ぎていく。僕にとっては学校にいる時が一番ゆったりしていられる時間となっていた。とはいえクラスメートはそう思っていないみたいだけど。

「ねえねえ、数学の範囲ってどこまでだっけ?」

「古文のノートコピーさせて!」

「ああ、もう!　全然間に合わないっ」

なんて会話が教室のあちこちから聞こえてくる。

期末試験を目前に控えて、教室はどことなく浮き足だっているように見えた。

普段はおっとりと上品なお嬢様たちも緊迫ムードだ。お嬢様であるがゆえに夏休みの予定は決まっているみたいだから、赤点なんて取って補習に出るわけにはいかないんだろうな。

「みんな大変だなぁ」

「あら、真くんは余裕なのね。中間の時はあんなに青くなってたのに」

「そういう桔梗院《ききょういん》さんも、全然焦ってないみたいだけど」

「当たり前でしょ。桔梗院心美《ここみ》は試験ごときで慌《あわ》てたりしないわ」

さすがというかなんというか。まあ、実際彼女もはてなも成績はすごくいいんだ。桔梗院さんは家庭教師なんかもついてるし……あ、はてなはエマさんとジーヴスさんに鍛えられてるのか。

今度から、一緒に勉強させてもらえないか頼んでみようかな……というか、夢未ちゃんも中学一年の問題なんか簡単に解いちゃいそう気がするな……やっぱり、自力で頑張ろう。

「僕は中間試験で失敗しちゃったから、それを繰り返さないように早めに準備してたんだ。今さらジタバタしても仕方ないかなって」

「真くんは本当に真面目《まじめ》ねぇ。あいつらにもその真面目さを分けてあげたら?」

あいつら、というのはどうやら藤吉郎《とうきちろう》と林田《はやしだ》くんのことらしい。

さっきから二人で膝《ひざ》を突き合わせて念入りに相談中だ。

「やはり、向かい側のビルから……」

「バカ、それじゃ遠すぎるだろ。どうせなら近くで拝《おが》みたい。それにはなんとしても中に潜り込むしかねぇ」

「相手は芸能人も利用する高級ホテル、侵入は難しいかと」

「ぐぬぬ……なら、やっぱり宿泊するしか……だが、そんな金はないし……」

どうも漏《も》れ聞こえてくる話によると、試験とはまったく関係ないようだ。それどころか若干《じゃっかん》ながら非合法な感じまでしてくる。

「くぉら！　あんたたち！　なに企《たくら》んでんのよ！」

見るに見かねたのか、桔梗院さんが二人のところへ怒鳴り込んでいった。

「ひっ！　き、桔梗院！　これは違うんだっ」

「なにが、どう、違うのか、説明してもらいましょうか」

「それが、とんでもない情報が舞い込んできてどうしても調査に行かなきゃなんないんだよ！」

「なによ、とんでもない情報って」

「よくぞ聞いてくれました！」

林田くんが眼鏡をキラーンと光らせた。

「それは、この街のどこかにいるという噂《うわさ》の〝伝説のメイドさん〟の目撃情報です！」

伝説のメイドさんと聞いて、僕も桔梗院さんも思わず顔を見合わせた。

そう、なんというか……ものすごく心当たりがあったからだ。

「名前も年齢もどこの屋敷で働いているのかも一切不明。しかし街のいたるところで目撃されているのです。たとえばスーパーで買い物をしていたとか、熱心に漫画を選んでいたとか、コンビニで同人原稿をコピーしていたとか。はっきり言ってその信憑《しんぴょう》性を疑う情報も多い。しかしながら目撃者は皆こう言うのです『眼鏡をかけた美少女だった』と——」

「あー……」

「眼鏡で美少女でメイドさんですよ！　ここまで完璧な要素を揃《そろ》えた女子ならばすべてをなげうってでも追いかける価値がある！　むしろ男のロマンを追い求める日々を送れるのならば件《くだん》のメイドさんが実在するかどうかすら無意味なのです！」

「いや、そこは重要視しようよ……」

それにしても眼鏡で美少女なメイドって、どう考えてもあの人しかいないんだけど。

「で、だな。その伝説のメイドさんが、なんと都内の某高級ホテルのプールに頻繁《ひんぱん》に現れるという情報がオレたちの元へ舞い込んだんだ」

はい、間違いありません。エマさんでした。

「メイドさんがプールではどんな格好をしていたのか気になるだろう⁉　プロの信念を貫《つらぬ》いてメイド服のままなのか、それとも場所に合わせて水着を着るのか？　水着だとしたらどんな水着なのか……気になって気になって夜も眠れない……こうなったらもう現地へ確認しに行くしかないだろう⁉」

なんてことを真剣に語られても、同意するわけにはいかない。まぁエマさんの水着姿は、確かに一見の価値ありだったけどね。

「つーわけで、なんとかしてそのプールに入りたいんだが、宿泊客専用で一般には開放されてないもんで困ってるんだ。なあ、桔梗院のとこの権力っつーかコネっつーか、そういうのでなんとかならない？」

「はぁ？　なんでこの私があんたらの欲望のために働かなきゃなんないのよ」

「そこをなんとか！　友達だろ」

すると、桔梗院さんはしばし考え込むと、

「……いいわよ」

「ちょっ！　桔梗院さん！」

あのホテルではこの先も夢未ちゃんが特訓をする予定だ。万が一にでもこいつらと遭遇したりなんかしたら……と、そんな僕の懸念《けねん》を察したのか、桔梗院さんが軽く目配せを送ってくる。

私に任せろ。大丈夫。とでも言ってるようだった。

「その代わり、夏休み中は私の言うことをなんでも聞くっていうならね」

「げえ!? 夏休み中!? そりゃいくらなんでも長すぎるだろ!」

「あら、断ってくれてもいいのよ。言うことを聞く召使《めしつか》いがいたら便利かなーと思っただけで、私のほうは別に困ってないし」

「うっ……」

それは値切りの基本だ。決して「欲しい」という態度を見せてはいけない。別に必要ないけど、安く手に入るのなら考えないでもない——

そういう態度を示すことで有利に進めるのだ。

さすが桔梗院さん、この交渉が始まった時点で既《すで》に彼女の勝ちが決まっていた。

「はい! はいはーい! わたくし、喜んで桔梗院様の召使いになります!」

「林田!? お前なにを言って——」

「藤吉郎どのこそ、なにを躊躇《ためら》うことがあるのです。合法的に伝説のメイドさん探しができるうえに、夏休みの間ずっと桔梗院様のお傍にいられるのですぞ!」

「いや、四六時中近くにいられてもウザいんだけど。まあ、そんなに私のために働きたいっていうなら毎日でも仕事を与えてあげるけど」

「ははっ! ありがたき幸せ!」

「ぐ……わ、判った! やるよ! お前の手伝い!」

「交渉成立ね♪　じゃあ、ホテルのプールに入れるよう手配しておくわ。あ、でも言っておくけど期末試験で赤点なんてとるんじゃないわよ？　追試になって私のために働く時間が少しでも減ったりしたら、その分ロスタイムを設定するからね」

「なんてがめつい……」

「なんか言った？」

「いえ！　なんでもありません、桔梗院様！」

藤吉郎はもはややけくそだった。

「さーて……夏休みは楽しくなりそうね♪」

桔梗院さんは小悪魔のような笑みを浮かべるのだった。


僕も参加することになった、小ホールでの若きジーヴスさんとの特訓は、グレゴリー先生たちが出かけている隙《すき》に行われている。日本の各地を何カ所か公演して回るそうで、その打ち合わせに忙しいから機会は意外にたくさんあった。それでも一日十五分だけなんだけどね。

そういえばグレゴリー先生たちが頻繁《ひんぱん》に出かけているというのに、なんだか最近、マライアさんとはてなが言い争うことが減っているのが不思議だ。

と、そんなことを考えて、僕は自分の上がっている体温から気を逸らしている。

普段使ってないからか、スマイルステッキを使うとすごく疲れるんだ。あと、この代償《ゲッシュ》って、冬のほうが絶対楽だよね……。上がりすぎた体温で朦朧《もうろう》となった頃、やっと声がかかる。

「時間切れですね」

たったの十五分、それがとてつもなく長かった。ジーヴスさんの言葉に、僕はステッキを握ったままごろりと床に倒れ込む。ジーヴスさんが手加減してくれての十五分間とはいえ、その間僕たちは本気でアーティファクトを使う実戦形式だ。

「はぁっ……きっつ……」

「大丈夫、真？」

「兄様、お水いる？」

はてなと夢未ちゃんは僕と違ってまだ余裕がある。さすがは魔力制御の訓練をずっと続けていただけはあるってことかな。僕はアーティファクトを使うことに慣れていないと、ジーヴスさんとの特訓に参加し始めてつくづく実感してしまった。

三人がかりでも、まだジーヴスさんに一撃も入れられないのは悔しい。

それでも一緒に戦ってみて、はてなが以前よりもマフくんをスムーズに使っていることに感心した。頑張っているはてなの努力が、少しずつ実を結んでいるのは嬉しい。三人一緒に頑張れるのもね。僕もはてなに負けないように頑張らないとな。奇術もアーティファクトも。

「お嬢様方、真様、どうぞ」

いつもはエマさんが待ち構えているのに、今日は老執事の姿に戻ったジーヴスさんがタオルと冷たい飲み物を配ってくれる。エマさんは用事かな？

僕の代償《ゲユシュ》も発熱だから身体が熱くて、冷やしたタオルと飲み物をとてもありがたく思いながら、冷たさを満喫する。ホント、はてなは頑張ってるんだな。

「……今日は惜しかった」

「うん、もうちょっとだったね。真がジーヴスさんを引きつけてくれたからだよ。なのにごめんね、あたしが攻撃失敗しちゃって」

「……はてなは、頑張ってるよ。僕よりずっと……はぁっ、強くなってるし」

「マフくんの力だもん……もっとあたしが強くならないと」

「姉様、明日はぜったい、ジーヴスさんをあっと言わせようね。夢未も頑張る」

「うん。これから真はマジックの練習ね。付き合ってくれてありがとう。夢未は、泳ぐ練習する？　私も手伝おうか？」

「今日はいい。姉様と一緒にガウガウの戦い方を考えたい」

「ほっほっほ。皆様、前向きで素晴らしいですな。ジーヴスが愚考《ぐこう》致しますに、明日は、今日の倍ほど厳しくしても問題なさそうでございますね」

楽しそうに笑うジーヴスさんに、僕たちは肩を落とす。

「この倍って……夢未、何かいい作戦考えないと、あたしたち死んじゃう」

「……うん。ガウガウの必殺技、考える」

「ぼ、僕も、今日はスマイルステッキの練習しようかな」

鬼教官となったジーヴスさんの笑顔が怖い。

その時、ノックが響いて小ホールのドアが開いた。入ってきたのは、エマさんだ。

　エマさんはジーヴスさんに視線を合わせる。ジーヴスさんは少しだけ頷《うなず》いた。

「では、ちょうどいいタイミングでしょうか……果菜様、夢未様、真様、私に少々お時間をいただけますでしょうか」

　そう言ったエマさんは、いつになく真剣な表情だった。僕たちは思わず居ずまいをただして、年上のメイドさんと向かい合う。そして……

「もう一度、試験を受けましょう、果菜お嬢様」

　エマさんははてなを見つめて告げたのだ。

「試験って、期末試験のことじゃないですよね。え……もう一度って、まさか⁉」

　尋《たず》ねかけて、はてなはハッとしたように表情を変えた。

「もしかして……マライアさんの？」

「はい。お嬢様がメイヴ様の最高傑作を所有するに値《あたい》するか、この屋敷で危険に対応しながら暮らせるのか、さらにはアーティファクトを回収する『怪盗』を名乗ることができるのか……その試験でございます」

「でも、あたしはマライアさんに不合格だって……」

　エマさんは心配いらないというように、にっこりと微笑んだ。

「僭越《せんえつ》ながら、私がマライア様とお話しさせていただきました」

「ええっ？」

　僕もはてなも夢未ちゃんも、驚きを隠せない。だってマライアさんはこの件に関しては、とても厳しかった。簡単に許可するとは思えない。

「試験の内容はシンプルです。とあるお屋敷に忍び込み、アーティファクトを回収してくること。それに成功すれば、マライア様は納得してくださるそうですよ」

「じゃあ……この家を出なくてよくなるの？」

「はい。成功したら、ですけど」

「マフくんとガウガウ、それに真のスマイルステッキも取り上げられない？」

「言うまでもありません」

「それに……怪盗ハテナを認めてくれるってことですか？」

「はい。そう言質《げんち》をいただきました」

「はうあっ！　し、信じられないっ」

「……罠？」

　夢未ちゃんの疑問ももっともだ。この前までグレゴリー先生が屋敷を出たらすぐに追い出すような話だったのに、いきなり条件付きでも再試験してくれるなんて、信じられない。もしかして、絶対に不可能な課題なんじゃないかな。エマさんは、真面目な顔で続けた。

「試験の相手は前回同様に……富野沢登美子《とみのざわとみこ》氏です。彼女の元から指定する箱にしまわれたアーティファクトを奪還していただきます。箱の形状はこちらです」

　エマさんが、夢未ちゃんでも持てそうな綺麗《きれい》な箱の写真を示す。

「妨害は、激しいものになると思いますよ。頑張ってください」

「たくさんのアーティファクトを持っているんですよね、富野沢さんは」

「はい。当然、そのアーティファクトを使って、抵抗致しますね」

彼女は著名なアーティファクトコレクターだ。一筋縄で行くはずがない。

「厳しいけど、もう一度試験を受けて、怪盗ができるなら……あたし、やるよ」

はてなの真剣な表情を見て、エマさんは頷いた。

「そして、もうひとつ。ハンデと申しますか、これを……用意させていただきました」

エマさんは、はてなにカードを差し出した。どこかで見たような……？

「これ、ママの予告状!?　あれ、ママのとちょっとマークが違う……？」

盗みに入る日付けと時間が書かれたカードには、怪盗メイヴのものとは少しだけ違う模様が描かれている。それと『怪盗ハテナ』の名前。

「エマさん……作ってくれたんだ……！」

「ええ、張り切って作らせていただきました。怪盗ハテナの正式デビューとなりますからね」

はてなが嬉しそうに微笑む。

予告状を出すのはメイヴさんのスタイルだ。どうしてわざわざ予告状を出すのかは判らないけど、ニュースになる時は、大抵予告状があった、という情報が出るから間違いない。

はてなは、嬉しそうに予告状を受け取った。

「ありがとう、エマさん！」

「試験としては難易度が上がるのですが、マライア様からの条件でしたので……」

「ううんっ！　いいの、予告状を出すのはあたしの夢だもん」

「姉様、わたしも手伝う」

最愛の姉の夢と、自分の将来がかかった試験だ。夢未ちゃんも力強く宣言した。

僕も、迷いはない。

「当然、パートナーの僕も一緒に行くよ」

スマイルステッキを使う奇術師マコトは、彼女の傍《かたわ》らにあるために存在するんだから。

「エマさん、三人で挑戦して、いいのかな？」

「当然です。実際に怪盗ハテナには……パートナーと支援があるのですから。今回は、私はお手伝いできませんが、お嬢様方を応援しております」

笑顔で請け負ってくれるエマさんは頼もしかった。

「やろう、はてな。僕が、絶対にはてなを守るから」

「あたしたち三人の力を、お祖母《ばあ》様と、マライアさんと、母様に見せようね！」

「ガウガウの必殺技、考えた。任せて」

そう、僕たちは一人じゃない。三人揃えば、越えられない壁なんてない。そう信じられる。

そんな僕たちを、ジーヴスさんとエマさんが優しく見守ってくれていたのだった。

その夜、空には大きな満月が浮かんでいた。街でもひときわ高いビルの上からだと、手を伸ばせば届きそうな錯覚すら覚えるほど煌々《こうこう》と輝いている。魔力というのは月の満ち欠けに大きく左右されるという話だ。アーティファクトも、使い手の魔力をエネルギーに動いている。マナと言われるその力は、満月が近づくと強くなっていくらしい。今日は絶好の魔法日和《びより》だった。

「夢未、今から出発するよ」

『了解。こちらも追跡可能確認、感度は良好。通信はいったん終了する』

通信に使っているのは、メイヴさんも使っていた魔法通信機だ。今回の盗みにあたって、メイヴさんが怪盗する際に使っていたアーティファクトをジーヴスさんが渡してくれた。

なんというか、ジーヴスさんって、どっちの味方だか判らないところがあるなぁ。その辺も、無事に成功したら聞いてみたい。そんなことを思う僕の傍らで、はてなが笑顔を見せる。

「頼りにしてるからね、夢未」

『任せて。何かあったら、奥の手を使う』

はてなの言葉に夢未ちゃんから通信で返事が来る。夢未ちゃんは富野沢家の情報を調べてくれている。ハッキングで獲物への道順を教えてくれる予定だ。でも奥の手って何だろうな？

「真、準備はいい？」

「うん。いつでも行けるよ」

僕が頷くと、はてなは目を閉じてマフくんに意識を集中させる。

「マフくん！　翼形態《スキーア》！」

はてなのコマンドワードに答えて、マフラーが金色に輝く。両端が大きく膨らみ、まるで飛行機の翼のように広がった。ビルの屋上に登ったのは別にカッコつけるためじゃない。

ここから滑空して富野沢さんの屋敷まで一気に辿《たど》り着くためだ。アーティファクトの力には代償《ゲッシュ》がともなう。できる限り温存しておいたほうがいいのだ。

僕ははてなの華奢《きゃしゃ》な身体にしがみつく。彼女の身体の柔らかさといい匂《にお》いを、なるべく意識しないようにしないと。顔を赤くする僕に気づかず、はてなは深呼吸した。

「行くよ、真。しっかり摑《つか》まってて」

「う、うん」

直後、僕たちの身体はふわりと宙に躍《おど》りだした。

マフくんの翼が風をとらえて緩やかに落下していく。

「へ、変なとこ触らないでよね」

「そ、そんな余裕なんてないよ」

ちょっとだけドキドキしながら誤魔化《ごまか》した僕は、視線の先に目的地を捉《とら》えた。

「それよりはてな、屋敷についたら気をつけてね」

「うん、わかってる」

僕らはエマさんの忠告を思い出していた。

「〈ナーガルージュ〉は回収されたとはいえ、富野沢氏はまだ数多くのアーティファクトを所持しています。くれぐれも油断なさらないでください」

前回のスライムといい、今度はどんなものを持ち出してくるか判らない。しかも今回は予告状を出して時間指定もしている。相手はしっかりと準備を整えて待ち構えているだろう。

やがて、眼下に見えていた明かりが近くまばらになってきた。

見えてきたのは、こんな夜でも月の光を反射してよく目立つ真っ白な邸宅だった。まわりを高い塀に囲まれたその屋敷は、富野沢さんが所有する別宅のひとつだと言う。

星里家ほどじゃないけど、この距離から見てもとても立派な屋敷だ。

「はてな、北側のテラスに着地して！」

「うん、やってみる！」

僕らは風を切る音に負けないようにお互い大声を張りあげて確認した。

屋敷を目前にして、マフくんの翼が大きく広がってパラシュートのように変形した。

急激に風の抵抗が増し身体がぐっと後ろに引っ張られるような感覚のあと、僕らはゆっくりと目標にしたテラスへと着地する。

「ふぅ……ひとまず最初の難関はクリアだな」

「次は、箱のある場所に辿り着くことだね」

「ここからが本番だよ。気を引き締めていこう」

「うん」

すると、僕のシルクハットがもぞもぞと動きだした。

「あ、そうだった」

シルクハットを手元にもってくると、中からガウガウがぴょこんと飛び出した。

「ガウ！」

「いや、忘れてないってば」

今まで放っておかれたことに若干ご機嫌斜めなのか、ガウガウはビシビシと僕にパンチを放ってくる。全然痛くないけど。夢未ちゃんが自分の代わりにどうしても連れていけって、わざわざ小さく変形させて同行させたのだ。大きくなったり小さくなったり、不思議なクマだなぁ。

どうやら、はてながいるからしゃべらないつもりみたいだ。僕は親指を立てる。

「それじゃ、さっそくガウガウに手伝ってもらおうかな。あそこのセンサー、解除してよ」

「ガウ！」

ビシッと返事をしたガウガウは、ポンと可愛らしい音とともに元の大きさに戻り、テラスの扉を駆け上がって上部にとり付けられたセンサーをあっと言う間に分解してしまう。

「ガウ！」

「ありがとう、ガウガウ」

「前から思ってたけど、ガウガウもなんだかすっかり真に懐いてるよね。ちょっとずるい」

「いやぁ、僕に言われても」

曖昧《あいまい》に誤魔化して僕らは屋敷に侵入する。テラスから入ったそこは、あまり生活感のない部屋だった。調度品はどれも高そうで、おまけにド派手。きっと富野沢さんの趣味なのだろう。

なんにせよ、ずっとこの部屋にいては目的は果たせない。

「いくよ、はてな」

「うん……」

やや緊張した面持《おもも》ちではてなはうなずく。

『姉様、指定された箱の反応は、地下。それ以上の情報は今のところ不明』

ゆっくり、音を立てないように部屋の扉を開け廊下に出た。

「了解。地下に向かうよ。まずは階段を探す」

「慎重に行きましょう、真。きっと、警備もたくさんいるはずよ」

「僕が前を歩くよ。はてなは後ろを警戒してね」

はてなは、特訓の成果か身のこなしもしなやかに、足音一つ立てずに僕の後ろをついてくる。

注意深く周囲を見回しながら廊下を歩き始めてすぐ、異変は起こった。

「な、なんだこれ……！」

足に何かが絡みついた。確認しようと手を伸ばすと、またも見えないものに絡め取られる。

「ガウ！」

ガウガウが僕を助けようと肩から飛び降りた途端、空中で停止した。その不自然な動きが、僕に障害物の正体を教えてくれる。どうやら、蜘蛛《くも》の巣みたいな糸が張られているようだ。

「はてな！　気をつけて、なにか見えない糸のようなのが張り巡らせてあるよっ」

後ろにいたはてなに声をかけたが、なぜか返事がなかった。

「はてな？　どうしたの？」

既に全身を糸に絡め取られていた僕は、なんとか首を曲げて後ろを振り返る。

そこで目《ま》の当たりにしたのは、やけに鋭角的なフォルムをした四本脚の何かだった。たとえるなら折り紙で作った犬か狼を巨大にしたような、そんな化け物だった。

　おそらくどちらもアーティファクトなのだろう。

「挟み撃ち……ね。あの人、なんでこんなもの持ってるんだろ？」

「準備万端ってとこか。はてな、気をつけて。こっちはこっちでなんとかするからっ」

「大丈夫、任せて！」

　はてなの言葉は力強かった。その直後、折り紙の犬がはてなに襲いかかる。

「はてな！」

「紙には……マフくん、ハサミ！」

　途端にマフくんの尖端が巨大なハサミへと変化して、襲いかかってきた折り紙の化け物を真っ二つにした。なんだかすごい、ニューマフくんだ。

　狭い廊下で剣形態は不便だ。そのことを考慮してのことだろうけど、だからってハサミはどうなんだろう。いや、効果抜群だったけどさ。一体倒したところで、その背後から次々と後続が現れた。折り紙で作られた動物たち。ワニや虎《とら》といった凶暴そうな姿をしている。

　そのアーティファクトのモンスターを、はてなは次々と斬り裂いた。

「いくらでもかかってきなさい。ジーヴスさんのほうがずっと素早くて怖いんだから」

　はてなの体術は、別人のように鋭い。思えば、さっきとっさにハサミに変化させたのも、折り紙という敵の特性を見定めての具体的なイメージだ。はてなは確かに強くなっていた。

「僕も負けていられないな……見えない糸は、マジシャンの専売特許だよ。あしらい方くらい……判ってるってばっ」

僕は、粘着質の糸を引っ張ってわずかな隙間を作ると、胸元からボールを取り出した。

「見えないものは、見えるようにしたらいいんだよね！」

廊下に叩きつけると、ボールは破裂して中に入っていたピンク色の粉をあたりにまき散らした。ちなみにこれはアーティファクトでもない、ただの目くらまし用の小道具だ。

粉は張り巡らされた糸に張りつき、その姿を露《あらわ》にさせる。

「見えさえすれば……縄抜けは、トリックの基本だから……ねっ！」

僕が抜け出した次の瞬間、再び糸が降ってきた。

「くっ、どこからっ⁉」

その疑問の答えはすぐに判った。天井からぶら下がったピンク色の蜘蛛。もとはこいつも透明だったのだろう。僕の目くらましの粉で姿が見えるようになっていた。

「あれが原因のアーティファクトか……！」

アイツを倒さない限り、このトラップはいくらでも作られるようだ。

なら、元から絶つしかない。スマイルステッキでどこかに飛ばすか……

「いや、アーティファクトの力を使わなくていいなら、使わずにすませる」

前回、前々回の反省があるとしたら、力を温存できなかったことだ。毎回ピンチになるような戦い方はできない。それに、ジーヴスさんとの特訓で判ったことだけど、はてなや夢未ちゃんほどには、僕はアーティファクトを使えないんだ。乱発するとすぐに疲れてしまう。たぶん、魔力が関係しているんだと思うけど……とにかく、節約するに越したことはないんだ。

「それに、何度も言うけど……僕は、縄抜けは得意なんだよね」

タキシードの上着から脱皮するようにして、糸から抜け出して自由を取り戻した。

瞬時にポケットからトランプを取りだすと、それを投げてわざと糸に貼りつけていく。

やがて、蜘蛛のアーティファクトへ続くトランプの足場ができあがる。

「ガウガウ！　頼んだ！」

「ガウ！」

任せろとばかりに返事をしたガウガウは、僕の肩を蹴《け》って勢いよく飛び出した。トランプで作った足場の上を飛び跳ねて蜘蛛へと向かっていく。

すると、ガウガウに気づいた蜘蛛がお尻から糸を噴《ふ》き出してガウガウを狙う。

「邪魔《じゃま》はさせない！」

僕の投げたトランプが蜘蛛の糸を遮《さえぎ》った。そのすぐあとにガウガウのカンフー映画みたいな跳び蹴りが決まって蜘蛛の身体を吹っ飛ばした。壁に叩きつけられた蜘蛛はしばらくジタバタとしていたが、やがて動かなくなった。

「やった！　すごいよガウガウ！」

「ガウ！」

「よし、次ははてなの……」

「こっちも終わったよ」

振り返ると、地面にはバラバラになった折り紙の化け物たちが転がっていた。

「すごいな、はてな」

「違うよ。すごいのはマフくんだよ。ママのアーティファクトはホントに強い」

なんて言うけど、やっぱり特訓前とは断然違う。ジーヴスさんに感謝かな。

「先を急ごう。夜が明ける前に屋敷に戻らないと」

「うん」

「ガウ！」

僕たちは、頷き合って走り出す。そこに夢未ちゃんの声が聞こえ、導いてくれる。

『階段発見。エレベーターもあるけど停止中みたい』

「じゃあ夢未、階段への道を教えて」

『違う。階段は罠がある。エレベーターの底を破って一気に地下へ行くほうが安全。次の角右へ』

おおう、頼りになるな、夢未ちゃん。僕とはてなが笑顔になり、ガウガウが胸を張る。

チームワークは抜群だ。僕たちは、ジーヴスさんに感謝しながら走るのだった。


地下の倉庫までは、それから一時間近くかかった。しつこいアーティファクトや警備員をかいくぐって、僕たちは何とかここまで辿り着いたのだ。

警備員とはいえ、人を傷つけてはならないのが怪盗のルールだ。戦っていいのは、アーティファクトを悪用する人間のみ。その縛《しば》りがなければもっと早く着いたと思う。息を切らせて倉庫に走り込んだ僕たちを迎えたのは、久しぶりに会う大きな身体のオバサンだった。

「ほーっほっほっほ。お久しぶりね子猫ちゃんたち。先日はお茶も出さずに失礼しましたわ」

成金趣味全開の中年女性。彼女こそ、有名なアーティファクトコレクターの富野沢登美子さんだ。メイヴさんのアーティファクトを狙っていて、先日はマライアさんと図って、はてなを罠にかけた張本人だった。

「ふふふ、前回はマフラーを手に入れることはできませんでしたが、今回は、既に私の手にメイヴさんの優秀なアーティファクトがあるんですからね。奪うのではなく、守れば私の物になるなんて、楽でいいですわぁ」

気持ち悪い声で呵々大笑《かかたいしょう》する富野沢さんは、もうそのアーティファクトが自分のものになったと確信しているみたいだ。

「さあ、あなた方が持つアーティファクトがいくらメイヴさんの最高傑作だといっても、ここに来るまでに相当疲労しているはず。私からターゲットを奪うことができるかしら」

富野沢さんは余裕ありげに笑う。だけど、僕らだって負けるつもりはない。

「人の悲しみを盗み出し、笑顔に変えるのが私の使命！　怪盗ハテナ、予告通りにただ今参上！」

「え、えっと……レディス・アン・ジェントルメン！　涙を笑顔に変える奇跡の奇術師マコト……って、はてな、僕、ちょっと恥ずかしいんだけど」

「ガウガウ！」

道すがら、はてなに命じられた決め口上を叫ぶ。ステージでなら平気なんだけどなぁ。

　はてなは、僕の抗議などなかったかのように富野沢さんに視線を向ける。

「預けたアーティファクトを返してもらいます」

「……フン。イヤよ。一流の品は、私の手にあってこそ輝くの」

　そう言って、富野沢さんは傍に置いていた箱から中身を取りだす。

　どこか見覚えのあるような『服』だった。

「ふふふっ、早く主になって着てみたいわぁ。あなたのマフラーには劣るけど、これもメイヴさんの傑作のひとつよね。以前から目をつけていたのよ～」

　どう見てもサイズが小さいメイド服なのに、着る気満々の富野沢さんだ。

「それ、エマさんのメイド服ッ！　なんでここにあるの!?」

　愕然《がくぜん》としたはてなが叫ぶのに、僕が驚いてしまった。

「エマさんのって、あれ子ども服だし、エマさんはちゃんとメイド服で僕たちを見送ってくれたじゃないか」

「アーティファクトだもん、主の成長にあわせてサイズが変わるんだよ。でも……そうだよね、エマさんちゃんと着てた。ってことは……」

「エマさんのメイド服の偽物《にせもの》……？」

「失礼ねぇ、この私がまがい物で満足するはずがないでしょう？　こちらが本物よ。ちゃあんとマライアさんが保証してくれたわ。あなたたちを追い返せば、これは私のモノ♪」

　メイド服を自分の身体に当ててみせるが、身体のほうがだいぶはみ出している。

「メイド服なんて着る日が来るとは思わなかったけれど、優秀なアーティファクトですもの、これも仕方がないわよねぇ。サイズは勝手に主に合うそうだし……色をピンクに染め直せばいいかしら～」

ふふふふっと笑い声をあげて、メイド服を当てたまま踊るように動く。

「エマさんのメイド服を……返せっ」

「いやよ～、トミトミちぇ～んじ♪　そしてこちらは、封印せよ〈ミステリック・ボックス〉！」

野太い声で叫ぶと、富野沢さんのピンクの服が輝きだして、全身を包みこむように変化する。それから、エマさんのメイド服がブローチに収納されて、ガラスのようなものに包まれた。

「どちらもアーティファクト……!?」

「そうよぉ。私はアーティファクトが大好き♪　コレクションがたくさんあるの。まあ、メイヴさんの作った物ほど有能ではないのだけど、それはこれから集めて……たっくさん増やしていけばいいのよねぇ……ふふふふっ」

富野沢さんはボディスーツのようなものに、頭から足先までピッタリと包まれていた。

「これも防刃防弾のスーツなのよ。デザインは今一つだけど。ああ、早くメイド服を身につけたいわ～、きっと私にピッタリ。美しく完璧な、高貴なるメイドの私が爆誕《ばくたん》するのよ！」

ブローチの入ったガラスの箱を片手に、富野沢さんはにっこり微笑む。

「ない！　あり得ないからっ！　エマさんのメイド服はエマさんだけのもの、あなたに似合うはずがないっ！　マフくん剣形態《ソリッシュ》！」

マフくんを剣に変えて、はてなが斬りかかる。

「まぁ、失礼なお嬢さんね。お洋服を溶かされて泣いてた可愛いあなたはどうしたの？」

するりっと剣の軌道を避ける富野沢さんの動きは素早かった。

「くっ！」

「私、これでもかなり強いのよ。ふふっ、泣き虫のお嬢さんよりはずっとね」

ムキになって斬りかかるはてなの剣先を、一つ一つかわしていく。

見た目に反して俊敏《しゅんびん》なのは、ピンクのスーツの力なんだろうか。うう、見つめたくない。ついでに言うと、あのオバサンのメイド姿を見るのは避けたかった。

「スマイルステッキ、〈奇術再現〉マグネシウムフラッシュ！」

強い光を発するマグネシウムの燃焼をイメージして〈奇術再現〉を発動する。

僕がジーヴスさんとの特訓で摑んだものは、知っている奇術を系統だてて利用する方法だった。コマンドワードは〈奇術再現〉と〈奇術名〉だ。消失マジックみたいなすごい手品を再現するのはとても疲れるけど、この程度の奇術なら何度でも再現できる。

「きゃあっ！」

はてなの背中越しに輝きを直視した富野沢さんが、不必要に可愛い悲鳴をあげた。

僕ははてなの肩を摑んで落ち着かせた。

「はてな、焦ったらダメだ！」

僕の声にはてなはハッと息をのみ、そして後ろに下がる。

「ごめん……あたし、カッとしてた」

「落ち着いて、この人本当にけっこう強い」

まぶしさから立ち直った富野沢さんが耳障りな笑い声を立てる。

「おほほほほ！　長年裏の世界で生きてきた私は荒事だって経験豊富ですのよ！」

声を荒らげて、富野沢さんは下がったはてなに爆発的なスピードで詰め寄る。言葉通り、富野沢さんの動きは素人《しろうと》のものとはとても思えなかった。キィンと金属のぶつかる音がする。硬化したマフくんが富野沢さんが隠し持っていた武器を弾いたのだ。いつの間にか富野沢さんの手にはナイフがあった。それも形状が普通のナイフと違う。

「それもアーティファクト？」

「そうよ、ステキな暗器なの。普段はほら……」

と右手を上げてみせると、ナイフは姿を消した。いや、指輪になった？

右手を振ると、また手の中にナイフが現れる。

「いいでしょう？　お気に入りなの～。自動防御してくれるのよ」

まるでマジックだ。グレゴリー先生が見せてくれたコインのマジックを思い出す。

カキィンとはね返す音が続く。マフくんの攻撃を次々と阻止している。

「マフくん！　蔦状形態《アイヴィー》！」

その時、剣形態のマフくんが変化した。攻撃していた右手のナイフのほうじゃなく、左手に持つガラスの箱を触手のような動きで狙っていく。

「ダ〜〜メ！」

ブローチ入りの小箱は、富野沢さんの手から離れて浮かび上がってマフくんを避けた。

いいフェイントだったけど、やっぱりまだ制御ができていないみたいだ。

「ほほほほほほっ、そろそろ諦《あきら》めてはどうかしら？　あなたの力では私には勝てない。どんなにあなたの持つアーティファクトが優秀でもね。それが大人と子どもの経験の差ってものよ」

勝ち誇る富野沢さんは、忘れていた。いや、忘れるように、はてなが前へ前へと出ていてくれたんだ。僕の存在を。

「ここにいるのは、はてな一人じゃないんだよねっ！　僕が相手だ！」

パンッと破裂音を立てて、ピンクの粉が舞い上がる。

「ぶふっ、な、なんなのこれ⁉」

ミスリードがマジックの基本だ。視線を誘導する。そしてまったく違うところに現れる。

「チェンジ！」

はてなと僕が声を掛け合う。僕とはてなは位置を入れ替えた。

「夢未ちゃん！」

『ガウガウ、奥の手！』

「『「ガウガウガウガウ」』」

僕の肩に乗っていたガウガウが、夢未ちゃんの声に合わせて分裂していく。

たくさんの小さなガウガウに分身して、富野沢さんの周りで暴れ始める。

「ええっ⁉　な、なんなのっ⁉　い、いたっ！」

「ガウっ！」

小さく分裂したガウガウは、富野沢さんの周りに集まって彼女の自由を奪っていく。ピンクの衣装が持つ防御の効果も、押さえ込まれては意味がないみたいだ。ガウガウたちはせっせと指輪を引っこ抜くが、ガラスの容器に封印されているメイド服までは奪えない。

「こ、こらっ、やめなさい！　セクハラですよっ！」

「あたしたちの服を溶かそうとした人の台詞《せりふ》とは思えないわね。そろそろ諦めたら⁉」

はてなの操るマフくんの鋭い打ち込みに、富野沢さんは蹈鞴《たたら》を踏む。

「小娘のくせに生意気ですわよ！　というか卑怯《ひきよう》ですわ、あなたたち！　三人がかりでか弱い乙女を襲うなんて、恥ずかしくないのですか！」

そんなこと今さら言われても。途中で倒した人数を考えたら、そっちがずっと多いと思うな。

「もうっ、トミトミ・スパイダー！　召喚！」

呼んだのは透明な蜘蛛だろう。でも対処方法は既に学んでいる。

「そのアーティファクトは、もう見ましたよ」

パンッ、パンッと目くらましの粉を部屋にまき散らした。たくさん仕込んでおいてよかった。マジックは事前の準備が大切だ。タネがなければ始まらないからね。

「なによ、なによ、あなたたちっ！　トミトミ・オリガミ！　召喚！」

なんだか富野沢さんが涙目だ。少しかわいそうに……いやいや、はてなはもっとひどい目に遭《あ》わされたんだから、同情はダメだね。追加の折り紙アーティファクトも現れたし。

「ガウ！」

分裂したガウガウの一部がもの言いたげに蜘蛛を指さす。

「んー、よく判らないけど、頼んだぞガウガウ！」

分裂したガウガウが蜘蛛アーティファクトの中に入っていく。やがて蜘蛛の動きが止まった。

どうやら、ガウガウの分身がつっかい棒のようになって可動部を止めたみたいだ。蜘蛛から出てきたガウガウが、僕に向かって投げるポーズをする。

「なるほど！」

言われるままに、僕はステッキを振って富野沢さんの頭上に蜘蛛を飛ばす。

ちょうど富野沢さんの真上でガウガウたちが脱出すると、蜘蛛は派手に糸をまき散らした。

「きゃあああああ！　な、なんですの⁉　私のトミトミスパイダーが制御不能に⁉」

哀れ、富野沢さんは自分のアーティファクトの粘着糸で身動きがとれなくなる。

「今だよ！　はてな！」

「任せて！　いくよ、マフくん！　超必殺モード！」

大きく広がっていたマフくんが、今度ははてなの右手に集まっていく。そのカタチを説明するなら、巨大なバネだった。ギリギリと力を蓄えるように引き絞られたバネの尖端には巨大な拳《こぶし》。

「ちょっ！　お、お待ちなさいな！　ひきょーですわよ！　あんまりですわよ！」

「服を溶かされた恨みは忘れてないんだから！　そんなことよりしっかりガードしないと大変

なことになるんだからね」

「ひいいっ！」

「いっくよー！　マフくんハイパーパァァァァァァンチ！」

巨大な拳が折り紙の化け物を吹っ飛ばして、富野沢さんのすぐそばに叩き込まれた。

床が砕け、悪用されていたアーティファクトの破片が僕たちの上に舞い落ち、消えていく。

「あ、あああ……」

直撃していたら、アーティファクトに守られているといっても無事では済まなかったかもしれない。もちろん、アーティファクトが他人を傷つけることを何より嫌う星里家の長女が、そんなことをするはずはないんだけどね。ぶるぶる震えている富野沢さんの隣に、パンチで砕けたガラスのアーティファクトが落ちる。カシャンと小さな音がして中からブローチが転がった。

「これ、返してもらいます」

ブローチを拾ったはてなが、富野沢さんにそう宣言した。

そしてかわりに小さなカードを置いていく。そこには『怪盗ハテナ参上』と書かれていた。

「お見事だね、怪盗ハテナ。目的の物も無事に手に入れたし、さっさと引き上げようか」

「うん！」

「ガウガウ！」

こうして、怪盗ハテナ初めての仕事は無事完遂《かんすい》された。

「うわぁぁぁぁぁぁんっ、ひどいですわぁぁぁぁっ！　でも私、諦めませんわよ――――っ！」

富野沢さんの叫びを背中に聞きながら、僕らは屋敷をあとにするのだった。

「おかえりマイプレシャス！」

無事に仕事を終えて戻ってきたのは、ちょうど空が白《しら》みはじめた頃だった。

出迎えてくれた衛さんに、はてなは笑顔で応《こた》える。

「ただいま！　ちゃんと取り戻してきたよ！　エマさん」

「ご無事でなによりでした、果菜お嬢様……そしてご成功、おめでとうございます」

「えへへ……これで、マライアさんも認めてくれるよね」

「ええ、もちろんですとも」

ホッとした僕たちを迎えてくれるはずの夢未ちゃんは、玄関ホールで僕たちを待ちながら、すっかりと寝入っていた。アーティファクトの代償《ゲッシュ》だろう。奥の手も使ってくれたしね。

これで一件落着といったところだろうか。はてなたちはこれでマンション暮らしをせずにすむし、大切なアーティファクトを取り上げられたりしないんだ。万々歳《ばんばんざい》だね。

気になったのは、どうしてエマさんのメイド服を富野沢さんが持っていたのか、だ。

「でも、取り戻すのがエマさんのメイド服だったなんて、どうして言ってくれなかったの？」

はてなも同じ疑問をエマさんに尋ねている。

「ふふっ、特に理由はありませんよ。お嬢様たちが私の宝物を取り返すために奮闘してくださるなんて、メイド冥利《みょうり》に尽きるでしょう？」

「メイド冥利って……それ、漫画の台詞？」

「いいえ、私の創作でございます。でも、その通りでしょう？」

いつも通りの雰囲気。エマさんは、何でもないことのように笑う。

だけど、あのメイド服はエマさんがとても大事にしてたものなのに……

「……ならいいんだけど。はい、じゃあ、返します……ね!?」

はてながブローチをエマさんに渡した瞬間だった。ビシッ、と微《かす》かに不快な音がした。エマさんの手の中でブローチに、小さなひび割れが走っていた。

「ああっ！　ど、どうしよう……そんな……」

取り乱すはてなに、エマさんは優しく微笑みかける。

「いいえ、いいのです。こうなることは覚悟できていましたから。もともと私専用に作られたものです。富野沢さんが弄《いじ》り回すのは、予測の範囲内ですし」

「で、でも……」

「大丈夫です。メイヴ様にお願いすれば、ちゃんと直りますよ」

「そ、そう……ならいいんだけど……」

「では、私はマライア様に報告をして参ります。お嬢様は今日はお部屋でゆっくりお休みください。皆様も明け方まで起きて待たれていたのでお疲れでしょう。あとは私にお任せください」

そう言い残すと、エマさんはマライアさんのいる部屋に歩いていく。

その背中を見送って、僕たちはホッと息をつく。

「果菜、真クン、少し話がある」

　ふいに衛さんが言った。その顔はいつになく厳しいものだった。

「ど、どうしたの父様……」

「君たちは、エマのメイド服がどういうものなのか、判っているのかな」

「え……母様に貰《もら》った宝物だって、言ってたけど」

「……そうか。だとしたら……君たちの課題は、まだ終わっていないようだ」

　僕が星里家に来てから初めて見る厳しい表情で、衛師匠は僕たちを見つめた。

「君たちは、何のために怪盗をするんだい？　メイヴは、何のために命を懸《か》けているんだろう」

「そ、それは、アーティファクトを回収して、みんなが悲しい思いをしないようにするため……じゃないの、父様」

　衛師匠は、シルクハットを深く被り直す。

「間違ってはいないよ、果菜。しかし、怪盗も奇術師も……同じところを目指している。真クン、これは、君の課題でもあるだろう。僕は、マライアともグレゴリー師匠とも別の課題を、君たちに課さなければならないようだ。屋敷に居続けられるかどうかを賭《か》けて、ね」

　頼りなく見えても、一番の味方だと信じていた衛師匠の真っ直《す》ぐな視線。

「答えを見つけるんだ、果菜。真クン。大切な人の笑顔のために」

　僕とはてなは成功の喜びも忘れて、ただ、師匠の真剣な顔を見つめるしかなかった。

第六幕 信頼☆ひとつ屋根の下で

桔梗院心美《ききょういんここみ》は、広い自室で愛用のタブレットを触っていた。興行を中心として全国に展開する桔梗院財閥《ざいばつ》の娘である彼女が住んでいるのは、星里《ほしさと》邸からさほど遠くないタワーマンションの最上階だ。広い屋敷を構えるのは簡単だが、セキュリティの面でもこのほうが効率的だと考えるあたりに桔梗院家の合理性が表れている。マンションの上層三階分を自宅として使っているので部屋数も十分にある。彼女の部屋は特に見晴らしのいい一室だった。

「ふーん、富野沢《とみのざわ》のおばさま、負けちゃったんだ。よかったような、残念なような」

はてなを陰ながらサポートしている桔梗院家のスタッフからの報告を読みながら呟《つぶや》く。

もちろん彼女ははてなの味方だが、もしもはてながあの屋敷を追い出されたら、桔梗院家はセキュリティ万全なこのマンションに部屋を用意するつもりだったのだ。

「夢の同居生活は叶わなかったってことね。ちょっと期待しちゃった」

心美は、夢未《ゆめみ》の持つ金糸《きんし》のようなふわふわの髪がお気に入りなのだ。天使みたいな容姿の奥にある、ちょっと冷たい性格も彼女の好みにばっちりだった。大切な幼馴染《おさななじ》みであるはてなと、その妹との同居生活は、心美にとって理想郷の出現とも言える。

「ま、泣いてるはてなたちを見るのも辛《つら》いから、いいんだけどね」

納得したように報告を次々と指でなぞっていく。彼女が確認しているのは、はてなたちの動向だけではない。いくつものメールに返事を返していく。

「やっぱり、『銀星騎士団《ぎんせいきしだん》』も、『アストラル・マフィア』も増員してるのね。いったい、いくつこの国にアーティファクトを持ち込んだのかしら。この情報はダディに伝えないとね」

中学一年生とはいえ、アーティファクトの存在を知る数少ない身内である心美は、桔梗院財閥を預かる父から、お小遣いと引き替えにアーティファクトに関わる情報の選別とリストアップを依頼されている。彼女も部下たちに信頼できる者を選んでいるが、マライアが紛《まぎ》れ込んでしまったように、どこに敵が潜《ひそ》んでいるか判《わか》らないのだ。実子を頼る気持ちは仕方ない。

「富野沢コレクションも、いくつか手の内が判ってよかったわ。あの折り紙風のアーティファクト、全然真名《まな》が判らないところを見るとメイヴおばさまの作じゃないのね。富野沢のおばさまにかかると、全部『トミトミ』になっちゃうから、名前の想像もつかないわ」

折り紙状のアーティファクトの断片は、混乱に紛れて幾つか回収できたようだ。メイヴが帰ってきたら紋章《もんしょう》を確認して製作者と真名を教えてくれるかもしれない。

「修理はしてくれないだろうから、これも私のアーティファクトにはならないのよね。あーっ、もうっ、これだけ情報があるのに私のものになるアーティファクトが一つもないなんて、どういうことよっ！　はてなたちの意地悪ーっ！」

理不尽《りふじん》なことを叫びつつ、さらに報告を読み続ける。と、彼女の手が止まった。

「……エマさんのアーティファクトが破損？　なんで？　しかも、衛叔父様《まもるおじさま》がお怒りになっているって……衛叔父様、怒ったりしないでしょ？」

あまりに意外な報告に心美は首を捻《ひね》る。長い付き合いだけど、あの明るいインチキ奇術師の叔父様は笑顔と気遣いに溢《あふ》れた好人物で、女系家族で尻《しり》に敷かれているイメージしかない。

「いったい、何があったのよ。はてな、はてな……」

はてなの再試験が成功して、喜んでいいはずの場面なのに……心美は溜《た》め息《いき》をつく。

本当に星里家とアーティファクトに関わる限り、退屈や安心とは無縁だ。巻き込まれたばかりの真《まこと》は、もっと驚いているだろう。心美は、さっそくはてなたちと会う約束を取りつけるべく、携帯電話に手を伸ばしたのだった。

結果を出したはずのはてなは、珍しいくらい真《ま》っ青《さお》な顔で僕と向かい合っている。

久しぶりに入ったはてなの部屋は綺麗《きれい》に片づいていて、いい匂《にお》いがした。

「せっかく、みんなで頑張《がんば》れたのに……」

「そうだね。あんなに息が合うなんて思わなかったな。ジーヴスさんのお陰《かげ》かもね。僕の奇術も、こんなにうまくいけばいいんだけど。やっぱり、三人で力を合わせたのがよかったよね」

落ち込むはてなを励《はげ》まそうと、僕はことさらに明るい声を出す。

勉強机の上には、それ自体もアーティファクトだと思われる宝石入れのような小箱が置いてあり、不思議な形をしたメイヴさんの紋章が描かれている。中には、メイヴさんからはてなが預かっている一族の秘宝〈レルータの紋章〉が入っているはずだ。

　黙り込んでいる黒髪の令嬢を元気づけるために、僕はさらにその話題を口にする。

「それ、以前マライアさんに盗まれた『紋章』だよね。あの時は、びっくりしたな」

「うん……エマさんが助けに来てくれたんだよね」

　やっと答えてくれた。さらさらの髪が額にかかり、彼女の表情を隠している。こんな顔をしたはてなを見るのは初めてかもしれない。落ち込んでいても、どこか元気な女の子なのだ。

　夢未ちゃんがここにいなくてよかった、なんて漠然と考えてしまう。きっと、こんなはてなを見たら不安になってしまうだろうから。ガウガウを遠隔操作しながら、アーティファクトのPCを使って僕たちをサポートし続けてくれた夢未ちゃんは、代償《ゲッシュ》により自室で眠っている。

「パパ……父様に叱《しか》られたの、久しぶり」

　ぽつりと、気持ちが漏《も》れる。

「そうなんだ。師匠《ししょう》は、優しい人だもんね」

「あたし、何をしちゃったんだろう……エマさんのメイド服、どうして富野沢さんが？」

「判らないけど……富野沢さんが、守りきったら自分のものになるって言ってたよね」

　先ほどまでの高揚《こうよう》感は消えてなくなり、僕たちの間には重い空気が漂っている。

　マライアさんの言う試験を受け直して、この星里邸でアーティファクトを守り、メイヴさんの娘である怪盗ハテナとしてアーティファクトを取り戻すために戦う資格を得る。

　この数週間、はてなはそのことに必死になってきた。僕たちもそれを応援した。

慣れ親しんだ家を追い出されるなんて無茶だと思ったし、大切なアーティファクトを取り上げるという話まであって、安全のためだと言われても納得なんてできなかったのだ。

僕自身も、グレゴリー先生からアーティファクトを使わない本当の奇術を学びたいと思って、特訓をしてきたんだ。はてなが頑張ってきた気持ちは理解している。

「エマさん……もしかして、あたしのために、大切なアーティファクトを……？」

疑問形だけど、それは単なる確認。僕は頷《うなず》いた。

「きっとそうだね。再試験をするために、メイド服を賭《か》けたんだと思う」

「そんな……そんなの、ダメだよ。母様に貰《もら》ったメイド服、とっても大切にしてたのに」

ダメ、と言っても既《すで》に終わったことだ。一応、取り戻すことには成功している。でも。

「……それに、エマさんのメイド服……壊れちゃった」

言葉に詰まる。そう、僕たちが回収している最中に受けた衝撃が元で、アーティファクトの中心であるブローチに小さなヒビが入ってしまったのだ。

アーティファクトの力が、どこから出ているのか僕には判らない。ただ、必ず紋章がついていることは知っている。ブローチの宝石に埋め込まれた紋章に、ヒビは届いていた。

「母様が帰ってきたら、直してくれると思うけど。あたし、エマさんに謝らなきゃ」

「僕も謝るよ。だけど……」

僕は、いつもの笑顔を隠し、真剣な表情を見せた師匠の横顔を思い出す。

「師匠は、僕たちがアーティファクトを壊したから、あんなに怒ったのかな」

――怒った、という表現も少し違う。真剣に、僕たちに向き合った、というべきか。

僕たちがこの屋敷で、これまで通りアーティファクトと関わっていくための課題、衛師匠はそう言った。師匠の課題をクリアできなければ、やはりこの屋敷では暮らせない、と。

やっとマライアさんの試験をクリアしたというのに、新たに出現した課題は、今まで与えられたどんなものよりも重く感じられたのだった。


――閉じ込められた、と、桜井《さくらい》エマは気づいた。

お屋敷の廊下を曲がり、マライアがいるはずの部屋をノックした瞬間、世界が変化したのだ。

何もない空間に、二脚の椅子《いす》と食糧《しょくりょう》が満載されたテーブルが置かれている。

そこでは、金髪の巨乳美女が不機嫌さを隠そうともせずにグラスを傾けていた。

「座ったら？」

「いえ、私はメイドですから」

にこりと作り笑顔で答えるエマに、マライアはキツイ目を向ける。

「座りなさい」

強い口調に、エマは肩をすくめて腰を下ろした。

「結果は判っているわ。富野沢のおばさん、大泣きしながら電話してきたから」

「それは、ご説明する手間が省けて助かります」

「あなたは、私が約束を守ると思ってるの？」

マライアは、猛禽《もうきん》のような目でエマを射貫く。

「守っていただけると信じております。なんといっても、メイヴ様の妹君ですし」

「妹、ね！　私が留学している間に、姉さんは相談もなく駆け落ちしちゃったんだけど。こういう時だけ気遣いを期待してもあまり意味がないと思わない？」

テーブルの上にところ狭しと並べられた食材を片端から胃の中に納めつつ、マライアはエマを見つめる。彼女は宝玉のついた首飾りをもてあそんでいる。

「このアーティファクトは、私の持つアーティファクトの一つよ。名は教えないけど、自在に隔離空間を作るものなの。この中に、ものを置くこともできるわ」

「私をこのまま閉じ込めることもできる、と言いたいのですか？」

「そうね、今のアーティファクトを持たないあなたなら簡単かもね」

脅《おど》すように自分を睨《にら》むマライアを、エマはなんでもないというように受け流す。

眼鏡のメイドが表情を変えないのを確認して、金髪の美女は肩をすくめた。

「つまらないわね。冗談よ、そんなことはしないわ。姉さんが悲しむもの。大切に作ったアーティファクトが他人を傷つけるのを、姉さんはとても嫌うから。私は、殺しさえしなければ多少の傷は許容範囲だと思ってるけどね」

「多少、というのは幅の広い概念ですね」

微笑を浮かべたままのエマは、動じることなく手に持ったブローチを差し出す。

「果菜《かな》様と真様は、無事に私のアーティファクトを取り戻してくださいました。お約束通り、お嬢様たちには、このままお屋敷で暮らしていただいてよろしいですよね」

「無事？　これが？」

マライアは、呆《あき》れたようにブローチに視線を送る。そこには、ヒビが入った宝石が悲しげな色を湛《たた》えている。エマは平然と笑う。

「確かに多少傷はついたようですが、取り戻すことができたのは間違いありません」

大切なものを壊されたはずなのに、まったく動揺していないように見えるエマに、マライアは苛立《いらだ》たしげにツメを噛《か》んだ。

「あなた、それでいいわけ？」

「何の問題もないと思いますが？」

少し考えてからマライアは、負けた、というように溜め息を漏らした。

「せっかく、私が姪《めい》っ子《こ》たちを危ない目に遭《あ》わせないようにしてるっていうのに」

テーブルの上の食糧を大量に口に運ぶと、どこに隠しているのかという勢いで食べ尽くす。

エマは、黙って彼女のためにテーブルにあったお茶をサーブした。

そのお茶をひと口飲んで、マライアはエマを睨みつけた。

「あなた、実は別にあの子たちがどうなってもいいと思っているんじゃない？」

「おかしなことを仰《おつしや》らないでください。私は、果菜様と夢未様に仕えるようメイヴ様に申しつけられています。お二人の悲しむことは絶対に致しませんよ」

「それで、不登校になってても手をこまねいてたのよね。私だったら、引きずってでも学校に連れていったけど。気に入らない子がいるなら、叩《たた》きのめせばいいじゃない」

「マライア様は、もう少し最新の教育研究をお読みになったほうがよろしいかと存じます」

「なによ、理不尽だって言うの？　そんなのね、うちの里では当たり前なの。アーティファクトの存在自体が理不尽なんだから、私たちの生き方も理不尽じゃなきゃやっていけない」

金髪の美女は、椅子から立ち上がり、向かいに座るエマの顔を覗《のぞ》き込む。

「ねぇ、あなたがしたことは、年端もいかない子どもを私と同じ宿命に引きずり込む行為以外の何ものでもないんだけど。本当に判っているのかしら」

「……」

初めて、エマは返答しなかった。しかし、表情は微笑を湛えたままだ。

二人しかいない空間に、沈黙だけが流れていく。エマが先に視線を外した。

「ふん、姉さんのお気に入りは、何を考えているか全然判らない子ね」

「私には、マライア様がとてもお優しいのがよく判りました」

「なっ、へ、変なこと言わないでよ！　私は里の意思を遂行《すいこう》してるだけなの！」

不意打ちに、マライアは顔を真《ま》っ赤《か》にする。

「と、とにかく、約束は約束。ひとまず、この屋敷を出て行く話はなかったことにしてもいいわ。でも、あの子たちが怪盗をやることを許すかどうかは、また別の話よ」

大きな胸を揺らして、マライアは宣言する。あれだけたくさん食べたというのに、スレンダーなままでおっぱいだけ大きいのはズルい、とエマでさえ考えてしまうスタイルだった。

「あなたの思惑通りになってよかったわね、メイドさん。だけど、あの子たちがまた危険な目に遭っても……あなたはやっぱり笑っているのかしら？」

捨て台詞《ぜりふ》のような声が、隔離空間に響く。次の瞬間、エマはとてん、と尻餅《しりもち》をついた。

いきなり空間が解除されて部屋が消え、椅子とテーブルも消滅したのだ。エマは、マライアの部屋の前で座り込んでいる状態になる。がちゃり、とドアが開いた。

「あら、メイドさん、どうしてそんなところで座っているの？　パンツ見えるわよ？」

にっこりと微笑《ほほえ》むマライアに、エマが頰《ほお》を膨らませる。

「どなたのせいだとお思いなのでしょうか。マライア様」

「ふふふ、最初からそんな顔をしてくれたら、優しくしてあげてもよかったんだけど？」

にやにや笑って廊下を歩き去るマライアの背中に、エマは舌を出して溜飲を下げるのだった。


遅めの夕食にマライアさんは現れなかった。グレゴリー先生もディナも公演に出かけていていない。これは、二人がいないタイミングを見計らって怪盗に行ったんだから当然だ。

最近は六人で食べることも珍しくなかったから、少しだけ寂しい気がする。

「どうした、二人とも。箸《はし》が進んでいないよ」

今日は衛師匠も一緒に食べていた。夢未ちゃんは、まだ眠っている。

一応の成功を収めて帰ってきたはずなのに、空気が重い。

原因は判っている。衛師匠から厳しくエマさんのメイド服のことを叱責されたこと。

それに、未《いま》だに屋敷を出て行かなくてすむのか判らない。衛師匠にまで課題を出されてしまったのだから。

「師匠、さっきの課題ってお話なんですけど……」

「真クン、その質問はノンノン、だ。課題が何かを見つけること自体が必要なことだよ。奇術師はステージの上では誰の助言も聞くことができない」

そう言って、衛師匠は僕たちの背後に視線を送る。普段通りの様子で僕たちの給仕をしてくれているエマさんは、気づかぬふうにグラスに水を足している。エマさんの前でその話をする な、という意味だと判らないほど鈍感にはなれなかった。はてなも渋い顔だ。

「マライアも、グレゴリー師匠も、それどころか夢未の小学校の先生ですら君たちを試している。僕も、一つくらい課題をクリアしてほしいのさ。判るだろう？」

衛師匠は、そう言っていつになく厳しい視線で僕たちを見た。

「君たちが、力を合わせて富野沢家のセキュリティを突破し、彼女のアーティファクトをかいくぐって成果を出したことは、認めているんだよ。だけどね、僕は、少しだけ不安なんだ」

「……父様、何が不安なの？」

「ほら、そうやって質問を返してしまうことが、不安なのさ」

ほう、と溜め息をつき、師匠は後ろを振り返る。そこには老執事《しつじ》がニコニコと立っていた。

すう、と眼を細め、衛師匠は話題をジーヴスさんに移す。

「ジーヴスが、アーティファクトであるこの屋敷の一部であり、屋敷を司《つかさど》る力を持っている存在なのは、知っているね」

「はい。若返ることもできるなんて、びっくりしました」

「そうだよなぁ。考えたら、僕より若い見た目になれるんだから。凄《すさ》まじいものがある」

「恐れ入ります、衛様。ですが、お屋敷というものは手入れを怠《おこた》らなければ老いぬものでございます。歴代のお館様が私めを大切にしてくださったからでございますよ」

好々爺《こうこうや》然とした笑顔に、僕は気になっていたことを聞いてみることにした。

「ジーヴスさんは、何年くらいこのお屋敷で執事をしてるんですか？」

「ふむ。それは難しい質問ですね。おそらく、二百年以上は経《た》っていると思います」

「に、二百年⁉」

はてなが驚きの声をあげる。僕だって超びっくりだ。

「レルータの里にこのお屋敷が建ったのは十八世紀くらいと言われております。ですが、私めが最初からいたわけではありません。多くの人たちが働いておりましたし、日本に移築される前も、この家にはたくさんの人が働いておりました」

「どうして日本に移築することになったんですか？」

――ジーヴスさんが、今までで一番悪い顔でニヤリと笑った。

「それは、盗まれたからでございますよ。真様」

「えっ、こ、こんな大きいものを⁉」

「そうです。里が生んだ希代《きたい》の大魔法使い、当代の工芸魔術師であるメイヴ様が、日本に腰を落ち着ける時に里から盗んできたのです」

「……嘘《うそ》みたい」

はてなは、感触を確かめるようにテーブルを触る。

「メイヴの作るアーティファクトを守る必要があった。さらに世界中からかき集めている持ち主不在のアーティファクトや、悪人の手に渡って他人を害しているアーティファクトを取り戻した時、安全に保管する場所が必要だから、と僕たちは里に忍び込んだのさ」

その時の二人の姿が目に浮かぶようだ。颯爽《さつそう》と夜を駆ける怪盗と奇術師。僕たちの理想だ。

「まあ、僕があっさりモリガン義母《かあ》さんに捕まってしまったんだけどね」

なんと頼りない。見習わないようにしなければ……

「でも、メイヴと義母さんの話し合いの結果、このお屋敷は日本に移築されることになった。だからまあ、盗んだといっても、半分は預かっただけみたいなものだね」

だから、マライアさんが色々言った時も何も言えなかったんだろうか。

「衛様、ワインのお代わりはいかがですか？」

「ああ、貰《もら》おうジーヴス。本当に、あの時君が来てくれてよかった」

「とんでもございません。私こそ、素晴らしい主《あるじ》に巡り会えた幸運を噛み締めております。服の趣味が微妙だとか、パトロンや貴族との付き合いをめんどくさがってすぐに逃げ出される欠点など、ご主人様の美徳に比べればたいした問題ではありませんから」

「……最近はタキシードばかり着てるんだから、そういうことは言わないでくれ、ジーヴス。

子どもたちにはオシャレな父で通っているんだ」

「失礼致しました。お話の続きをどうぞ」

　真っ赤なワインで喉を潤《うるお》し、師匠は話を戻す。

「これだけ大きなお屋敷だ。僕たちが盗みに入るまではモリガン義母さんがこの屋敷に住んでいた。マライアも住んでいたらしいけど、その頃は留学していたみたいだね」

　師匠は、ジーヴスさんを見る。

「ジーヴス、このお屋敷をアーティファクトなしで維持しようと思ったら、何人くらい必要なのかな。主人の家族は抜きにして」

「そうですな……最低で十名。休みを考えたら二十人くらいは欲しいですね。現実はその中間あたりではないでしょうか」

「と、いうことだ。その頃は、十五人もの人が働いていたんだよ、このお屋敷で」

　師匠が何を言おうとしているのか判らなくて、僕らは顔を見合わせた。

「ジーヴスさんとエマさんが、とってもムリしてて大変だっていうこと？」

「……ま、それは事実の一端ではあるね。まあ、真クンも来てくれたし、ブラック企業的な仕事量は改善されつつあると思うけど、問題はそこじゃないと思わないかい？」

　師匠は、アーティファクトと口八丁で世界最高の奇術師と言われるようになった人だ。

　僕たちは、師匠の話術に翻弄《ほんろう》されてしまう。

「果菜や夢未の持つアーティファクトと同じように、ジーヴスには人の気持ちを考えて行動を起こす力がある。これは普通のアーティファクトには難しい。最高級のアーティファクトだけに可能なことなんだ。僕たちはジーヴスに守られている」

「恐れ入ります。当然のことでございます」

「この屋敷を狙うためにはジーヴスをなんとかしなければならない。しかも彼自身が、どんなバカでも欲しがる超絶クラスのアーティファクトだ。危ういバランスで、この屋敷は守られている。メイヴがいれば、敵のアーティファクトを無力化することもできるけれど……」

今現在、屋敷にいる僕たちで守れるかは、その時が来るまで判らない。

「だからって！　今さら足手まといだから出て行け、なんてひどいよ！」

黙って聞いていたはてなが、爆発するように叫ぶ。師匠は、首を振った。

「違うよ、果菜。僕は、そこが重要だと思っているわけじゃない。つまり、ここが危険だから逃げ出すべきだ、なんて思ってはいないよ」

「だったら……」

「僕が気にしているのは、もっともっと根本的な問題だよ。今の話が、僕の考える最大のヒントだ。ジーヴスの、メイヴの気持ちを考えたら、きっと、課題の内容も判るだろう。それから、僕に君たちの答えを教えてくれ」

師匠はそう言うと、さらにワインを飲み干す。

「そうだ、最後になってしまったが……初仕事、成功おめでとう、二人とも」

今さらそう言われても、ありがとうの言葉も出てこない。

師匠も期待していなかったのか、ふう、と酒くさい溜め息をついて僕を見る。

「グレゴリー師匠が帰るのも近い。それまでに真クンは弟子《でし》入りを認められなければならない。はてなには、僕の出した課題が何だったのかを考えて、答えを出してもらおう。楽しみにしてるよ、なあ、ジーヴス」

「はい。意外に父親らしいことを仰る衛様に、ジーヴスは胸がいっぱいでございます」

「ははは、褒《ほ》めるなよ。しかし久々に若返ったからか、少し明るくなったんじゃないか？」

「気のせいかと存じますが、若い戦士を見ると、血がたぎるのは否《いな》めませんな」

年長の男性たちは、僕たちを忘れたように談笑する。そこには確かな絆《きずな》が感じられた。

結局、僕たちは、新しい課題を抱えて眠れぬ夜を過ごしたのだった。


枕元に壊れたブローチを置いて眠りについた、まだ十五の少女は、夢を見ていた。

それは、果菜が小学校に入る年のことだから、もう六年も前になる。

「メイヴ様、私を、日本に連れていってください」

久しぶりに里に戻ってきたメイヴに、勇を鼓《こ》して告げた請願への回答は簡潔だった。

「ごめんなさい。里からは誰も連れていかないつもりなの」

「……私は、里の人間ではありません」

少しだけ俯《うつむ》いて、エマはそう断言する。大人びた仕草に、メイヴは悲しそうな顔をした。

「もしかして、私が出て行ってから誰かに虐《いじ》められた？　母様は、そんなことをする性格じゃないと思うけど……」

「モリガン様は、誰にでも平等に厳しいです。分け隔てはなさいません。でも、だから……」

まだ十歳にもならないというのに美しさの片鱗《へんりん》を花開かせつつある少女は、メイヴがいた時から優秀だった。モリガンは彼女より彼女の周囲を叱《しか》るだろう。それは容易に嫉妬《しっと》に変わるだろう。彼女の周囲で起こっていることを想像して、メイヴは胸を痛める。

「居心地が悪いっていうのは判ったけど、レルータの里は安全だわ。私たちがこれから行く日本は、ここのように静かな場所じゃない。人も物も道から零《こぼ》れるほど溢《あふ》れていて、私たちとは全然違う暮らしを送っているの。しかも、私はそこで……」

「アーティファクトを取り戻すために、罪を犯すことを厭《いと》わず最善の行動を取る。つまり、泥棒になるんですよね、メイヴ様」

「……せめて、怪盗って言って。判ってるのなら、くどくど言わないわ。私は、自分の信念のために行動するけれど誰かを巻き込みたいとは思わない。それに賛成してくれた衛さんには感謝している。母様にも、この屋敷で働いていた人全員に別の仕事を用意してもらうようにしたわ」

優しく、メイヴはエマの頬を撫《な》でる。

「里では学校の時間以外は仕事をするように推奨《すいしょう》されるけど、まだあなたは子どもなの。私も時々は帰ってくるし、いつか、あなたが大人になって、それから日本に来たいなら……」

その時、すうっとエマの両目から涙が伝う。

「……また、私は捨てられるのですか、メイヴ様」

「エマ、馬鹿《ばか》なことを言わないで」

「もし私がバカなのでしたら、それはメイヴ様のせいです……私は……わたし、は……」

しゃくりあげる少女は、初めて九歳の素顔を見せた。

「……ごめんなさい、エマ。私は……怪盗としてはまだまだみたいだわ。盗んだものの管理もできていないなんて、確かに私のせいね」

「メイヴ様……」

しばらく抱き合って、メイヴはエマから身体《からだ》を離す。

「今ね、私には娘が二人いるの。あなたの二つ下と、五つ下ね。お友達になってくれる？」

「……もちろんです。誠心誠意お仕えします」

「ちょっと違う気がするけど……エマは嘘をつかないと思ってるわ」

涙の滲《にじ》んだ目で、メイヴはエマを見る。首元に輝くブローチに触れた。

「このブローチを渡した時の約束を、私は果たせていなかったのかしら」

「メイヴ様は悪くありません。でも、私には……」

金髪の豪奢《ごうしゃ》な美女は、考え込むような表情で天井を見上げた。

「これは私の我儘《わがまま》だから、レルータの里には迷惑をかけないって決めてたのになぁ。それに、本当に危ないのよ？　いくらアーティファクトが強くても、私たちは生身の人間なんだから」

「……それでも」

真剣なエマを、メイヴは子ども扱いしなかった。

「いいわ。だけど、私の道はとても危険な道よ。一緒に来られるか、試験をしましょう。この試験に成功したら、あなたの同行を認めるわ。レルータの名に賭けて」

メイヴの手の甲に、レルータの紋章が浮かぶ。エマは顔を輝かせて頷いた。

これで、メイヴと一緒に行けることは決まったと思った。どんな試験だとしても、そんなもので彼女を止められない。それは自明のことだった。


「うっ、ううううっ、や、やめてくださいっ、ジーヴスさんっ、それ、それ死んじゃいますっ！」

うなされて目を覚まし、エマはひどい寝汗を拭《ぬぐ》った。

「嫌な夢を見ました……ジーヴスさんは九歳児の体力を、なんだと思っていたのでしょう。〈名もなき愛情《ネームレスラバー》〉が優れたアーティファクトでなかったら死んでましたよ。間違いなく」

眼鏡をかけると、ほう、と溜め息をつく。枕元のブローチを手にとって撫でた。

「直りますかね……まあ、メイヴ様なら何とかしてくださると思いますが」

大切な品なのだ、無事に修理できると思いたい。宝石のヒビをなぞって思い出を辿《たど》る。

「ふふっ、メイヴ様に盗まれた身としては、その程度のアフターケアはお願いしたいものです」

エマは、ブローチを裏返してそこに書かれた文章を読む。

『まだ名もなきものへの愛の証《あかし》、ここに記す』

刻んでくれたのはメイヴ。文章は、彼女のメイド服に付けられていた手紙の言葉だ。もう一つ、メイド服に合わせて作られた髪留めがあるのだが、それは大切にしまい込んでいる。

メイド服に、アーティファクトのブローチを付けてくれた時に、手紙の文章を刻んでくれたのだ。だから、このメイド服の名は〈名もなき愛情《ネームレスラバー》〉となった。真名《まな》は別に用意されているけれど、それはエマとメイヴしか知らず、誰にも教えるつもりはない。

「でも……役目を果たしてくれてありがとう」

自分の一番大切なものを差し出す以外に、方法を思いつかなかった。

きっと、このメイド服を用意してくれた人も、同じ気持ちだったのではないだろうか。

そう思うと、少しだけ気持ちが軽くなる。ひび割れたブローチを胸に、エマはもう一度目を閉じる。ジーヴスにしごかれる悪夢を、再び見ないように祈りながら。


金髪のふわふわ巻き毛を誇《ほこ》る西洋人形のような美幼女は、せっかくの容姿をまったく気にしないでぶかぶかのパーカーを着て、不機嫌そうにテーブルに肘《ひじ》をついていた。

「父様、ひどい。父様が出て行けばいい」

残酷《ざんこく》なことを言い出す次女に、はてなは同意したそうな顔をしながらも思いとどまった。

「でも父様、いつもの茶化す雰囲気じゃなくて真剣だったよ。たぶん、私たちが何か大事なことを見落としているんだと思う」

「そんな感じだね。師匠のあんなに真面目《まじめ》な顔、初めて見た」

「……真兄様が言うなら、信じる」

「夢未、もうちょっとお姉ちゃんを立ててくれてもいいんじゃないかな……」

口を尖《とが》らせるはてなを宥《なだ》めつつ、夢未ちゃんに昨日の出来事を説明した。

「……ブローチが壊れるなんて思わなかった」

「うん……取り戻す時に、床に落ちたりしてたから」

「母様のアーティファクトは、そんな理由では壊れない。たぶん、何か原因がある」

言われてみれば、エマさんが付けてる時は、マライアさんのアーティファクトと格闘戦をしたりしても平気だったしね。落ちた衝撃くらいでは壊れないのかもしれない。

「だったら、どうして壊れたんだろう？」

「……それは、わからない」

少しだけ引っかかったけれど、はてなはそんなことどうでもいいというように手を振る。

「どちらにしても、あたし、エマさんに謝らなきゃ」

「僕も行くよ」

「わたしも同罪。一緒に行く」

僕たち三人が立ち上がってリビングを出ようとしたところに、ジーヴスさんが現れる。

「おや、皆様お揃《そろ》いで、どちらにお出かけですか？」

「あ、えっと、エマさんに謝ろうと思って。ジーヴスさん、エマさんはどこですか？」

「今日は生徒会役員のお仕事で遅くなると聞いておりますが」

そういえば、学校から帰ってきてからエマさんに会ってないな。期末試験も始まる時期だし、生徒会にはその前にやることがあるのかもしれない。

「帰ってきてから謝るしかないね」

はてなは肩を落とす。珍しく、ジーヴスさんが首を傾《かし》げた。

「先ほどから謝ると仰っていますが、いったい、何のお話でしょうか」

「え？　あたしたち、エマさんのアーティファクト壊しちゃったから」

黒髪の少女の言葉に、ジーヴスさんはくい、と眼鏡を押し上げる。

「ジーヴスが愚考《ぐこう》致しますに、エマはそのようなことを望んでいるのでしょうか」

「えっ、でも、だって……父様も怒っていたし」

困った顔をするはてなに、ジーヴスさんは溜め息をつく。

「なるほど。マライア様のお気持ちが少しだけ判りました」

老執事が、落胆《らくたん》したような表情を作る。

「お嬢様方、真様、私はアーティファクトでございますが、ご存じの通り意思を持っております。私の意思がどこから来ているのかはさておき、主に仕えることはアーティファクト共通の喜びです。果菜様のマフくんも、夢未様のガウガウも同様の気持ちでしょう」

ジーヴスの言葉に応《こた》えるように、二つのアーティファクトが微《かす》かに揺れた。

「翻《ひるがえ》れば、エマの指示で敵地へ赴き、結果として彼女のアーティファクトが傷ついたことはエマ自身の責任です。むしろ、そう感じてもらえなければアーティファクトも自《みずか》らの存在を賭けた意味がございません」

仲間の気持ちを代弁するジーヴスさんに、僕たちは小さくなる。

「僕たちは謝っちゃダメだってことですか?」

「さて、それはジーヴスの決めることではございませんが、少なくとも回収しようとしたアーティファクトを傷つけてしまった、という点について謝罪されるのはいかがなものかと」

「……そんな、だったら私たち、エマさんにどういうふうに言えば……」

「だから、問題自体が課題だって師匠は言ってたのか……」

「謎かけみたい。大人は、みんな性格悪い」

口を尖らせた夢未ちゃんの気持ちは、僕たちも正直同感だった。

老執事は苦笑するように口元をゆがめる。

「これはこれは、正鵠《せいこく》を射たご指摘でございます。ですが夢未様、みんな、最善の道を探しているのです。里に残られているメイヴ様も含めて。人生の正解は、どこにもないのですから。皆様が衛様の課題に納得のいく答えを得ることを、私も期待しております」

真摯《しんし》に一礼して老執事は僕たちの前を辞した。

「……真、どうしたらいいの」

「考えよう。きっと、大事なことを教えようとしてくれているんだよ」

「兄様、前向きすぎ。夢未、意地悪されてるような気がする」

僕たちは、困惑した顔を見合わせて頭を抱える。ガウガウとマフくんが妙にそわそわした様子を見せている。それは僕たちを気遣っているように思えたのだ。

期末試験が終わり、夏休みがあけて二学期に入ると生徒会役員選挙がある。生徒会役員は、試験期間が終わると同時に貼り出される予定のポスターを作っていた。

「エマ先輩、こちらの部分なんですが」

「これは美術部にお願いしてあるので、引き取りに行ってください。枚数は少ないですから、職員室でお願いしてカラーコピーさせてもらいましょう。それからポスターに」

「はい。判りました」

生徒会において副会長の役職を持つ彼女だが、生徒会選挙ではトップの得票を得ている。会長に立候補していれば確実に選ばれていたはずだが「帰りが遅くなると困る」という理由で副会長を選んだ。そもそも、彼女が選挙に出たのはうるさい部活の勧誘から逃げるためだった。

一年生の時から優れた知性と運動神経で頭角を現した彼女は、たくさんの部活動から勧誘されていた。聖ティルナ学園はお嬢様学校ではあるが課外活動も盛んで、一部には全国大会に出場するような部活もある。そんな部にとって、エマの身体能力は垂涎《すいぜん》の的《まと》だった。

しかし、エマは小学校に通う果菜と夢未の送り迎えのほうを優先していた。果菜が卒業した途端、不登校になってしまった夢未を心配して頻繁《ひんぱん》に小学校を覗きに行っていたし、屋敷のメイドとしての仕事もある。メイヴが怪盗をする時には、サポートとしても活躍していた。

先生まで巻き込んだ部活の勧誘を避けるために、一年生の二学期に書記に立候補して当選し、二年生では副会長になったのだ。その任期も、もうすぐ終わろうとしている。

向かいの机で作業している生徒会長が、エマに笑顔を向ける。

「今日はちょっと遅くなりそうだね。エマ、たまには私たちと食事にでも行かない？　今年、書記をしている香川《かがわ》くんの家がお好み焼き屋で、なかなか美味《おい》しいんだよ」

「魅力的な提案だと思いますけど、家の手伝いをしなくてはならないので」

にっこりと笑顔を作りつつ、とりつく島もない拒絶に会長はがっくりと肩を落とす。

周りにいる生徒会メンバーとお手伝いに集まった生徒たちは、心の中で会長を応援した。去年まで女子校だった聖ティルナ学園で、非公式に行われたミスコンの覇者《はしゃ》であるエマは憧《あこが》れの人なのだ。誰も自宅に招かれたことがないミステリアスさもあり、彼女と話してみたくて生徒会の手伝いをしている女の子たちも多い。

「なら、みんなでお弁当を買ってくるのはどう？　一年生の子も手伝いに来てくれているんだし、たまには、いいじゃない。みんな、エマと話したいんだよ」

一年生の頃から生徒会で一緒になり、毎回こうして断られてきた会長は、少々のことでは引き下がらない。エマは、周りを見回して苦笑した。確かに、三年生になってから多事多難で、生徒会の後輩たちのことはなおざりだった。お屋敷のことは真もやってくれるし、今日はまだグレゴリーたちは帰ってこない。果菜たちが追い出されそうになっている問題も解決したし、今日は会長たちに付き合ってもいいかもしれない。

「では、学食にお弁当を発注しましょう。何人分必要ですか？」

歓声があがる。学費の高いお嬢様学校だけに、理由さえあれば学食が弁当も対応してくれるのだ。この時間からだと普通なら厳しいかもしれないが、生徒会の居残り用であれば対応してくれるはずだ。会長は満足そうに頷く。

「支払いは私に任せて。せっかくだから豪華なのを注文しましょうね」

大きな会社の社長令嬢である生徒会長が太っ腹なところを見せるが、エマに叱られて一人五百円の弁当をそれぞれが注文することになる。お嬢様学校だけに金銭感覚が緩い学友たちから、しっかり者だと褒《ほ》められて苦笑しつつ、エマは久々に普通の十五歳の時間を過ごす。でもそれも、果菜たちが抱えている問題が一つ解決した安心からくる余裕なのだと、エマは判っている。

──卒業したら、高校に行かずにお屋敷にずっといるようにしたいのですが……誰一人賛成してくださらないでしょうね。星里家の皆様は頑固《がんこ》でいらっしゃいますから。ふと首元に触れ、そこにあるべきものがないことに気づいて、エマは少しだけ顔をしかめた。

覚悟を決めて、自分で選んだことなのに情けない。エマは、そう思う。笑いさざめく学友たちに囲まれながら、彼女たちとは無縁の世界に生きる大切な人たちのことを思っていた。

その頃、星里家は、意外な来客を迎えていた。ひと言で言えば、太ったオバサンである。

「おーっほっほっほ！　私、驚きましたわ。さすが星里のお嬢様！」

「……ど、どうして、この人、ここにいるの……」

「さ、さあ……」

リビングに座る富野沢登美子《とみのざわとみこ》さんを見た僕とはてなの驚愕《きょうがく》をよそに、端然と立つジーヴスさんは頭を下げた。

「お嬢様とお約束がおありとのことで、入っていただきました」

「はぅあっ！　約束なんてないよ！　嘘だよっ！　だいたい、この人、敵なのに！」

エマさんのブローチを壊した張本人が現れたのだ。怒らないほうがおかしいと思う。

「あらあらあらあらあらあら、それは違いますわ、果菜お嬢様。まあ、確かにアナタのマフラーは狙いましたけども。それはアーティファクトを持つものなら当然の習性ですわよ？」

オバサン、開き直ったぞ？

「アーティファクトはお互いに惹《ひ》きつけ合うと申します。優れたアーティファクトは一つの場所に集まりたがるもの！　メイヴさんが作った業物《わざもの》であればなおさらですわ。敵対しているのではなく、私は、私のもとに集めて差し上げたいだけ！」

「そんなのどうでもいいですから！　何しに来たんですか⁉」

富野沢さんに大きな顔を近づけられて、はてなは辟易《へきえき》した声をあげる。

「あら、もう来てたの？　ジーヴス、応接室に通してくれればいいのに」

「申し訳ありませんマライア様。富野沢様が勝手にここに来られましたもので」

「ふふふ、私、アーティファクトにはうるさいんですの。一級品が集まっている場所はすぐに判りますわ。マフラーといい、ステッキといい、なんて羨《うらや》ましい……」

流し目を向けられて、僕たちは寒気を感じる。

「あー、もう止めてよトミトミ。めんどくさいから。果菜、真くん、今回の協力者だった富野沢登美子よ。もちろん知ってるわよね」

「あなたたちも親しみをこめて『トミトミ』って呼んでいただいて、いいんですのよ?」

いいや、別に親しみたくないです。というか、お嬢様ってマライアさんのことだったのか……

「エマから頼まれた先日の試験結果は、あなたたちの勝利ってことでいいんだけど、ちょっと予想より彼女の持ち物を壊しすぎたみたいでね。トミトミが大泣きするから、壊れたアーティファクトを預かって姉さんに直してもらうことにしたのよ」

「えっ……アーティファクトの拡散を防ぐんじゃなかったんですか?」

驚く僕に、説明してくれたのはジーヴスさんだった。

「以前も説明致しましたが、富野沢様のお持ちだった『トミトミスライム』は、アーティファクトを代償《ゲッシュ》とするアーティファクトです。富野沢様はアーティファクトを集めて不要なものはスライムのエサにし、気に入ったものはしまい込む方ですので、害はないと判断されました」

「そうそう、私、無害なんですの!」

胸を張る富野沢さんだけど、手段も目的も自慢できる感じじゃないよね。

「じゃあ、壊れたアーティファクトは預かるわ。姉さんが修理を断るような危険なものに関しては諦《あきら》めてもらうわよ。あと、これが代わりの報酬《ほうしゅう》ね」

そう言ってマライアさんがテーブルに載せたのは、アーティファクト『トミトミスライム』だった。はてなたちが危険に晒《さら》されながら取り戻したアーティファクトなのに!

「ちょっ、これっ……」

「そう、前回、あなたたちが回収したアーティファクトよ。里ではさらに高性能なものを使っているから、このスライムは富野沢家に返すことになったの、その代わり」

「ええ、判っておりますわ。私の死後、私のコレクションはレルータの里に寄付いたします。自分の死んだあとのことなど知ったことではありませんからね。幸いにしてまだ独身ですし」

独身、を強調した富野沢さんは、なぜかジーヴスさんに身体を寄せる。

「私がお慕いしているのは、ずっと昔から、たったお一人の方なのです……その方と結ばれることができたなら、すべてのアーティファクトを差し出しても惜しくはないのですが」

「ははは、その殿方はお幸せですね」

1ミリも表情を動かさず、ジーヴスさんは半歩だけ富野沢さんから身体を離した。

「ああんっ、その冷静さもス・テ・キ」

全力で秋波《しゅうは》を送る富野沢さん。あの、ジーヴスさん、これって……

「……母様は、壊れたアーティファクトの修理、できるの？」

ぽつり、と尋《たず》ねたのは夢未ちゃんだった。

「え？　まあ、それはできるわよ。新しく作れるくらいなんだから。アーティファクトについている紋章からは、工芸魔術師なら真名や代償《ゲッシュ》、製法も読み取れるらしいわよ」

「紋章から、それが、判る……」

夢未ちゃんは何かを決意したように、僕とはてなの顔を見る。

僕は、ハッとした。マライアさんにも秘密にしている、夢未ちゃんの能力があれば……

——ブローチは、直せるのかもしれない。

その可能性に気づいて、僕たちはいても立ってもいられなくなっていたのだ。

富野沢さんが帰るのを待つのももどかしく、僕たちは、早々に部屋を辞してはてなの部屋に向かった。そこには、秘宝〈レルータの紋章〉がある。はてながメイヴさんに託《たく》された『紋章』は、アーティファクトを作り、最後にメイヴさんが紋章を刻むためのものだ。アーティファクトを制御する力があると聞いているけど、さっきの話で言えば、夢未ちゃんなら、アーティファクトの製法や真名も読み取れるのかもしれない。

はてなは、『紋章』をしまっているアーティファクトの小箱に命じて中身を取り出す。

誰にも触らせないようにしていた『紋章』を、最愛の妹に渡す。

「夢未、試してみようよ」

「うん」

夢未ちゃんとはてなは、手を繋《つな》ぐようにして『紋章』を持つ。

「じゃあ……僕のステッキを読んでみてよ」

「……ん」

夢未ちゃんは、僕のステッキに『紋章』を持つ手をかざした。

不思議なことに、その瞬間、夢未ちゃんの手の甲にレルータの紋章が浮き上がってくる。ぼんやりと輝く紋章は、それだけで荘厳な気持ちを呼び覚ますようだった。

「これは……夢未の力」

「『紋章』があると、すごく……楽。身体の中の魔力が『紋章』に集められてるみたい」

紅潮した顔で、夢未ちゃんが教えてくれる。

「ステッキの製法……見える。母様が、折れたオモチャのステッキを繋いでる……見たことのない素材をたくさん。でも、全部判る。……真名も見えた。すごい」

夢未ちゃんの髪の毛が、静電気でもおびたように舞い上がっている。ぱりぱりと弾けるように見えるのは、高まりすぎた魔力の塊《かたまり》だ。しばらく放電するように魔力を放出して、ふう、と夢未ちゃんは力を抜いた。

「びっくりした……〈レルータの紋章〉に、こんな力があるなんて」

「そりゃあ、マライアさんが最初に盗もうとするわけだね」

〈レルータの紋章〉があれば、僕たちの手でブローチを修理できるかもしれない。謝ることと、アーティファクトが直せることは別の話だ。それでも、少しだけ目の前が開けた気がして、僕たちは久しぶりに微笑みを交わし合うのだった。


大奇術師『サー・キャメロット』ことグレゴリー・キャメロット先生は、人の三倍ほどの朝食を平らげ、好物だと言って飲んでいる美味しくなさそうなプロテインをがぶ飲みしてから僕のほうに向き直った。隣では、ディナが常人の半分くらいの朝食を辛そうに食べている。

「小僧、あれからしばらく経ったが、準備はできたかね」

正面から問われて、僕は言葉に詰まる。

「は、はい」

僕は姿勢を正した。はてなたちが特訓している隣で、僕もいくつもの奇術を練習していた。

やり方も判らないものも多かったけど、衛師匠の持っていた奇術道具のお陰もあって、今までより大がかりな奇術もできるようになっている。

「そうか、ならば次の公演が終わったら見せてもらおうか。そろそろ、次の予定を決めねばならんのでな」

グレゴリー先生は、そう言うとなぜか上腕部の筋肉を誇示《こじ》するようなポーズを取る。

……これって、打ち解けてきたってことなのかな？

「おじさま、桔梗院が泣いていましたよ。大人気の奇術師が、いつもギリギリまで予定を決めない上に、大きな舞台より小さな公民館みたいな所でばかり公演したがるって。ラスベガスの大ステージを満席にできるのに、酔狂が過ぎます」

マライアさんが呆れ顔を見せる。

「今の質問だって、真くんを弟子に取ったらしばらく日本にいるつもりなんでしょう？　そこまでは付き合わせられません。むしろ、真くんがおじさまについていけばいいんじゃない？」

「えっ、ダ、ダメだよ！　真はここであたしたちと暮らすんだから！」

「だから、ここは危ないの。これ以上一族のことによその人を巻き込みたくないでしょ？」

そうか、僕は一族じゃないから、逆にマライアさんは出て行けって言わなかったのか。

荒っぽいけど筋の通った美女に、僕は少し感心する。

「そう、ダメだね。先生の弟子はボク一人で十分だから」

ふぁさ、と銀髪をかき上げて、美形は澄んだ声で断定する。それからディナは僕を睨んだ。

「先生は甘いけど、ボクは、キミのことはまったく認めていない。大マジシャンであるマモルさんから何も学べていないのにグレゴリー先生に乗り換えようなんて虫酸《むしず》が走る」

——それ誤解だから。説明できない自分が辛い。衛師匠、目を逸《そ》らさないでください。

「キミの奇術、ボクも見せてもらうよ。最低でも、ボクにできない奇術が一つくらいなければ、弟子入りの資格はない。それは覚えていてもらおう」

美形の断言に、僕は返す言葉もない。だけど、僕が奇術の練習に使っているのは市販のDVDや本ばかりだ。奇術のタネは、ほとんど公開されることなく師匠から弟子へと受け継がれる。ディナが言っているのは、衛師匠のオリジナルを一つくらい学んでいるのか、ということだ。

そりゃあ、僕がスマイルステッキを使えば、いくらでも衛師匠の奇術を再現できる。でも、それじゃ意味がないから、僕はグレゴリー先生から習いたいのに。

「ははは、ディナクンは手厳しいなあ。真クン、頑張るんだよ」

妙に軽い調子で、師匠が笑う。グレゴリー先生も、なぜか笑った。

「なるほど。それは面白い。ディナにできない奇術か。さすが我が弟子、よい課題だ」

満足げに銀髪をぽんぽんと叩くグレゴリー先生の豪腕を、ディナは鬱陶《うっとう》しそうに払う。

「先生、ボクは本気ですよ。もしマコトがろくなマジックもできなかったのに弟子にしたら、先生の大事にしている筋トレ用品を全部処分しますからね。航空券の手配や美味しいラーメン屋情報検索もやりませんから」

「おいおいディナ、それは困るな。小僧、そういうことだ。楽しみにしているぞ」

グレゴリー先生は、戯《おど》けた仕草でそう言うとリビングを出て行く。

「キミは、マモルさんから学ぶべきだ。では、失礼する」

ディナが続き、僕は衛師匠を見る。彼は満面の笑みを浮かべていた。

「よかったな。真クン、条件が判りやすくなったよ。頑張りたまえ」

「師匠、オリジナルの奇術を教えてくれるんですか？」

「奇術のタネがアーティファクトだとばれないようにする話術やテクニックなら教えてあげられるよ。おそらく世界で僕一人しか使えない技だと思うが、どうだい？」

「……いいです。自分で頑張ります」

溜め息まじりにはてなを見ると、なぜか不思議そうな顔で僕を見ている。

「どうかした、はてな」

「う、ううん……べ、別に、何でもない……かな？」

はてなは日本人形みたいな顔を少しだけ赤らめて食事に戻る。

その隣では、ほうれん草を残そうとする夢未ちゃんをエマさんが窘《たしな》めていた。

エマさんの首元には、やはりブローチはない。僕は、二人の師匠からの課題をどう解くのか判らず、溜め息をつくのだった。

「それなら、いいものがあるわよ。壊れたアーティファクトの欠片《かけら》」

僕たちの計画を聞いて、そう笑顔を作ったのは桔梗院心美さんだった。

「はてなたちが富野沢の別荘で壊したアーティファクトの欠片、いくつか私の部下が回収してるの。あれだったら、練習に使っても問題ないんじゃない？」

アーティファクトの情報を、夢未ちゃんが『紋章』で読み取れるといっても、確実に修理できるわけじゃない。精神集中の修行を続けていたけど、実際にアーティファクトを作れるようにもなっていないんだ。新作を作るのと修理するのは別かもしれないけど、エマさんの大事なアーティファクトを触るには経験が絶対的に足りない。それが僕たちの答えだった。

「それ、名案かも。心美、その欠片、貰っていい？」

「いいけど、条件があるんだけど」

怪盗成功直後に電話をかけてきて、根掘り葉掘り僕たちの状況を聞いていた彼女は、どうやら最初からこの展開を予測していたようだ。ポケットからいくつもの欠片を取り出す。

「これは、折り紙型アーティファクトの欠片よ。折り方次第でいろんなものになるみたいね。メイヴさんの作じゃないけど、一時は市場に大量に流れていたみたい。この欠片でも普通の折り紙くらいの大きさはあるから、修理できれば使えるはず。だから、修理が成功したら――」

「まさか、心美のものにしたいっていうの？」

「まあ、代償が釣り合えばだけどさ。富野沢のおばさんみたいに太るとかだったらパスだけど」

「アーティファクトが悪い人の手に渡らないように、母様は頑張ってるんだけど……」

「はてな、私はあなたの味方でしょ？　いい人じゃない」

「……それってどうなの？　真、これって一種の脅迫だよね？」

その後、桔梗院さんに押しきられ、夢未ちゃんが許せば大丈夫という話になったのだった。

桔梗院さんと三人で屋敷に戻ると、既にエマさんが帰宅していた。生徒会役員の仕事もあるはずなのに、エマさんは本当にいつ寝ているのだろう。

「あ、エマさん……」

「ようこそいらっしゃいました、桔梗院様。お帰りなさいませ、お嬢様、真くん」

淑女の礼で迎えてくれる彼女の仕草はいつも通りで、首元にブローチがない以外は落ち着いている。そのことが、僕たちを少しだけ不安にさせた。衛師匠の課題の答えが、エマさんに謝ることじゃないとしたら、僕たちは、何をしなければならないんだろう。

「お邪魔《じゃま》します。エマさん、お人形ちゃんはどこですか？　今日は彼女に会いに来たんです」

「夢未お嬢様は、お部屋です。鍵をかけて、ずっと何かをなさっているようですが……」

「判りました。はてな、真くん、行くわよ」

人の家でもリーダーシップを取る桔梗院さんに苦笑しつつ、僕たちはあとに続く。

「では、後《のち》ほどお茶をお持ちしますね」

「ぼ、僕がやりますから、大丈夫です。ね、はてな」

「う、うん。エマさん、そういうことだから！」

僕たちがバタバタと廊下を走っていくのを、エマさんは不思議そうな顔で見送っていたのだ。

部屋の中に籠《こ》もって何かをしているお嬢様たちを気にしつつ、エマはジーヴスと屋敷の清掃に奮闘していた。実際、奮闘なのだ。今の彼女には十五歳の少女の力しかないのだから。

「ふう……ふう、すみませんジーヴスさん、この置物を動かしていただけますか？」

「了解しました。ですがエマ、しばらく力仕事はしなくてよろしいと申し上げたはずですが。私一人でどうにかなりますし、なんとなればアーティファクトを使って代行しますから」

「い、いえ。これは、私の仕事です」

「……あなたも頑固ですね」

屋敷の維持は、本来は十人以上の人手が必要なのに、二人で行っているのだ。メイド服のサポートを受けたエマと、屋敷全体を掌握《しょうあく》するアーティファクトであるジーヴスだからできることだった。普通の少女と同じ力しかないエマが同じことをしようとするのは無茶だった。

「無理を通して道理を引っ込めるくらいでないと、このお屋敷では働けませんから」

「マライア様の仰りそうな台詞ですね。エマさん」

エマは、心底嫌そうな顔をした。

「ジーヴスさん、それはさすがにひどいのでは？」

「ほっほっほ。ジーヴスが愚考致しますに、お二人はどこか似ておられますよ」

「悪口ですよね？」

「さて、どうでしょうな。しかし、メイヴ様がいつ戻られるか判らない状況で、メイド服が壊れたのは難儀ですな。お屋敷の中のことはどうにでもなるのですが……」

「確かに、今の私では、お嬢様たちをお守りするのは難しいですね」

平気な顔をしながら抑《おさ》え込んでいた不安を指摘され、エマは顔を曇《くも》らせる。

「そうよね。自分の身を守ることすらできないメイドさんは、屋敷から出て行ったほうが安全かもね。アーティファクトを手放せば、私たちはただの女の子ですもの」

「ご心配なく。ただの女の子ではなく、優秀なメイドですので。お客様に会話を盗み聞きされても怒らないくらいには訓練されております」

いつの間にか、二人の背後にマライアが立っていた。

「ふふふ、廊下で話していたんだから、文句を言われても困るわ」

「マライア様、私も感知できておりませんでしたから、アーティファクトを使って隠れておられたのでしょう？　お行儀が悪いですぞ。子どもの頃ならお仕置きするところでございます」

「やだ、止めてよジーヴス！　あなた手加減ってものを知らないんだから！」

余裕のあった顔に焦《あせ》りを浮かべるマライアの気持ちが、エマはちょっと判ってしまう。

「まあ、それはともかく、ブローチが直るまで屋敷を離れてもらう可能性はあるわよ。既にアーティファクトを狙う魑魅魍魎《ちみもうりょう》どもが動きだしてるし、お陰で探していたものの場所も判りつつあるわ。人質候補を増やすのは勘弁してもらいたいところね」

「……わざわざ使用人を誘拐して主を脅迫する、愚《おろ》かな犯罪者はいないと思いますが」

反射的に答えたエマに、マライアは今まで見せたこともない厳しい表情を向ける。

「本気で言っているのなら、あなたの評価はかなり下げなければいけないわね」

「……申し訳ありません。失言でした。お許しください、マライア様、ジーヴスさん。ですが」

「判っております。あなたがどうしてもここにいたいと思っていることは」

老執事が、深々と頭を下げた彼女を支えるように手を差し伸べた。

「ジーヴスが愚考致しますに、そろそろ、十分にタネは仕込まれたはずです。もうじき、奇跡が起きる気がしますな。ああ、これは予言ではありませんぞ。経験に基づく予測です。私が仕えてきた方々はなぜか、他人を笑顔にする才能に溢《あふ》れているのですから」

そう微笑む数百歳の屋敷アーティファクトを、仲が悪いはずの二人は同じような表情で見つめていたのだった。


それは、数日後の夕食後のタイミングだった。ディナたちは、明日にも公演から帰ってくる。はてなと夢未、そして真は、エマの部屋をノックした。

「どうぞ」

優しい声がして部屋に入ると、お風呂に入るつもりだったのか、髪を下ろしたエマがいた。

「皆さん連れだってどうしたのですか？　お夜食でしたら、すぐにお作りしますが」

「違うの、エマさん……お願いがあるんだけど」

「お願い……でございますか？　果菜様と夢未様のご希望とあれば、私、すぐにも脱ぎますが」

僕もいるのでそれは勘弁してほしい。もちろん、冗談なのは判ってるけどね。

「あの……あのね、エマさんのアーティファクト、壊れちゃったでしょう？」

「……まさか、それを謝りたくて来られた、なんて仰いませんよね？」

すうっ、と目を細めたエマさんの表情が、その選択が彼女にとって嬉《うれ》しくないものだと伝えている。間違えなくてよかったと、大人たちのアドバイスに感謝したところで、夢未ちゃんが、珍しく自分から前に出た。

「違う。わたし、練習した」

「そうなの。あたしたち、あれからずっと……練習してたんだ」

はてなは、〈レルータの紋章〉を取りだして、エマさんに見せる。

「夢未の力と、〈レルータの紋章〉があれば……母様がいなくても、アーティファクトを修理できるの。あたしたちに、エマさんのアーティファクト、修理させてください！」

二人は、同時に頭を下げた。僕も口添えする。

「エマさん、あれから、壊れたアーティファクトをいくつも修理して練習したんです。エマさんのアーティファクトはメイヴさんが作った特別製だから難しいかもしれないけど、二人に、試させてあげてくれませんか？」

「……ですが、壊れたアーティファクトは爆発したりすることも多いのです。お嬢様たちを危険に晒すわけにはいきません。メイヴ様が戻られたらきっと直していただけますし……」

眼鏡のメイドさんは、はてなたちのことを気遣う。でも二人は引きさがらない。

「危ないと思ったら止める。傷が大きくなりそうだとしても止める」

夢未ちゃんの真剣な表情に、エマさんは逡巡《しゅんじゅん》する。

「なんていうか、このままだと、試験が失敗だった気がするの。お願い」

「実験してみて、失敗しても何も起こらないだけで、アーティファクトが余計に壊れたりすることはないのは確認してます。やらせてください」

「それでも……私のために、お嬢様たちを危険に晒すようなことは……」

やはり、粘土人形や失敗作が爆発した印象が強いんだろう。エマさんは夢未ちゃんの身を案じているんだ。ところが、その時だった。

「えっ……」

「あっ！」

はてなの首から、彼女のアーティファクトであるマフくんがするりと抜けだし、夢未ちゃんのアーティファクトであるガウガウが、彼女の足もとを離れてエマの部屋の枕元に飛んだ。

「ガウ！」

「わわっ！」

二つのアーティファクトに呼ばれるように、僕の服に隠されていたスマイルステッキも、まるで自分の意思を持つように合流する。三つのアーティファクトの中心に、ブローチはあった。

メイヴさんの心が籠もったアーティファクトたちの、それは総意に思えた。

「……直してほしい、と言っているんですね。そのブローチが」

三つのアーティファクトに囲まれて淡い光を放つブローチを見て、エマさんは頷く。

「お願いします、夢未様。私の宝物を、直してくださいませ」

エマさんは、そう言うと僕たちを部屋に招き入れたのだった。


練習した通りに、僕たちは〈レルータの紋章〉を用意した。夢未ちゃんが、紋章に手をかざす。

「……魔力を、集中。心を、集中」

額にじっとりと汗を浮かべて、夢未ちゃんはアーティファクトに魔力を送る。

アーティファクトの修理は、紋章に書き込まれている魔力回路を修復し、足りない部品を作り出すことで行えるらしい。ヒビくらいなら、魔力を注ぎ込むだけで修復する力を、紋章は持っていることが判った。折り紙状のアーティファクトを何枚もダメにしたけれど、それだけの成果はあったんだ。だけど、持っている力が格段に強いエマさんのアーティファクトを修理できるかは判らなかった。

「……すごい。母様のアーティファクト……魔力をどんどん吸い取っちゃう……まだ、紋章に書かれた情報も……見えない……」

汗は滝のように流れているのに、夢未ちゃんの手の甲にある紋章は弱い輝きしか浮かべず、ブローチの上に置かれた〈レルータの紋章〉も、淡く発光するだけだ。

「くっ、ううう」

「夢未様、無理はなさらないでくださいっ！」

心配そうに、エマさんが止めに入る。

「だ、いじょうぶ」

「夢未、あたしも手伝う！」

苦しそうな夢未ちゃんを、はてなが支える。その瞬間。

はてなの身体から夢未ちゃんを通して、強い光が生まれる。

ブローチが強く輝き、エマさんの部屋は、何も見えないほど白く染まったのだ。


据《す》えた匂いの立ちこめたスラムのような町並みの奥にある、路地裏の荒ら屋《あばらや》。

日本で暮らす真たちには馴染みは薄いが、世界では珍しくない、辛い光景。

その一室で、少女は、目だけをらんらんと輝かせて、初めて見る美しい女性を見つめた。

「この子はね、捨てられていたんですよ。私が育てたんです」

ストリートチルドレンを集めて、物乞《ものご》いのマネをさせて暮らしている男が下卑《げび》た笑みを作る。

「ありがとう。二人だけにしてくれるかしら」

豪奢《ごうしゃ》な金髪の女性は、嫌悪のひと欠片も見せず、男にひと握りの金を渡した。

「へへへ、いいところの子じゃねぇかと思って、大事にしてたんすよ……そうだ。こいつの、持ってたものも、売らずに取ってあるんです。持ってきましょうか？」

すっと、垢《あか》で汚れた手を差し出す。金髪の美女——メイヴは、頷いて再びお金を渡した。

男が持ってきたのは、薄汚れた小さなメイド服と手紙、輝きのない髪飾り。手紙は封が破れ

ていて、中に入っていたのであろうお金は抜き取られていた。自分が拾う前になくなっていた、と言い訳する男を今度こそ無視して、小さな包みにしがみつく少女に話しかける。

「それは、あなたのものなのね」

こくり、と頷いた。彼女がたくさんたくさん働いたら返してくれると、あの男が言った、自分が捨てられた時に持っていたもの。彼女の知らない思い出の縁《えにし》を抱きしめる。

「見せてくれるかしら」

少女は、恐れるように身体を硬くして、拒否の気持ちを伝える。メイヴが手を伸ばすと、取られまいと後ろに下がる。優しい手が触れたのは、メイド服ではなく彼女の髪だった。

「……間に合わなくて、ごめんなさい」

メイヴは、彼女のやせ細った身体を抱きしめた。彼女のものであるメイド服ごと。

美しい頰に流れる涙を、不思議そうに少女は見つめていた。

「……あの……あの……」

少女は、小さな手で必死にメイヴの涙を拭《ふ》き取ろうとする。メイヴは、その可愛《かわい》らしい仕草にやっと笑顔を取り戻した。少女は、ぽつり、と呟く。

「あなたは……あたしがだれだか……しってるんですか？　パパは、ママはいるんですか？」

メイヴは、胸を突かれた。彼女は、あるアーティファクトを継承する一族の関係者だった。一族の中で何があったのか、それとも何者かに襲撃されたのかは判らないが、一夜にして彼女の暮らしていた里にいた人たちはちりぢりになっていた。メイヴは、その安否とアーティファクトの行方を辿るうちに、事件の日に捨てられていたという少女の存在を知ったのだ。

「どうして……こんな小さな子までっ……」

みんなを幸せにするために作られた魔術具のせいで、こんな子どもが不幸になっている。

その事実がやるせなく、許せなかった。少女が落ち着くのを待って、メイヴは手紙を見た。

「……そう、あなたのお母さんたちは、あなたを逃がしたのね」

そこに書かれていたのは、まだ名前もつけていない子を残していく辛い気持ち。

「ねえ、そのメイド服と髪飾りをくれたら、私あなたのお姉さんになってあげる。どう？」

少し考えて、少女は首を横に振った。

「……ダメ。これは、あたしの。あたしが、パパとママから貰ったのは……これだけだもん」

「だけど、それは危ないものなのよ」

「ダメっ！　ぜったいに、ダメー！」

「……そう。仕方ないわね。じゃあ、あなたはこれから、うちの里に来る？」

メイヴも泣く子には勝てず、彼女を安全な自分の里で養育することにした。

エマ、というのはその時にメイヴがつけた名前だ。メイヴは彼女の髪飾りに封印を施し、メイド服は、彼女を守るアーティファクトに変えた。レルータの里で暮らすのであれば、アーティファクトは必要なものだった。外の人間を受け入れることが少ない隠れ里になかなか馴染めず、エマは苦労していたようだ。特に、メイヴが衛と駆け落ちしてからは。

「どうしてですか……メイヴ様」

エマは、メイヴが日本に行ったと聞いた日から、日本語を学んでいた。翻訳《ほんやく》を得意とするアーティファクトもあるが、エマはそれに頼ることすらしなかった。

「どうして……どうして、私を連れていってくれなかったんですか」

エマは、一人の部屋で何度も呟く。両親にも同じことを言いたくなる。私は、ついていきたかった。危なくても、怖くても、命の危険があっても。大切な人の傍《そば》にいたかったのだ。

心配だから、安全なところに置いていくなんて……ひどすぎる。

「おいていかないで……頑張るから……おいていかないでください……一人にしないで」

とめどなく零《こぼ》れる涙のあとでノートがふやけるほど、彼女は泣き続けた。メイヴさんが、本家のお屋敷を盗みに訪れる、その日まで――

――光が収まった時、僕たちは泣いていた。

最初に立ち直ったのは、エマさんだった。

「……こ、これは、お恥ずかしいものをご覧にいれてしまったようですね」

「エ、エマさん……これって……」

溢れる涙を拭くこともせず、はてなが尋ねる。

「……嘘をついても仕方ありませんね。これが、私のメイド服の由来です。私を置いていった両親が残してくれたメイド服を、メイヴ様がずっと着られるようにアーティファクトにしてくださったんです。もともと、子ども服だったんです。コスプレさせたかったんですね、きっと」

涙を拭いて笑いに変えようとするエマさんだけど、残念ながら失敗している。

「そ、そんな……そんな大切なものを……エマさんっ、どうしてっ！」

はてなは、泣きながら怒っていた。やり場のない感情が溢れていた。

「……エマさん、これ」

夢未ちゃんが、そっと手のひらにのせてブローチを差し出した。

そこには傷一つなく元通りになったアーティファクトが輝いている。

「……ありがとうございます、夢未様」

大事そうに、夢未ちゃんからブローチを受け取って、優しく撫で、僕のほうを見る。

「ふふっ、そんなに困った顔をしないでください、真様」

「でも……」

「このブローチの名は〈名もなき愛情《ネームレスラバー》〉。名も知らぬ両親が、名前もつけていなかった私に残した愛情の証です。そんなに悲しそうにしなくても、私はメイヴ様やジーヴス様にも会えましたし、里で暮らしている時だって結構幸せでしたよ。そんなに同情されるのは心外です」

くすり、と笑ってみせるエマさんに、はてなは納得できないようだ。

「エマさんっ……エマさんのバカっ！　直ったからいいけどっ、もしもあたしが失敗してたらどうするの！」

「絶対に失敗しないと判っておりましたので。もし、それでうまくいかなかったとしても、私は後悔しなかったと思います」

にっこりと笑うエマさんに、はてなは二の句が継げない。エマさんはくるり、と僕らに背を向けた。

「皆様、本当に感謝致します。せっかくですので、お風呂に入って身を清めてから、アーティファクトを着用させていただこうと思います。それでは、お礼は改めて」

エマさんは、足早に部屋を出て行く。自分の過去をいきなり僕たちに知られてしまったエマさんは、どんな気持ちだったんだろう。

「夢未、エマさんのこと、なにも知らなかった」

悲しそうに呟く夢未ちゃん。そしてはてなは、唇《くちびる》を嚙む。

「あたし……絶対納得できない！」

はてなはエマさんのあとを追った。僕は、はてなにあとを託して、彼女が帰ってくるのを待つことしかできなかったのだ。


「……一人になりに来たのですが」

「判ってるよ。だけど、ほっとけないんだもん」

星里家の大浴場で、果菜とエマは肩を並べて湯船に浸かる。少なくとも、涙は止まっていた。身体が温まるとともに少し頭が冷えて、果菜は少しずつ言葉を紡《つむ》ぐ。

「エマさん……」

「なんですか」

「あのね、あたし、最初、エマさんにアーティファクトを壊したことを謝らなきゃって思ってたの。でもね、父様とジーヴスさんに止められて、すごく、悩んでたんだ」

「……謝る必要はないのですよ。私が自分で決めてやったことですから」

予測通りの答えに、果菜は微かに微笑む。

「エマさんらしいね。あたし、エマさんがブローチに込めた思いを見せてもらって、少しだけ納得した。あたしも、同じだもん。安全なところで母様たちの帰りを待つより、一緒に大変な思いをしたほうが、ずっといいと思う」

「両方を経験した立場で言えば、保護者の立場としては、それは嬉しくない決断なのですよ。子どもだけでも幸せになってほしいとか、辛いのは自分だけでいいとか思うものなのです」

はぁ、と大げさに溜め息をついてみせるエマと視線が絡み合う。

「『子どもだからって、子ども扱いはやめてほしいよね』」

意見がぴったり合って、二人はやっと笑い声を発した。

「……でも、でもね、エマさん。やっぱり……ごめんなさいってね、言わせてほしいんだ」

考えに考えて、果菜は、震える声で言った。

「怪盗ハテナはあたしの夢。人の悲しみを盗んで、笑顔に変える怪盗になりたいのに……エマさんに辛い思いをさせて……悲しませてしまって、ごめんなさい」

「……まあ、なんて我が儘で……素敵な謝罪なんでしょう」

エマの目にも涙の欠片が光る。

「そうですね。その謝罪なら……受け入れます。もっと素敵な、すごい怪盗になって、私の、私みたいな子どもたちの涙を、全部盗んでくださいませ。怪盗ハテナ様」

「……うんっ、うん」

果菜は、大好きなエマの腕の中に飛び込む。エマは、彼女を固く抱きしめる。

「エマさん、ありがとう……大好き。あのね、あのね……あたし、エマさんを、お姉さんだと思ってるから！　エマさんは、あたしたちの家族だからね！　エマ姉さん、ありがとうっ！」

「どうして……果菜様はここぞという時に私の一番欲しい言葉をくださるんでしょうね」

エマは、果菜を抱きしめて、温かい涙を流す。果菜もしっかりと抱き返した。

幸せな気持ちの中で、エマは考える。

――ですが果菜様、私が大切なメイド服を賭けられたのは、あなたと夢未様のためだからです。確かに、両親から貰ったメイド服は私にとって一番大切なものです。だけど、どんなものよりも、アーティファクトよりも、私には、お二人の笑顔のほうがずっと大切ですから――

胸の奥の思いは、言葉にしない。しなくとも伝わっていると思える。

桜井エマは、星里家の一族ではないかもしれない。でも果菜たちが、エマ自身が知っている。

エマが、このお屋敷の大切な家族であるということを。

エピローグ

「反則だ！」

銀髪の美形、ディナは立ち上がって怒りを表明していた。

「何を言うディナ。試験は、合格だろう」

グレゴリー先生は、丸太のような腕で暴れるディナを取り押さえる。

「ですが先生っ、これでは約束が違います！」

「んー、ディナクンのできない奇術を見せるという約束だったのだから、真《まこと》クンは結果を出したのではないかな？　僕はそう思うけどね」

「マモルさんまで！　そんなの、おかしいです」

「いやあ、だけど、ねぇ」

僕は、小ホールに作られたステージの上から師匠たちの笑顔を見て、心臓を高鳴らせている。

「……大丈夫だったかな」

小声でそう聞いた僕に、長い黒髪を頬《ほお》に張りつかせた美しいパートナーが笑顔を向ける。

「大丈夫よ。なんといっても、このあたしがパートナーなんだから」

そう言って胸を張るはてなはとても頼もしい。

「真兄様、すごい！」

「真様、素敵ですわ！　サインをいただいておきたいくらいですね。そのうち高く転売できるかもしれませんし」

観客席から拍手してくれるのは、夢未《ゆめみ》ちゃんとエマさんだ。桔梗院《ききょういん》さんたちも見に来ている。エマさんの首元にはブローチが燦然《さんぜん》と輝き、アーティファクトであること示していた。

「……なるほど、とは思うけどね。これって、真くんのアイデアなの？」

苦笑するように言ったのはマライアさんだった。

「……はは、一応は」

僕は、今日の演目を思いついた日のことを思い返していた。


お風呂から二人で出てきたはてなとエマさんは、気持ちを通じ合えたみたいだった。

みんなの前でメイド服に変身してくれた時は、拍手が溢《あふ》れた。お礼代わりにエマさんが淹《い》れてくれたお茶を飲みながら、夜が更けるまで話をしたんだ。

「でも、やっぱり失敗してたらと思うとドキドキしちゃう。次からは先に相談してくださいね」

「判《わか》りました。でもお嬢様、私には、絶対に成功する確信があったのです」

「え……」

お風呂上がりでいい匂《にお》いがするエマさんは、自信満々に言い切った。

「前回忍び込んだ時は、果菜《かな》様はお一人で行かれましたね。ですが、今回は真様が一緒です。夢未様のサポートもありました。富野沢《とみのざわ》家は、星里《ほしさと》家と本気でことを構えるつもりはないはず。であれば、三人の力を合わせれば確実に大丈夫だと計算していたんです」

「……でも、ブローチ壊れた」

「そうですね。そこは予想外でした……ふふ、この子は、私以外に触られたくなかったのかもしれませんね。ああ、でも、夢未様たちは大丈夫だと思いますよ。着てみますか？」

「えっ、や、やだ。壊れたら困る」

「大丈夫ですって。私の家族みたいなものですし。サイズは着る人によって勝手に変わるんですよ。あ、そうだ。真くんが着てみますか？　案外似合いそうな……」

さりげなくひどいことを言いだすのはやめてください、エマさん。気にしてるんですから！

「前回は、あたしも焦ったもんね。今回はジーヴスさんの特訓もあったから」

「マライアさんも、アーティファクトの使い方を教えてくださったのでしょう？」

「少しだけ判るようになったの、最近だけどね」

「もっと、戦い方と技の名前を考えたほうがよろしいですね。格好いい名前を考えましょう」

仲良くおしゃべりする三人を見ていると、嵐が一つ過ぎ去ったのを感じる。衛《まもる》師匠の課題は、きっとお互いの気持ちを確認して認め合うこと、だったんだと思う。特に、あの時エマさんに謝っていたら「ブローチを壊した謝罪」という的外《まとはず》れな展開になったはずだ。

たぶん、今みたいに本当の意味で距離が縮まることはなかっただろう。今回のことで判ったのは、凄《すご》い力を持っているアーティファクトがあっても、チームワークが大切だということ。

前回あれだけ大変なことになった富野沢コレクションへの侵入を、こんなに簡単に成し遂げたんだ。これからはてなが怪盗を続けていくには、みんなの協力が必要だろう。

エマさんの本当の気持ちも判ったし、あとは僕がグレゴリー先生の弟子《でし》になれれば……

――あれ？　考えてみたら、僕も、少し勘違いしてないか？

「どうしたの、真。変な顔して」

「……あのさ、はてな。ちょっと、相談があるんだけど」

一度思いつくと、どうしてもそれが正解に思えてならない。いや、違う。もし師匠たちが考えている正解じゃなかったとしても、これが、僕の正解だと思う。

僕がアイデアを話すと、はてなは頰《ほお》を紅潮させ、僕の手を取って頷《うなず》いてくれた。

「判った！　だってあたし、真のパートナーだもんね！」

エマさんたちも頷いてくれる。そして僕たちの、最後の試験が始まったのだった。


――結果は、大成功だったと思う。はてなをパートナーとしての『人体消失マジック』や『瞬間移動マジック』を行ったのだ。どちらも古典といえるマジックで、仕込むべきものも多く星里邸の小ホールに元々練習用の仕掛けがあったからできた奇術だ。それでも、付け焼き刃で成功させられたのは、日頃の努力とはてなの鍛え抜いた運動神経のお陰《かげ》だった。

最後まで成功した時、みんなが拍手をするなかでディナだけが不満げだった。

「こんな古典的な奇術で、先生に弟子入りするなんて無理だ。これで、話は終わりですよね。先生。航空券の手配をしますね」

「……何を言っているディナ。彼は、条件を満たしたぞ。小僧、名をなんと言ったかな」

尊敬する紳士《しんし》に改めて名を問われ、僕は姿勢を正して帽子を取る。

「不知火《しらぬい》真です。サー・キャメロット」

「マコトだな。弟子入りを認めよう。励《はげ》むがいい」

「師匠、どうしてですか！　こんなマジック、ボクにだってできます！」

激高するディナに、グレゴリー先生はにやりと獰猛《どうもう》な笑顔を浮かべた。

「ほう、ではやってみるがいい。ほれ」

先生は、ディナに自分のステッキを放った。

「えっ、で、でも、マコトの行った奇術は一人ではできません」

「……ほら、できないではないか。ディナのできない奇術をやれば合格だと決めたのは誰だったかな」

「なっ、そ、そんなっ！　ずるいっ！　反則だ！　ボクは認めないッ！」

激怒するディナをよそに、僕の弟子入りは無事に決まり、グレゴリー先生たちもしばらくこのお屋敷に逗留《とうりゅう》することになった。

「よかったね、真。やっと、真の役に立てたみたいで……嬉《うれ》しい」

「ありがとう。今回の成功は、全部はてなのお陰だよ」

わずかな期間で、奇術師自身より難しい動きを勉強しなければならなかったんだ。はてなの頑張《がんば》りがなければ失敗したに違いない。はてなはジーヴスさんの訓練に比べれば楽だと言ってたけどね。こうして、やっとのことで僕は本格的に奇術を学べることになったのだった。

早朝、学校に行こうと玄関ホールに集まった僕たちを、身軽な格好に鞄《かばん》を一つ持った金髪女性が待っていた。彼女は、来た時と同様になんの予告もなく言った。

「じゃあ、私はそろそろお暇《いとま》しようかしら」

夏休みも近づく熱波の中、マライアさんはいきなりそう言いだした。

「このお屋敷を守りながらアーティファクトの回収をするつもりだったけど、果菜たちがいるんじゃ自由に動けないし。戦力を集中しすぎるのはよくないわ」

「と、仰《おっしゃ》っていますが、ジーヴスが愚考《ぐこう》致しますに、今までのことがあるので居心地が悪いということでございますね。マライア様、お戻りをお待ちしております」

「……ジーヴス、あなた、性格悪くなったんじゃない？」

「ほっほっほ。マライア様のおしめを替えていた時から変わっておりませんが」

「……意地悪。じゃあ、また来るわ」

そう言い残して、金髪の巨乳美女は風のように屋敷を出て行く。

「あっ、マライアさんっ、……もう、色々聞きたいこともあったのに」

はてなが追いかけたけど、間に合わなかった。

「またすぐに会えますよ。アーティファクトに関わる限り」

エマさんがそう断言した。ちなみに夢未ちゃんは気合い十分でプールの用意をしている。

「姉様も真兄様も頑張った。あとはわたしの番」

アーティファクトの修理でも大活躍した夢未ちゃんは、プールの試験も合格して苦手を克服すると決めたみたいだ。いい影響を与えられたみたいで嬉しいな。

その時、大きな足音を立ててグレゴリー先生が玄関ホールへやってきた。

「おお、入れ違いであったか。マライアの用事が終わったら、この手紙を渡してくれとモリガンに頼まれていたのだが」

すぐに渡すのではなく、マライアさんと僕たちの試験が終わったら渡すように託されていた手紙らしい。僕は、すぐに師匠の元に走る。

「衛師匠、これ……」

「なんと。里長《さとおさ》からの手紙か……本来はマライアが読むべきかもしれないが」

師匠は、どこからともなくペーパーナイフを取りだして手紙を開封する。

ざっと目を通して、眉根を寄せた。

「義母《かあ》さんは、こうなることを予測していたようだね」

師匠は、盛大に溜《た》め息《いき》をついた。

「メイヴを里での仕事から解放したければ、失われている三つのアーティファクトを回収せよ、そう書いてある。誰が持っているかは判らないけど、おそらく、日本に集まるだろう、と」

ひらり、と手紙が渡される。外国語で僕には読めないけれど、三つの写真が添えられていた。

「……これがあれば、ママは帰ってこられるのね！」

はてなの目に、熱意の輝きが灯《とも》る。彼女の気持ちは聞くまでもない。

どうやら、忙しい夏休みになりそうだった。


外は、初夏の日差しで溢《あふ》れていた。濃い緑が、夏の訪れを告げている。

「プール、頑張る」

「ふふっ、きっと大丈夫だよ。一緒に練習したもんね」

僕の腕にぶら下がるようにして歩く夢未ちゃん。はてなは心配そうだ。

「ちょっと、一緒に住んでるのは内緒なんだから、あまりくっつかないの」

「別にばれても問題ない」

「あるでしょ！　一応、乙女なんだから！」

顔を赤くする姉をよそに、金髪の次女は僕の顔を覗《のぞ》き込む。

「噂《うわさ》になったら嬉しい？」

「な、な、な、何言ってるのよ夢未っ、そんなのダメだよ」

慌《あわ》てる黒髪の美少女の腕を、眼鏡美少女が優しく摑《つか》む。

「ふふ、いいじゃないですか。果菜様は私と登校しましょう」

イタズラっぽい笑顔で、手を引くように歩き出す。

「えっ、で、でも、エマさんは学校では人気者だからっ、目立っちゃうよ」

「果菜様も美人で有名ですから、とっくに目立っていると思いますよ」

ころころと笑うエマさんに、陰りは感じられない。

「そうだ、果菜様、二学期になったら生徒会に立候補しませんか？　一年生からは、書記二名が選ばれるんですよ。真様とお二人で立候補すれば、学校でもずっと一緒にいられます」

「えっ、ええっ、そんなの無理っ。あたし、口べただだから……」

抵抗するはてなに、エマさんはこっそりと囁《ささや》く。

「私の摑んでいる情報によりますと、真様を部長にして奇術部を作ろうという動きが一部にあるようですよ。果菜様、頑張らないと、真様を取られても知りませんよ？」

「ま、真とあたし、別にそんなのじゃ……」

「あら、でしたら私も立候補していいんですか？　メイドと主人の友人が恋に落ちる……むしろ落ちないほうがおかしいくらい鉄板の設定ですね」

はてなは真っ赤になって僕のほうを見る。でも、僕には何の話をしているのか聞こえない。

「じょ、冗談ですよね？　漫画か何かの話ですよね⁉」

「ふふ、どうでしょう。私の創作かもしれませんが、そこには……真実もあるのです。果菜様、それがイヤなのでしたら、自分に素直になるべきですよ？」

イタズラっぽいエマさんの笑顔に、はてなは真っ赤になった。こんなふうに、怪盗ハテナとその仲間たちの本当の冒険の幕が開く夏が始まろうとしていたのである。

あとがき

原稿を書き終わったら必ずやるいくつかの作業があります。こうしてあとがきを書く、なんていうのもその一つですが、ハードディスクに溜《た》まったアニメの録画をチェックするのは、これまでも一冊書き上がるたびに繰り返しやってきた作業でした。

ぶっちゃけ、全部観るのは無理なので、冒頭含めてある程度観て続けて視聴するかを一話目でそれなりに選び、それ以外の作品も一応化ける可能性を考慮して最終話までは録画することが多いです。途中からぐいぐい話題になる作品ってありますからね。

しかし、今回はそのチェックの段階で四十本を超えているという事態。カンヅメが長かったため、前クールの最終話近辺も見ていないという戦況。疲れ果てた身体《からだ》に鞭《むち》打ち、眠い目をこすりつつアニメを観続けるという、もはや自分でも何をやっているのか判《わか》らない展開になりました。辛《つら》いけど、楽しいです。映画館にも行かないと……観たい映画もいっぱいです。もっと時間を上手《うま》く使いたいなあ、改めてそう思う出来事でした。でも、四十本を毎週見たら二十時間近いわけですが……原稿書けないよね。ああっ、身体が二つ欲しい！

皆さんお久しぶりです。コピーロボットの開発を心待ちにしてる松智洋《まつともひろ》です。

この作品も三巻にこぎ着けまして、当初予定していたキャラクターもほぼ出そろいました。これから事件を大きく動かしていく……と言いつつも、いつもの恋と友情と可愛《かわい》いを満載したほのぼの話を続けていく感じになると思うのですが、書きたいことがたくさんありすぎて選べないのが難しいところです。アーティファクトのネタをたくさん書こうとするとキャラの活躍が入らず、キャラをたくさん描くとアーティファクトのネタが入らない、という状況を体験して、試行錯誤《さくご》の毎日です。楽しく書けているので、その楽しさが伝わっているといいな、と思います。矢吹健太朗《やぶきけんたろう》先生の挿絵《さしえ》も相変わらずブレーキが壊れている感じで可愛いです。

この仕事をしていると、誰よりも早く矢吹さんのラフを見られるのは中々の作者特権だと思っています。今回出てきたジーヴスの設定も、矢吹さんとの雑談から生まれました。これからも二人三脚で頑張《がんば》りたいと思います。


最後になりましたが、この本は多くの方のご助力があって出版することができました。関係してくださった多くの方に感謝を。毎回遅くてすみません。本当に担当さんにも頭が上がりません……。次は遅れないように頑張ります。たぶん。

そして誰より、この本を読んでくださったあなたに、最高の感謝を捧げます。

次の巻も読んで頂けたら、これに勝る幸せはありません。

松　智　洋

ダッシュエックス文庫

はてな☆イリュージョン 3

松 智洋

2015年8月30日 第1刷発行

★定価はカバーに表示してあります

発行者 鈴木晴彦
発行所 株式会社 集英社
〒101−8050 東京都千代田区一ツ橋2−5−10
03(3230)6229(編集)
03(3230)6393(販売／書店専用) 03(3230)6080(読者係)
印刷所 大日本印刷株式会社

ISBN978-4-08-631063-5 C0193

To LOVEる -とらぶる- ダークネス
漫画 矢吹健太朗
脚本 長谷見沙貴
もっとドキドキ♥
主人公・結城リトに恋するモモは、自らの恋のためにリトをハーレム王へ導くことを決意する。個性派ヒロインたちが織りなす超人気ラブコメ！
恋の"とらぶる"
TVアニメ第2期
-とらぶる- To LOVEる ダークネス 2nd
絶賛放送中!!
詳しくはこちら！
https://www.j-toloveru.com/
最新 第⑭巻 9月4日(金) 発売!!
♥単行本 第①～⑬巻 絶賛発売中!!
定価：第①～③巻(各)本体476円+税
第④～⑬巻(各)本体438円+税
♥描き下ろしたっぷりの"攻略"ガイドブック!!
To LOVEる -とらぶる- ダークネス
楽園計画ガイドブック とらぶまにあ 定価：本体750円+税
♥魅惑のカラーが満載！"脱がせる"画集!!
To LOVEる -とらぶる- ダークネス画集
Venus《ヴィーナス》 定価：本体2,857円+税
©矢吹健太朗・長谷見沙貴／集英社 ©矢吹健太朗・長谷見沙貴／集英社・とらぶるダークネス製作委員会 ※この情報は2015年8月現在のものです。

ダッシュエックス文庫

テラフォーマーズ THE OUTER MISSION Ⅰ スカベンジャーズ

藤原健市
原作／貴家悠　橘賢一
イラスト／橘賢一　安倍吉俊

テラフォーマーズ THE OUTER MISSION Ⅱ アウトサイダー

藤原健市
原作／貴家悠　橘賢一
イラスト／橘賢一　前嶋重機

精霊医は勇者の変態を癒せるのか!?

神秋昌史
イラスト／みけおう

英雄教室

新木伸
イラスト／森沢晴行

アネックス1号が旅立つ前、地球で起きたテラフォーマーと幹部たちの壮絶な戦いを描く、原作完全監修のオリジナルストーリー!!

卵鞘盗難事件の後、テラフォーマーらしき者がジャニスを移送中の護送車を襲撃した！　再び解決のためトーヘイとリジーが出動する!!

街角で美少女の巨乳に見とれ、ケガをしたリッシードは、精霊医テトリアと名乗るその少女に興味を持ち、共に旅に出ることに…!?

元勇者が普通の学生になるため、エリート学園に入学!?　訳あり美少女と友達になり、ドラゴンを手懐けて破天荒学園ライフ満喫中！